세계 유명인 37인이

어머니에게 보낸 편지

어머니에게 보낸 편지 *Letters to Mother*

초판 인쇄 2007년 6월 25일, **초판 발행** 2007년 6월 30일 | **엮은이** 편집부 | **옮긴이** 송철복 | **펴낸이** 장말희 | **펴낸곳** 도서출판 장락 | **표지·편집** 임은경 | **영업** 홍정현 | **출판등록번호** 제 21-251호 | **주소** 463-020 경기도 성남시 분당구 수내동 11-1 청구블루빌 915호 | **전화** 031-716-7306 **팩스** 031-716-7319 | **ISBN** 978-89-91989-05-4 03800 | ⓒ 도서출판 장락 2007, Printed in Korea | 잘못된 책은 바꿔드립니다. 이 책에 실린 편집과 내용은 본사의 허락없이 복사, 복제할 수 없습니다. | **값** 10,000원

세계 유명인 37인이

어머니에게 보낸 편지

송철복 옮김

Letters to Mother

도서출판 장락

차례

시에나의 **성녀 카타리나**
St. Catherine of Siena, 1347-1380
로마 가톨릭 수녀

"제 영혼의 어머니"

이 세상에서 성녀 카타리나의 생애는 짧았다.

그녀가 수도자로 살았던 시대는 교회사에서 결정적 전환이 이루어진 시기였고, 자신의 삶을 그리스도께 온전히 봉헌하기로 약속한 카타리나의 짧은 삶은 교회적, 사회적 사건으로 복잡하게 얽힐 수밖에 없었다.

황제를 겸한 교황 아래 통일되어 있던 유럽에 주권을 요구하며 투쟁하는 독립국가들이 나타나면서 서방 대분열이 시작되어 교회는 쇠퇴의 길을 걷게 된다. 이러한 시대적 상황에서 교회의 혁신을 주장하고 분열을 막으려 했던 카타리나는 교황과 왕들에게 직접 또는 서신으로 그들이 어떻게 행동해야 올바른지를 가르쳤던 종교인이었다. 그녀는 어떠한 권위에도 당당했고, 죽음 앞에서도 두려움이 없었다.

그녀는 수도생활 초기에 잠시 은둔생활을 하면서 침묵 가운데 자신이 알지 못하고 있던 자기 자신과 대면하게 되어 세상으로 나가 일하는 데 필요한 것을 얻고 불필요한 것을 버릴 수 있었다.

그녀의 봉사하는 삶은 시에나에서 시작해서 전체 교회로 확대되었고, 그녀의 솔직하고도 품위를 잃지 않은 권고와 강하고 뜨거운 설교는 모든 계층의 마음을 움직여 회개로 이끌었다. 그녀가 세상에 봉사하는 무대는 교회 영역이었지만 그곳은 곧 당시 이탈리아와 유럽의 문제 한가운데였고 전 세계의 심장부였다.

카타리나는 죽을 때까지 글 쓰는 법을 배우지 못했지만 자신이 겪은 신비한 체험을 다른 사람에게 받아쓰게 하여 결국 이 글은 가톨릭교회의 인정을 받아 1970년 교황 바오로Paulus 6세로부터 여성으로는 유일하게 종교학 박사로 인정되었다.

그녀의 대담한 문체는 오늘날 읽는 사람도 놀랄 만큼 사실적이다. 그녀의 문체는 주관적이고 단도직입적이며, 당시에 글을 쓸 때 갖추는 예절을 무시해 가면서 자신의 의견을 피력하기도 했다. 교회분열의 시기(1348-1417)에 교황 우르바노Urbanus 6세를 옹호하면서 그에게 반대하는 추기경들에게 보낸 편지에서 그녀는 이렇게 직언하고 있다. "누가 이런 짓을 시켰습니까? 당신들은 향기는커녕 이 세상에 악취만 퍼뜨리는 꽃처럼 행동하는군요."

교황 그레고리오Gregorius 11세가 프랑스 아비뇽에서 이탈리아 로마로 돌아오길 원했던 카타리나는 교황이 독살을 두려워한다는 것을 알고 그에게 보낸 편지에는 "소심한 아이처럼 겁먹지 말고 용감해지세요"라고 썼다. 카타리나는 생애 마지막 2년을 로마에서 교황 우르바노 6세와 교회의 일치를 위한 기도와 탄원으로 보냈다.

성 카타리나가 당시 사회에 미친 영향은 엄청난 것이어서 전 유럽이 그녀를 알고 있었다. 그녀의 선종 81년 후, 교황 비오Pius 2세로부터 성녀로 시성되었다.

온화하신 예수님이 함께하시는 나의 어머니께

어머니의 가련하고 부족한 딸 카타리나는 예수님이 흘리신 피로 인해 어머니께서 더 강해지시고 평온해지시길 바랍니다. 제가 얼마나 진심으로 어머니께서 제 육신뿐만 아니라 영혼의 어머니이시기를 바랐는지요. 만약 육신보다 영혼을 더 사랑하는 경지에 도달하게 된다면 모든 무절제한 애정은 사라질 것이고, 그렇게 된다면 어머니는 더 이상 제가 어머니 곁에 없음에 고통스러워하지 않으셔도 될 테니 말입니다. 오히려 신의 영광을 받는다는 사실에 위로가 되실 겁니다.

　사랑하는 어머니, 육신보다 영혼을 더 사랑할 때 평안함을 얻을 수 있는 것은 진정 사실입니다. 어머니도 성모 마리아를 잘 아시지요. 그분은 세상을 구하기 위해 아들을 포기하셨고, 예수님은 십자가에 못 박혀 돌아가셨죠. 그리고 예수님이 승천하셨을 때 그분은 제자들과 함께 세상에 남으셨습니다. 하지만 곧 제자들과 함께하는 평안함을 포기하시고 제자들 또한 떠나보내시어 세상이 예수님께 찬미와 영광을 드리게 하셨죠. 사랑하는 어머니, 저는 어머니가 성모 마리아를 닮으셨으면 합니다. 저는 하느님의 뜻을 받들어야만 하고, 어머니도 그러한 사실을 잘 아시리란 것을 압니다. 제가 떠난 것은 하느님의 뜻이었고, 그분께서 신비로운 방법으로 제게 권고하셨습니다. 그리고 이제 열매를 맺고 있는 겁니다.

　제가 이곳에 남아 있는 것 또한 하느님의 뜻이지 인간의 뜻이 아닙니다. 인간의 뜻이라고 말하는 자는 진실을 말하는 것이 아닙니다. … 훌륭한 어머니께서는 이런 사실에 만족하고 위안을 찾으셔야 합니다. … 기억하시다시피 어머니는 아들들이 세속적인 목적을 갖고 세상으로 나아갔을 때 반대하지 않으셨습니다. 그런데 영원한 삶을 위해 어머니를 떠난 저 때문에 괴로워하시고, 제 편지를 곧 받지 못하면 돌아가실 것 같다고까지 하시다니요. 이 모든 것이 어머니가 주신 제 일부를 향한 사랑 때문이라는 것은 알지만, 어머니는 옷을 입고 있는 저의 몸을 사랑하시는 것뿐입니다. 어머니의 마음을 조금만 더 가볍게 하시고, 십자가가 주는 안식을 느낄 수 있도록 노력해 보세요. … 그리고 하느님이나 제가 어머니를 잊었다고 생각하시면 안 됩니다. … 그동안 아팠던 네리가 하느님의 은총으로 여행할 수 있을 만큼 회복되는 대로 돌아갈 거예요. 지오반니 신부님과 바르톨로메오 형제도 그동안 아팠습니다. … 이제 그만 줄여야겠습니다. … 어머니께 하느님의 사랑과 은총이 함께하시길 바랍니다. 사랑이신 예수님은 어머니를 사랑하십니다.

엘리자베스 1세
Elizabeth Ⅰ, 1533-1603
영국 여왕

"제 능력을 증명하기 위해"

'훌륭한 여왕 베스'라 불리며 칭송받던 엘리자베스 여왕은, 그 유명한 헨리Henry 8세와 그의 두 번째 아내 앤 볼레인Anne Boleyn 사이의 외동딸로 태어났다. 세 살 때부터 별궁에서 외롭게 자란 엘리자베스는 그 성장배경을 볼 때, 요즘 같으면 심각한 정신적 문제를 안고 살았을지도 모를, 참으로 위험하고 불안정한 어린 시절을 보냈다. 어머니 앤 볼레인은 그녀가 세 살 때 간통과 근친상간에 모반이라는 죄목으로 참수형을 당했고, 그 때문에 그녀는 사생아로 선언되어 왕위계승권이 박탈되기도 했으며, 스물한 살에는 반란가담 혐의로 런던탑에 유폐되기도 했다. 헨리 8세는 여섯 명의 아내를 차례로 맞이했는데, 여기 실린 편지는 아버지의 마지막 아내로, 엘리자베스가 유일하게 어머니로 대했던 캐서린 파Catherine Parr 왕비에게 보낸 것이다.

아버지 헨리 8세가 왕비의 시녀 앤 볼레인과 결혼하기 위해 교황청과의 관계를 단절하고 영국교회를 설립했지만, 엘리자베스가 왕위에 올라 풀어야 할 첫 번째 과제는 바로 불안한 종교 상황을 정리하는 일이었다.

엘리자베스가 태어났을 때는 그가 왕위를 물려받을 가능성이 없었으나, 만약에 대비한 교육을 받았다. 그리스 · 라틴 고전을 배우고, 독일 · 프랑스 · 이탈리아어 등 외국어를 읽고 쓸 줄 알았으며, 역사 · 음악 · 신학에도 능통했다. 엘리자베스는 특히 정치학에 뛰어난 지식을 갖고 있었고, 이는 유창한 외국어에 침착한 통찰력과 더불어 그녀의 45년 치세를 이끌었다.

그녀의 시대에 영국은 절대주의의 전성기를 이루었고, 중상주의 정책으로 무역 확대와 해외진출을 도모했다. 동인도회사 설립(1600년)과 북아메리카 버지니아 식민지의 기초가 확립된 것도 이 무렵의 일이다. 특히 영국의 르네상스라고 불리는 국민문학의 황금시대가 열려 셰익스피어 · 스펜서 · 베이컨 등의 문인과 학자가 배출되었다.

세련된 행동과 화려한 드레스를 좋아한 미혼 여왕 베스는 숨을 거둘 때까지 위엄 있는 모습을 잃지 않았다.

모든 선을 시기하고 인간사에 끊임없이 관여하는 나쁜 운이 제게서 일 년 동안이나 어머니의 빛나는 존재를 빼앗아 갔습니다. 거기에서 그치지 않고 심지어는 똑같은 선을 또 앗아 가려 하는군요. 비록 제가 곧 어머니를 볼 수 있을 것이라고 기대하지는 않았지만, 그래도 여전히 참기 힘들 것 같습니다. 그리고 제가 유배 생활을 하고 있는 지금 어머니의 인자하심이 늘 저의 건강을 염려하고 걱정하신다는 것을 알고 있습니다. 그래서 저는 어머니께 늘 정성을 다하고, 자식된 도리로서 어머니를 공경해야만 하죠.

  어머니께서 폐하께 편지를 쓰실 때마다 제 이야기를 잊지 않으신다는 것도 잘 알고 있습니다. 지금까지 저는 폐하께 감히 편지를 드리지 못했습니다만, 이제는 어머니께 감히 부탁드립니다. 폐하께 편지를 쓰실 때 저에 대해 잘 말씀해 주세요. 제가 폐하께서 축복받으시길 늘 기원한다는 것과, 폐하께서 저들과의 싸움에서 승리하시기를 하느님께 기도드린다는 것을요. 그래야 어머니와 제가 곧 기쁨의 재회를 할 수 있을 테니 말입니다. 저는 또한 어머니를 위한 기도도 잊지 않는답니다. 하느님께서 늘 어머니를 지켜 주시길 바라며, 어머니께 절 바칩니다.

1544년 7월 31일 세인트 제임스에서
어머니의 충실하고 순종적인 딸 엘리자베스 올림

가장 고귀하고 덕망이 높으신 캐서린 왕비마마께 보잘것없는 딸 엘리자베스가 영원한 지복과 기쁨을 기원합니다.

모든 경건한 학문에 대해 갖고 계신 충분한 의지와 강렬한 열성처럼 가장 인자하시고 탁월한 왕비이신 어머니. 어머니를 위해 제가 해야 할 의무를 알고 있습니다. 그뿐 아니라 이성적인 사람에게는 무기력함과 게으름이 가장 나쁘다는 것, 그리고 쇠도 쓰지 않으면 녹이 슨다는 것을 알기에, 인간의 지혜도 항상 공부를 하지 않으면 쓸모 없어진다는 것을 압니다. 이 모든 것을 고려해 볼 때, 제가 이룬 업적은 너무나도 볼품이 없습니다. 그래서 저는 프랑스 운문을 영어로 번역한 이 작은 책을 내놓았습니다. 제 단순한 지혜와 작은 배움을 최대한 확장한 것이지요.

이 책의 제목은 「죄 많은 영혼의 거울 *The Mirror, or Glass, of the Sinful Soul*」이랍니다. 이 책에는 거울을 통해 자신을 바라보고, 자신이 누구인가에 대해 생각하는 여성이 그녀 자신과 자신의 힘을 인식함에도 불구하고, 하느님의 은총 없이는 스스로의 구원을 위해 아무것도 할 수 없다는 사실이 적혀 있습니다. 또한 그녀가 하느님의 무한한 사랑과 은총, 자비를 통해 죄를 회개하고 구원의 희망을 가질 수 있다는 것도 적혀 있습니다.

물론 제가 번역한 이 책은 어머니께 바치기에는 너무 보잘것없습니다. 하지만 어머니의 놀라운 지혜와 경건한 배움이 이 책을 읽는 동안 잘못된 부분을 바로잡고 고쳐 주실 것이라 믿습니다. 그렇게 어머니의 손을 거친 후에는 아무도 이 책을 비난할 수 없겠지요.

천지만물을 창조하신 전능하신 하느님께서 어머니께 늘 새로운 날을 허락하시고, 행운이 가득하고 번영하는 시대와 자손, 건강과 끊임없는 기쁨을 허락하시길 바랍니다.

1544년의 마지막 날 애슈리지에서

존 던
John Donne, 1572?-1631
영국 시인 · 신학자

"어머니의 헌신과 사랑에 제 전부를 맡깁니다"

최초이자 최고의 형이상학파 시인Metaphysical Poet 존 던. 그는 다소 복잡하고 특이한 성격을 지닌 인물이었다. 그의 시에는 지적 열정과 관능적 욕정이 뚜렷한 대비를 이루며 공존한다. 이런 지성과 감성은 신랄하고 풍자적이며 우울하고 두려운 분위기로 교차하고 있다. 그는 진부한 것을 참을 수 없어 했기에 시의 정서와 언어와 문체가 한결같이 단호한 독창성을 보여 준다. 지친 언어에 활기를 불어넣고 낡아빠진 표현을 새로이 시도하는 오늘날의 독자에게 던은 그런 이유로 매력적이다. 종교시에서도 지성과 감성이 공존하며 이질적인 것들을 한데 모으고, 양립할 수 없는 것들을 화해시키며 추상적인 논쟁에 구체적인 심상을 얹어놓고 물질적인 사실을 철학적 암시와 신비로운 사색으로 장식했다. 산문 역시 형이상학적이어서 막힘없는 직관력, 간결한 표현 등으로 높은 평가를 받는다. 그는 T. S. 엘리엇Eliot과 W. B. 예이츠Yeats 등 20세기 현대시인들에게 깊은 영향을 끼쳤다.

존 던은 말년에 영국에서 당대 최고의 언설가로 명성이 높았지만, 훗날 헤밍웨이Hemingway가 던의 작품 「기도문 *Devotions*」(1623)에서 '누구를 위하여 종은 울리나 For Whom the Bell Tolls'라는 문구를 작품의 제목으로 인용하기 전까지는 우리의 관심을 끌지 못했다.

사랑하는 어머니,

제가 기억하는 한 어머니의 삶은 파도가 끊이지 않는 폭풍우 속 바다였던 것 같습니다. 가장 지혜로우시고 축복 가득하신 우리 구세주께서는 사랑하는 백성들을 안식처로 이끌어 영원한 안식을 주기 위해 길을 선택하십니다. 하느님이 어머니를 위해 고르신 길은 좁고 태풍이 불어 앞을 볼 수 없는, 죽음과 결핍과 슬픈 환영이 가득 찬, 온갖 불편함으로 점철된 길이었습니다. 그러나 하느님은 기뻐하셨습니다. 비탄이 끊이지 않고 이어지는 그 길에서 하느님은 어머니에게 쾌락이나 풍요로움에 유혹되어 길에서 벗어날 틈을 허락하지 않으셨습니다. 하느님은 그 길을 통해 어머니를 영예로운 하느님 왕국으로 이끄시기로 결정하셨던 겁니다.

이 모든 것을 통해 하느님이 보여 주시고 행하신 표상과 확신은 어머니가 그것들을 참고 이해하는 데 있습니다. 하느님께서 어머니의 마음을 그분의 기운으로 적셔 주시고, 그분의 자비와 판단을 이해하도록 이끌어 주시는 한, 어머니는 고통이 큰 만큼 더 큰 안식을 누리실 수 있습니다. 하느님이 어머니를 아버지와 맺어 주심으로써 허락하신 그 행복은, 아버지가 일찍 하느님 곁으로 떠나시면서 사라졌습니다. 아이들도 다 데려가셨습니다. 아버지가 남기신 재산 또한 마치 하느님께서 세속적인 행복을 허락하셨던 것을 후회하시듯 거두어 가셨습니다. 바로 그렇기 때문에 어머니의 영혼은 끊임없이 하느님 곁에 머물 수 있었던 것입니다.

그러니 사랑하는 내 어머니, 어머니의 힘들었던 경험들과 내면의 안식을 주는 영혼과의 교감, 그리고 어머니의 현명함과 종교적인 절제가 딸을 잃은 슬픔으로부터 어머니를 지켜 드릴 것입니다. 제가 비록 어머니께 많은 것을 해드릴 수는 없는 처지이지만, 어머니와 제 가족의 안녕을 위해 온 힘을 다하겠다는 것을 하느님께 맹세합니다.

제가 지금 어머니를 위해 무언가를 하겠다는 것도 사실 따지고 보면 모두 어머니께 배운 것이니 제가 어머니께 진 빚이나 다름없습니다. 그렇다고 감히 옛날 아버지가 베푸셨던 것과 같은 차원의 보살핌을 어머니께 드리겠다는 것은 아닙니다. 하느님 아버지는 어머니를 무척 사랑하신다는 것을 알고 있습니다. 하지만 어머니, 하느님의 뜻을 잊지 않도록 늘 주의하셔야 합니다. 그분께서는 어머니가 세속적인 행복에 젖어드는 것을 원치 않으십니다. 어머니는 하느님 한 분의 존재로도 충분히 행복하셔야 하고, 그분의 자비로움과 그분께서 주시는 평안에 감사하셔야 합니다. 그리고 저의 무심함과 무능력함을 용서해 주시고, 제가 어머니를 편히 잘 모실 수 있게 되도록 기도드려 주세요.

전지전능하신 하느님께서 어머니의 가난을 풍요롭게 하시고, 고통을 즐거움으로 바꾸어 주실 겁니다. 이제 저는 편지를 그만 접고, 어머니의 헌신과 사랑에 겸손하게 제 전부를 맡깁니다.

1616년 경

새뮤얼 존슨
Samuel Johnson, 1709-1784
영국 사전편찬자 · 수필가 · 시인 · 평론가

"어머니의 뜻을 따르도록 노력할 것입니다"

영문학사에서 가장 위대한 전기로 알려진 「새뮤얼 존슨전 *The Life of Samuel Johnson*」
에서 존슨의 숭배자이자 친구였던 제임스 보즈웰James Boswell은 위대하고도 사랑스
러웠던 한 사람, 모순과 편견과 비관으로 가득 찼지만 그 정직함과 풍부한 학식을 찬
양할 만한 한 인간을 생생하게 보여 주고 있다.

존슨은 어릴 때 유모에게 결핵이 옮아 그 합병증으로 시력과 청력이 온전치 못했고
얼굴도 일그러졌다. 이런 신체적 결함으로 자기 연민에 빠지지 않으려고 존슨은 권투
를 비롯한 여러 운동으로 자신을 강하게 단련시켰다.

어머니를 존경했던 존슨은 가난 때문에 어려웠던 긴 세월 동안 어머니를 봉양했다.
여기 실린 편지를 쓴 후 그의 어머니는 유명을 달리했고, 어머니의 장례비용을 충당
하기 위해 그는 「라셀라스 *Rasselas*」를 한 주 내내 저녁시간에 집필하여 완성했다.

존슨은 빈곤과 출판사의 요구로 잡지기사를 비롯해 번역 · 소설 · 해설 · 문학평론 등
모든 종류의 문학 작품을 저술했으며 학문상으로 중요한 두 가지 일을 했다. 「영어사
전 *A Dictionary of the English Language*」과 셰익스피어 전집을 출판한 것이다. 사전을
편찬하면서 존슨은 수많은 책에서 단어와 문장을 발췌해 4만여 개 단어를 정의했다.
이탈리아가 준비기간에만 20년이 걸리고, 프랑스가 40명의 학자들이 55년에 걸쳐 준
비하고 18년 동안 수정해서 편찬한 그들 사전을 존슨은 불과 9년만에 완성했다.

1784년, 한 달도 채 살 수 없다는 의사의 선고를 받고, 존슨은 아편을 비롯한 모든
진통제를 끊었다. "멀쩡한 정신으로 조물주를 만나고 싶다"는 이유에서였다. 새뮤얼
존슨은 웨스트민스터 사원에 묻혀 있다. 1995년 〈워싱턴 포스트〉는 그를 지난 천
년 이래 최고의 저술가로 선정했다.

존경하는 어머니,

어머니의 건강이 좋지 않다는 소식에 제 마음은 아프기만 합니다. 하느님께서 어머니를 편안하고 안전하게 보살펴 주시기를 빕니다.

어머니를 돌보는 아가씨에게 어머니께 예수님 수난기와 성찬식에서 "고행하며 무거운 짐을 지고 허덕이는 사람은 다 나에게로 오너라. 내가 편히 쉬게 하리라"로 시작되는 성경말씀을 자주 읽어드리라고 하겠습니다.

저는 지금 물리학에 관한 책을 읽고 있는데, 여기에 나오는 나무껍질의 하나인 기나피를 어머니께서 복용하시면 좋을 것 같다는 생각이 듭니다. 한번 시도해 보시면 어떨까요?

저를 위해 기도해 주시고 축복을 빌어 주세요. 그리고 제가 어머니께 저지른 모든 잘못을 용서해 주시길 빕니다. 어머니께서 무엇을 하셨는지, 누구에게 어떤 신세를 지셨는지, 또 제게 하실 말씀이 무엇인지 그런 것을 그 아가씨를 통해 제게 편지로 써 보내 주세요. 저는 어머니의 뜻을 따르도록 노력할 것입니다.

저에게 어머니께 보낼 12기니가 있지만 어떻게 해야 오늘 밤 안으로 보낼 수 있을지 모르겠습니다. 오늘 안으로 보내지 못한다면 다음 우편으로 보내도록 하겠습니다.

이 편지에서 제가 말씀드린 어느 것도 놓치지 않으셨기를 바랍니다. 신께서 어머니를 영원토록 축복하시길 빕니다.

1758년 1월 13일 토요일

어머니의 충실한 아들 샘 존슨 올림

에드워드 **기번**
Edward Gibbon, 1737-1794
영국 역사가

"책을 산 사람은 많지만 읽은 사람은 극소수입니다"

기번은 역사를 보는 뛰어난 안목과 훌륭한 문체로 유명한 「로마제국 쇠망사 *The Decline and Fall of the Roman Empire*」의 저자다. 그는 「회고록」에서 12세에 지식이 가장 많이 성장했으며 이때 이미 자기에게 '꼭 맞는 음식', 즉 '역사'를 발견했다고 썼다.

어린 시절 무척 병약했던 기번은 학교교육이 불규칙할 수밖에 없었지만 이 덕분에 마음껏 독서할 기회를 가졌고 스스로 공부하는 데 익숙했다. 이런 지적인 성향대로 그는 일생동안 홀로 고독하게 학문을 했다. 그의 작품이 독특한 개성을 지닌 것도 이런 이유 때문이다.

그가 신학에 관심을 두고 가톨릭으로 개종하자 기존의 모든 자격을 스스로 포기한 아들에게 격노한 아버지는 그를 스위스 로잔의 캘빈주의 목사 집으로 보냈다. 자유롭지 못한 환경에서 그는 파비야르 목사의 훌륭한 지도를 받으며 체계적인 공부를 할 수 있었다. 라틴 고전문학·수학·논리학에 이어 프랑스어와 프랑스문학에 정통하게 되었으며, 이는 그에게 지속적인 영향을 미쳐서 상당한 학식을 갖춘 명문장가가 될 수 있었다. 로잔에서 5년을 지내는 동안 수잔 퀴르쇼Susanne Curchod와 사랑하게 되어 약혼까지 했으나 아버지의 반대로 결국 파혼하고 이후 죽을 때까지 독신으로 지냈다. 그의 처음이자 마지막 사랑이었던 그녀와의 이별을 그는 나중에 "나는 연인으로서는 탄식했고 아들로서는 복종했다"고 썼다.

기번은 10세에 어머니를 잃고 이모 캐서린의 양육을 받았다. 그러므로 여기 실린 편지는 '내 마음의 어머니'라 불렀던 이모에게 보낸 것이다.

사랑하는 어머니,

만일 인쇄작업만 급하지 않았더라면 기쁜 마음으로 크리스마스에 어머니를 뵈러 갔을 겁니다. 어머니가 머물고 계신 곳이 바스Bath이기 때문이 아닙니다. 전 많은 사람들이 좋아하는 것과는 달리 무료하게 앉아 있는 것에서 멋과 즐거움을 추구하지 않기 때문이죠. 그리고 만약 어머니가 거주지를 영국의 다른 곳으로 옮기신다면, 전 평생 바스를 다시 방문할 일이 없을 겁니다. 전에 제가 언급했던 책은 아마도 2월 중순이나 말이면 볼 수 있을 것 같아요.

그 책의 초판본은 어머니가 계시는 찰스 가로 무사히 배달될 겁니다. 주제가 마음에 든 게 아니라면 왜 그런지 모르겠지만, 대중은 이미 상당한 기대를 품고 있고, 따라서 그들을 만족시키는 것이 더욱더 어려울 듯하군요. 무지함이 깊으면 더 많은 것을 기대하게 마련입니다. 때문에 역사적 소재의 본질과 범위를 가지고 작가가 쓸 수 있는 것보다 더 많은 것을 기대한 것 같아요. 하지만 세상이 제 책의 첫 권을 잘 받아들여 준다면 저는 앞으로도 계속 책을 쓰겠지요. 아마 일거리도 많이 쌓이고 앞으로 몇 년은 즐겁게 일할 수 있을 것 같아요.

제 생각에 어떤 계획을 실천에 옮기는 일은 행복을 위한 조건이고, 그 중 최고는 당연히 우리 자신에게 달려 있는 일의 성공일 겁니다. 의회 일과 나긋나긋한 사교가 제 시간의 틈을 메워 주고 있어요. 아직 문제가 많고 대법원의 중재가 없이는 불가능할 것 같은 버킹엄셔 경매만 잘 해결된다면 어떤 관점에서 보더라도 제 상황은 편한 것 같습니다. 어머니도 제가 복잡한 문제에 얽혀 돈을 낭비하느니 차라리 시간을 버리고 희망을 잡으려 한다고 해도 놀라지 않으실 것 같아요.

공적인 문제에 대해서는 말하지 않겠습니다. 그 문제로 지금보다 더 암울했던 적도 없는 것 같거든요. 퀘벡 주는 겨울을 버티지 못할 것 같아요. 지방 사람들은 좀더 그럴 듯한 일에 쓰이면 좋을 것 같은 용기와 능력을 도처에서 보여 주고 있지요. 미국 정세를 잘 알고 있는 정부 쪽의 제 친구들은 내년의 성공 여부에 매우 비관적입니다.

재미있는 이야기가 하나 있어요. 어떤 경매에서 오래된 서류함이 20실링에 거의 팔릴 뻔했는데 참가자들이 호기심으로 좀더 조사해 보자 두 개의 개인용 서랍이 발견됐다고 하네요. 그 중 하나에는 꽤 큰 금액의 은행 수표가 들어 있었고, 다른 하나에는 좀더 오래되고 가치 있는 물건이 들어 있었는데, 바로 엘리자베스 여왕의 반지였다고 해요. 어머니도 그 이야기는 아시겠지만, 반지는 진주로 장식된 매우 아름다운 지갑에 들어 있었고, 함께 들어 있던 편지에 의해 진짜임이 밝혀졌죠. 편지는 여왕이 백작 부인을 방문했을 당시 여왕의 시중을 들었던 레이디 쿡이 쓴 것인데, 여왕이 화가 나서 반지를 벗어 던졌을 때 주웠다는군요. 저는 코벤트 가든에 있는 발로의 비단포목상에서 지갑과 반지(노란색 다이아몬드)를 모두 봤는데, 그는 뉴스를 읽었다고 말하더군요. 하지만 경매 장소에 관한 미스터리와 소유자의 이름에 대해서는 의혹이 남아 있어요. 호러스 월폴은 이 사건의 전말을 밝혀내겠다고 다짐하고 있죠.

사랑하는 어머니, 어머니의 건강과 아름다움이 모두 다 제자리로 돌아왔기를 바랍니다. 그리고 런던에 언제 와 주실 것인지 명백하고 만족스러운 대답을 듣고 싶어요. 이곳의 분위기가 어머니께 큰 도움이 될 것이라 확신하고, 또 봄이 오고 있으니 만약 방문할 일이 있을 경우 에식스나 서식스 같은 영국의 다른 지역으로도 쉽게 움직이실 수 있을 겁니다.

행복한 일과 좋은 시작들이 어머니와 함께 하길 바랍니다.

1776년 새해의 1월 3일 벤팅크 가에서
어머니의 충실한 E. 기번 올림

사랑하는 어머니,

전 항상 어머니께서 제가 조용한 무력감에 빠져 있을 때 정답게 꼬집어 깨워 주시는 데 감사하며, 제가 다시 그런 무력감에 빠지기 전에 편지를 쓰는 게 좋을 거라 생각합니다.

작가란 항상 자신에게 가장 흥미로운 주제를 골라 일을 시작해야 하죠. 그러나 이번 경우에는 작가가 친구로서의 특권을 가장해 어머니도 저와 똑같이 흥미를 느끼시리라 믿을 수 있을 것 같아요. 어머니의 찬사는 늘 만족스러운 것이었습니다. 그 이유는 제가 어머니를 기쁘게 해드리고 싶었기 때문만이 아니라, 세상 그 누구의 것보다 어머니의 칭찬이야말로 저에게 자신감을 불어넣어 주기 때문입니다. 솔직히 말씀드리자면 저도 문체의 개선에 관한 어머니의 의견에 동의합니다. 오랜 기간의 연습이 일꾼을 더 전문적이고 일에 적합하게 만든다는 것은 놀라운 일이 아니죠. 저는 어머니께서 프라이어의 어떤 절節을 마음에 두고 계신지 궁금해요. 하지만 그 괜찮은 시인의 작품에 대해 제가 잘 알지 못하므로 닮은 점이 있다면 의도했다기보다는 우연의 일치일 겁니다.

이번 두 권의 반응은 제1권의 반응과 사뭇 다르지만 제 자만심에 상처를 줄 만큼 불쾌하진 않아요. 이젠 색다른 것에도 별 반응이 없고, 대중은 새롭고 잘 알려지지 않은 작가의 갑작스런 등장에도 전혀 놀라는 것 같지 않습니다. 이 두 권의 보급 상황은 지금까지 조용하게 진행되고 있습니다.

글을 읽을 줄 아는 사람들은 거의 모두 제 책을 샀지만 정작 읽은 사람은 극소수예요. 많은 사람들은 단지 유익한 오락거리를 갖고 있다는 사실에 만족한 나머지 정작 책을 읽는 것은 여름에 시골 휴양지에서나 하려고 생각하고 그걸로 끝이죠. 하지만 몇몇 비평으로 보건대, 이번 책들이 제 명성에 흠을 낸 것 같지는 않습니다. 성직자들은 저의 품위와 겸손을 칭찬하지만 애국자들은 제 작품과 저를 모두 저주하고 싶어하는 것 같아요.

올 겨울 제 건강은 아무런 이상도 없이 완벽했고, 어머니도 봄이 가까워 오자 기운을 차리신다는 소식에 기쁩니다. 어머니 친구의 죽음은 정말로 아까운 일이고 두 분이 친하셨던 만큼 어머니가 이성보다는 감성이 더 흔들렸을 것 같습니다.

저를 위해서 사라와 온순한 캣을 받아들여 주세요. 사라가 기분 상하지 않길 바라고, 캣은 절 무척 좋아한다고 확신해요. 하지만 그녀가 바스에서 머물렀어도 눈에 띄는 변화를 가져오지 못해서 실망스러워요.

그럼 어머니 이만 안녕. 전 아직도 의회 시복식이 언제인지 모르고 관심도 없답니다. 다음 주 월요일에 S경이 코번트리에서 의장에 임명될 예정인데, 어머니가 그런 소식을 뉴스로 전해 들을 이유는 없겠죠. 다시 한번 안녕.

1781년 4월 13일 금요일 벤팅크 가에서
어머니의 충실한 아들 E. 기번 올림

요한 볼프강 폰 괴테
Johann Wolfgang Von Goethe, 1749-1832
독일 시인 · 소설가 · 극작가 · 정치가 · 과학자 · 철학자

"그냥 평소에 먹는 식사 정도면 충분해요"

우리는 괴테를 위대한 작가로 기억한다.

그러나 괴테는 작가인 동시에 정치 · 자연과학 · 철학 등에 열정과 관심과 재능을 보였던 인물이었고, 당연히 그의 삶은 전인적이고 역동적이었다.

괴테의 직업은 변호사였다. 1772년 고등법원 실습을 마치고 1775년 바이마르 공작의 권유로 바이마르로 이주해서 50여 년 동안 정치가로 활동하며 재상의 자리에도 올랐다. 여기 실린 편지는 카를 아우구스투스 바이마르 공작의 수석 자문위원으로 일할 때 어머니에게 보낸 것이다. 공작은 괴테와 절친한 사이였고 그의 정치활동에 도움을 준 조언자이기도 했다. 또 다른 등장인물 메르크는 괴테의 고향 친구이다.

괴테는 세상에서 가장 뛰어난 작가로 일컬어질 정도로 18 · 19세기 독일 문학계와 유럽 낭만주의의 시대에 독보적인 존재였다. 「젊은 베르테르의 슬픔 *Die Leiden des jungen Werther*」 · 「파우스트 *Faust*」 · 「빌헬름 마이스터 *Wilhelm Meisters*」와 자전적 소설 「시와 진실 *Dichtung und Wahrheit*」외 다수의 작품을 남겼으며, 독일적 개성해방의 문학운동 '슈트룸 운트 드랑(Strum und Drang, 질풍노도)'의 중심인물이었다.

또한 미술에 대한 관심과 열정은 그가 남긴 27000여 점의 그림으로 알 수 있다. 미술을 인격 형성의 한 과정으로 여겼던 아버지의 교육 방침에 따라 아홉 살부터 그림공부를 시작한 괴테는 이렇게 썼다.

"눈은 세상을 파악하는 기관이었다. 어릴 때부터 나는 화가들 틈에서 살면서 … 무엇을 보든 그 속에서 그림을 보았다."

그러나 자신이 그림보다는 문학에 재능이 있다고 판단한 그는 1794년부터 문학에 열정을 쏟았다.

19세기에 괴테가 미친 영향력은 더 이상 과장할 수가 없을 정도로 대단했다. 많은 관점에서 그는 당시에 시작된 많은 사상의 창시자, 혹은 그것들에 대해 최초로 표현한 사람이었다. 철학자이자 작가로서 당시 계몽운동에서 낭만주의로의 전환에 가장 중요한 역할을 했던 인물이다.

그의 편지에서 느껴지듯이 괴테의 어머니는 아들을 잘 이해해 주는 상냥한 여인이었다. 서른 살이 된 아들은 어머니에게 시시콜콜 자기 생활을 알리고, 마치 지시하듯 그러나 신뢰에 가득 찬 태도로 어머니에게 손님 맞을 준비를 부탁하고 있다. 또한 솔직하게 자신을 드러내면서, 세상 어머니라면 그 인격에 자랑스러움을 느낄 만큼 긍정적이고 분별력 있는 아들의 모습을 보여 주고 있다.

어머니께서 보내 주신 편지는 바로 제가 기대했던 답장이었어요. 전 지금 모든 일이 순조롭게 잘 풀려 가리라 확신합니다. 우리 일행은 9월 중순쯤 도착해 어머니와 함께 조용히 며칠 머물 것입니다.

공작의 고모와 사촌들이 축제에 참여하고 있는데 공작은 이들을 만나길 원하지 않기 때문에 우리는 며칠 후 마인 강과 라인 강 하류로 내려갈 거 같아요. 그리고 이 짧은 여행이 끝나고 나면 돌아가서 어머니와 함께 지내게 되겠죠. 공작님께서 다름슈타트와 근처도 돌아보시는 동안 저는 친구들과 친지들을 만날 수 있을 거예요. 그래서 드리는 말씀인데요, 준비는 다음과 같이 해주시면 좋겠어요.

작은 침실에 공작님의 잠자리를 준비해 주세요. 그 방에 아직도 오르간이 있다면 좀 치워 주세요. 바로 옆의 큰방은 손님들이 찾아오시면 응접할 수 있도록 해주세요. 공작님께서는 신선한 건초로 만든 잠자리에서 주무세요. 건초를 넣은 매트리스 위에 부드러운 린넨 천을 덮고 그 아래는 가벼운 담요를 깔아주세요. 작은 굴뚝 방에는 공작님의 시종들을 위해서 매트리스를 좀 놓아 주시고요. 뒤에 붙은 가운뎃방은 시종장이 머무를 수 있도록 준비해 주세요. 저는 옛날 제 방에서 지낼 텐데 공작님과 같은 건초 매트리스 등 공작님 것과 같은 걸로 준비해 주세요. 오후 4시에 저녁 식사를 하는데 진수성찬을 준비하실 필요는 없습니다. 그냥 평소에 먹는 식사 정도면 충분해요. 아침 식사 때는 신선한 과일을 준비해 주시면 돼요. 한 가지, 공작님 방의 샹들리에는 모두 치워주세요. 공작님의 눈에는 이상하게 보일 거예요. 촛대는 그냥 두셔도 돼요. 어머니가 항상 깔끔하게 정리하는 대로 그대로만 하시면 됩니다. 뭐 더 특별히 준비하느라고 고생 안 하셔도 된답니다. 그냥 어머니랑 우리가 같이 살았던 10년 동안 하셨던 것처럼만 하시면 돼요. 그리고 공작님이 어머니의 은대야와 촛대를 쓸 수 있게 해주시고요. 참, 공작님은 커피를 안 드세요. 그리고 선물에 대해서는 비밀로 해주세요. 메르크에게도 아무 말씀 말아 주시고요.

1779년 8월 중순

지난번 보내 주신 어머니 편지에 곧바로 답장하려 했는데 시간도 없고 일 때문에 정신이 없어서 그러지 못했습니다. 어머니의 마음과 생각이 고스란히 담긴 편지를 읽으면서 어찌나 반갑던지요. 그런데 제 걱정은 너무 하지 마세요. 괜히 별것 아닌 일에 놀라지 않으셨으면 좋겠어요. 요즘 제 건강은 어느 때보다도 좋아요. 그래서 제게 주어지는 일들을 수행해 나가는 데 아무런 문제가 없어요. 저 자신도 요즘 매우 만족하고 있어요. 제가 맡고 있는 직책에 대해서는 물론 어려움이 많지만, 그래도 저한텐 바람직하다고 봐요. 그래서 현재로서는 그 밖의 다른 일은 전혀 생각할 수 없을 정도예요. 괜히 마음에 안 들어서 불평하기보다는 이 일이 제게 딱 맞다고 생각해요. 메르크와 다른 친구들은 저의 상황에 대해 잘못 알고 이러쿵저러쿵 말들을 해요. 그런데 그 친구들은 단순히 제가 희생하는 것과 그만큼의 대가를 얻지 못하는 것만 보고 그런 소리를 하는 거예요. 그 친구들은 제가 매일매일 많은 것을 버리면서 점점 더 풍요로워진다는 사실을 이해하지 못하는 거죠.

제가 여기 오기 전 어머니와 함께 보냈던 때를 기억하시죠? 저는 그때 끝도 없이 계속되는 일들에 치여 정말이지 죽는 줄 알았어요. 답답하고 지루한 부르주아 사회와 자유롭고 민첩한 제 성격이 잘 맞지 않는 바람에 저는 정말 너무나 괴로웠어요. 인간사에 대한 저의 생생한 상상력과 예감 덕분에 저는 항상 이 세상에 존재하지 않는 자가 될 수 있고, 자만심과 타고난 단점 때문에 영원히 어린아이로 머무를 수 있는 건지도 몰라요. 얼마나 운이 좋아야 극복할 것이 없는 위치에 놓인 제 자신을 볼 수 있을까요? 얼마나 운이 좋아야 많은 실수를 통해서 풍부한 기회를 가질 수 있고, 또 제 자신과 다른 사람에 대해 잘 알 수 있는 그런 위치에 놓인 저를 볼 수 있을까요? 어쩌면 불필요했을지도 모를 수많은 시련들을 겪어 왔지만 저의 발전을 위해 반드시 필요한 일들이기도 했어요. 지금도 저는 무한한 어떤 것을 가지고 있는 위치의 사람, 더 운이 좋은 사람이 되길 바란답니다. 매일 제 안에서 새로운 능력들이 자라나고, 생각은 더욱 명료해지고, 힘은 더 강해지고, 지식은 더 폭넓어지고, 분별력은 더욱 완벽해지고, 정신력은 더욱 왕성해진다면, 위대한 일이든 사소한 일이든 간에 제가 이 모든 것들을 제대로 쓸 수 있는 기회를 찾을 수 있을 것입니다.

어머니께서 보시다시피 저는 다른 많은 사람들이 자신들의 환경에 휘둘리는 것과는 아주 다르답니다. 저는 어떤 사람이 전혀 예상치 못했던 기이한 사건 때문에 의도하지 않았던 상황으로 이끌려간다면 그것은 당사자가 무책임하기 때문이라고 생각해요. 그런 상황은 마치 나무가 막 자라나기 시작할 때, 또 추수할 때 왕겨가 밀에서 분리되는 것과 같아요. 만약 제가 뭔가 불편한 일 때문에 멀리 도망가게 된다면 그것은 무책임한 일이라고 생각합니다.

그렇지만 어머니, 저를 믿어 주세요. 저는 이 모든 것을 인내할 수 있습니다. 제가 희생하고 있는 것은 다 제 스스로 원했기 때문이에요. 제가 바라는 것은 그저 어머니를 다시 뵙고 유쾌하게 이야기를 나누는 것뿐입니다. 이런 기대가 없다면 제 자신이 하찮은 일이나 하는 노예 같다고 느껴져 속상할 거예요. 그러면 지금보다 더 많이 힘이 들 거예요.

비록 요즘 아버지는 건강 상태가 안 좋으시지만 그래도 어머니는 기운차게 생활하셨으면 좋겠어요. 앞으로도 계속 어머니한테 필요한 것은 구하세요. 이번 가을에는 여기를 떠나지 못할 거 같아요. 적어도 9월 말까지는 무슨 일이 있어도 여기 있어야 할 거 같아요. 그래도 포도 수확철에는 반드시 어머니를 찾아뵙도록 할게요. 어머니, 여름이 가기 전에 시간 나시는 대로 빨리 답장해 주세요. 그럼 안녕히 계세요. 친구들한테도 안부 전해 주세요.

1781년 8월 11일 바이마르에서

조지프 잔느 **마리 앙투아네트**
Josephe Jeanne Marie Antoinette, 1755-1793
프랑스 왕비

"평민만 빼고 누구든 올 수 있어요"

유럽의 패권을 놓고 대립하던 오스트리아와 프랑스가 소모적 대립을 벗어나 동맹을
맺기 위해 두 왕가의 혼인을 결정한다. 바로 오스트리아의 여제 마리아 테레지아
Maria Theresa의 막내딸 마리 앙투아네트가 머지않아 루이 16세가 되는 프랑스의 왕
세자와 정략결혼을 하게 된 상황이다.

명랑하고 애교가 많았던 마리 앙투아네트는 자유분방한 생활에 익숙한 공주였다. 여
기 실린 편지는 15세에 프랑스로 시집온 그녀가 성대한 결혼식을 마친 후 2개월쯤
지나 베르사이유의 '작은 요정'이라 불리며 격식 까다로운 궁전 생활에 적응하는 시
기였다. 그녀의 천성으로 보아 적응하기 어려웠을 것이 분명하며, 그녀의 어머니 마
리아 테레지아 여제가 그 점을 걱정하고 보낸 편지를 봐도 그러하다.

"사랑하는 나의 딸아, 매달 21일에는 내가 전해 준 행동 지침서를 꼭 읽도록 하여라.
네게서 가장 염려스러운 것은 기도나 독서를 게을리 하고, 경망스럽게 처신하거나 게
으름에 빠지지 않을까 하는 점이다. 그렇게 되지 않도록 부단히 노력하길 이 어미가
간곡히 바란다."

당시 프랑스는 루이 14세 치세 말부터 재정적 곤란을 겪다가 7년전쟁과 미국 독립전
쟁 참전으로 루이 16세에 이르러 재정파탄에 빠져 있었다. 절대왕정 하에 앙시앙 레
짐(Ancien Régime, 구제도)이라는 신분제도가 유지되어 2,700만 명 인구 가운데 제1

신분인 성직자가 10만, 제2신분인 귀족 40만, 제3신분인 농민과 상공시민이 그 나머지로 대다수였다. 이들 농민이 내는 세금과 공과금이 농가소득의 81%에 달했고 세금이 더 부과되면서 불만은 그 이상에 달했다. 면세 혜택과 관직을 독점하고 있던 귀족 특권층에 세금을 부과하는 것으로 재정악화를 타파하려는 시도가 있자 귀족들도 불만스러웠다. 이를 해결하려고 모인 삼부회의 표결방식에 반대하는 시민 세력을 무력으로 진압하려 하자, 시민들을 바스티유 감옥을 습격하고 인권선언을 채택하게 된다. 그러나 왕이 이를 인정하지 않자 시민들은 베르사이유 궁전을 향해 행진하는 등 프랑스는 혁명의 와중에 휩싸인다. 결국 루이 16세와 왕비 마리 앙투아네트를 단두대에서 처형하는 것으로 국민은 승리하는 것처럼 보였지만, 그후 프랑스는 공화정, 제국, 군주제를 거치며 혼란한 정치적 상황은 지속되었다.

이런 사실로 볼 때 앙투아네트와 루이 16세는 성격적인 문제로 인해 비참한 종말을 맞았다기보다 그 시대 정치, 사회적 변혁 즉, 정치적 힘이 소수왕족과 귀족에서 시민에게 옮겨지는 역사적 전환이 이루어지기 위한 희생양이었다고 보아야 할 것이다.

마리 앙투아네트의 아들 루이 17세는 혁명 후 감옥에서 폐결핵으로 죽었고 공주는 살아남아 삼촌이 왕위에 오르는 것을 보게 되었다.

사랑하는 어머니,

어머니께서 보내 주신 친절한 편지에 얼마나 감사했는지 몰라요. 어머니 편지를 받을 때마다 얼마나 후회가 많은지 눈물이 나요. 물론 전 여기서 아주 행복하게 잘 지내고 있지만, 상냥하고 다정하신 어머니와 떨어져 지내니 서글픈 마음이 들어요. 지금 이 순간 어머니와 또 사랑하는 가족들과 잠시라도 함께 보낼 수 있으면 얼마나 좋을까요.

어머니가 아직 제 편지를 못 받으신 거 같아 걱정이에요. 아마도 시종이 아닌 다른 사람이 편지를 전하게 돼서 좀 늦어지나 봐요. 그리고 삼촌, 오빠, 올케언니가 언제 올지 모르고 마냥 기다리기가 너무 힘드네요.

어머니가 그들을 만나러 그라츠에 가셨다는 게 사실이에요? 그 여행을 하시고 황제 폐하가 더 야위어지셨다는 게 사실이에요? 걱정이네요. 왜냐하면 황제 폐하가 더 야위시면 정말 큰일이잖아요.

어머니께서 궁금해하시는 제 신앙생활에 대해 말씀드리자면, 영성체는 한 번밖에 못했구요, 엊그제 성당에서 고해성사를 했어요. 그날 저는 슈와지에 가기로 되어 있었어요. 그리고 거기서 하루 늦게 돌아오기로 했어요. 그이가 심한 열감기에 걸려서 12시간 반이나 잠을 잤거든요. 푹 자고 나니 훨씬 좋아져서 지금은 떠날 채비를 하고 있어요. 어제 오후 1시에 도착해서 6시까지 여유 있게 시간을 보내고 그때서야 극장으로 갔죠. 거기서 9시 반까지 있었는데 제가 조금 피곤한 걸 왕께서 아시고 11시에 돌아가 쉬게 해주셨어요.

그리고 어머니께서 제가 어떻게 지내는지 여러 가지로 신경을 쓰시는 거 같아서 말씀드려요. 보통 9시나 10시쯤 일어나서 옷을 입고 아침기도를 올리고 식사를 해요. 그리고 숙모님 방에 가서 국왕 폐하를 알현해요. 거기서 10시 반까지 있다가 11시에 머리를 하러 가요. 정오가 되기 전에 평민을 제외한 모든 사람들의 방문을 받아요. 그때 저는 사람들 앞에서 루즈를 바르고 손을 씻죠. 그 뒤 남자들은 나가고 여자들만 남았을 때 옷을 갈아입어요. 미사가 정오에 있는데 폐하가 베르사이유에 계실 땐 그이와 숙모님들까지 같이 미사에 참석하죠. 폐하가 안 계실 땐 도팽(Dauphin, 왕세자)이 같이 가죠. 미사가 끝나면 우리는 사람들 앞에서 식사를 하는데 둘 다 식사를 빨리하는 편이라 1시 반이면 다 끝내요. 그런 다음 그의 방으로 가기도 하고 그가 바쁘면 그냥 제 방으로 와요. 그래서 뭐 책을 읽거나 글을 쓰는데 요즘은 국왕 폐하를 위한 코트를 만들고 있어요. 물론 잘 하진 못하지만 신께서 도와주시면 1~2년 안에 끝낼 수 있을 거예요. 3시에 다시 숙모님 방에 가는데 그때 국왕도 다시 오세요. 4시엔 신부님이 저를 찾아오죠. 매일 오후 5시엔 하프시코드 연주자의 반주에 맞춰 6시까지 노래를 부르죠. 6시 반이면 산책을 가거나 아님 숙모님 방에 가곤 해요. 그땐 항상 그이가 저랑 동행해요. 7시부터 9시까지 우리는 게임을 하는데 날씨가 좋으면 전 산책을 하곤 해요. 9시엔 저녁을 먹는데 국왕 폐하가 안 계시면 숙모님들은 저희와 함께 드세요. 국왕이 계실 땐 10시 45분까지 기다리죠. 기다리는 동안 전 소파에서 잠을 자요. 국왕께서 안 계실 경우 전 11시면 잠자리에 들어요. 이게 저의 요즘 일상이에요. 일요일이나 휴일에 어떻게 지내는지는 다음에 말씀드릴게요.

어머니, 제 편지가 너무 길었다면 용서해 주세요. 그렇지만 어머니께 이렇게 편지를 쓰는 게 제 유일한 기쁨이랍니다. 편지지가 조금 더럽죠? 용서하세요. 시간이 없어 이틀에 걸쳐 화장실에서 쓰고 있어서 그래요.

어머니께서 궁금해 하시던 것에 제가 다 대답해 드렸는지 모르겠네요. 이제 그만 써야겠어요. 옷 갈아입고 국왕 폐하와 함께 미사에 참석해야 하거든요. 그리고 제가 무슨 선물을 받았는지 적어 보낼게요. 어머니도 보시면 기뻐하실 거예요.

1770년 7월 12일 슈와지에서

볼프강 아마데우스 모차르트
Wolfgang Amadeus Mozart, 1756-1791
오스트리아 작곡가

"비바 마에스트로!"

모차르트는 마리 앙투아네트가 태어난 다음 해에 같은 오스트리아에서 태어났다. 세기적인 두 인물은 1762년 그들 나이 8세, 7세 때 쇤부른Schönbrunn 궁전 '거울의 방'에서 만났고, 마리아 테레지아 여제의 가족 앞에서 피아노 연주를 끝낸 모차르트는 또래였던 앙투아네트 공주에게 청혼을 했다고 알려진다.

궁정 음악가였던 아버지 레오폴트는 하늘이 주신 아들의 놀라운 재능을 알아보았고 주도면밀한 교육과 양육에 일생을 바쳤다. 그의 교육은 세심하고 열성적이었으며 엄격하고도 자애로웠다. 모차르트는 "사랑하는 하느님 다음에 바로 아버지가 있다"는 말로 아들의 천재성이 활짝 꽃필 수 있도록, 그리하여 후세에 최상의 찬사를 듣게 된 아들을 위해 자신의 모든 것을 바친 아버지에게 최고의 찬사를 보냈다.

모차르트는 정규 학교교육을 받은 적이 없지만 아버지에게서 피아노·바이올린·오르간과 읽기·쓰기·셈하기와 여러 언어를 배웠다. 어린 볼프강은 매우 민감하고 정확한 청음력을 지니고 있었고 비범한 기억력과 직관적 파악능력이 뛰어나 음악의 모든 분야를 섭렵할 수 있었다.

일생의 반 이상을 마차나 배를 타고 유럽 연주여행을 다녔던 모차르트는 수많은 음악가를 만났고 음악적 경험을 다양하게 할 수 있었다. 런던에서는 바하의 아들 요한 크리스찬 바하 J. C. Bach를, 볼로냐에서는 스승 파드레 마르티니Padre Martini를, 빈에서는 요셉 하이든J. Haydn을 만나 영향을 주고받았다.

그는 6세 때부터 미뉴에트를 작곡하고 9세에 교향곡을, 11세에 오라토리오를 그리고 12세에 오페라를 작곡했다. 이후에도 장르를 넘나들며 교향곡, 오페라 등 대규모 기악곡과 성악곡부터 가벼운 소품에 이르기까지 600곡 이상을 작곡했다.

나이가 들면서 어린 천재에게 집중되던 시선이 점차 사라지기 시작했다. 그의 곡은 여전히 자주 연주되었지만 그 역시 후견인이 되어 줄 영주가 필요한 당시의 많은 작곡가들 가운데 한 사람이었다. 21세가 된 1777년에는 궁정에 취직하기 위해 어머니와 함께 뮌헨, 만하임, 파리로 갔지만 성공하지 못하고 어머니를 여읜다. 1781년부터 독립된 음악가로 활동하게 되는데, 일 년 후 아버지의 반대를 무릅쓰고 콘스탄체 베버 Constanze Weber와 결혼해서 6명의 아이가 태어났지만 2명만 살아남았고 그 둘은 결혼하지 않아 후손은 없다.

결혼생활은 경제적 어려움이 있었지만 창작활동은 더욱 활발해졌다. 모차르트가 궁핍했다고 하지만 수입이 적었던 것이 아니라 씀씀이가 컸기 때문이었다.

1782년에 작곡한 「후궁으로부터의 유괴 *Die Entführung aus dem Serail*」가 성공을 거두면서 그는 이후 연주가와 작곡가로 자신이 쓴 피아노협주곡을 지휘·협연하기 시작했다. 1786년까지 15편의 작품을 작곡하는 등 빈 시대 후반에 접어들면서 작품세계가 무르익은 반면 청중의 기호와는 점차 간격이 생기기 시작했다. 걸작 「돈 조반니 *Don Giovanni*」가 초연된 1787년 4월, 17세의 젊은 베토벤(1770-1827)이 31세의 모차르트를 찾아왔고, 5월에는 아버지가 세상을 떠났다.

모차르트는 저녁시간에 자주 음악회를 열었고, 건강이 나빠진 후에도 모든 에너지를 음악에 쏟으며 타들어가는 촛불처럼 밤늦게까지 작곡에 몰두했다. 35년 짧은 생애 동안 시간에 쫓기며 불꽃처럼 번득이는 영감을 수없이 악보에 옮겨 놓고 모차르트는 서둘러 이 세상을 떠났다. 「레퀴엠 *Requiem*」을 미완으로 남긴 채 그는 1791년 12월 눈을 감았다.

모차르트의 작품을 주제별로 분류해서 번호를 붙인 사람은 편집자 쾨헬Ludwig Ritter von Köchel이다. 그래서 우리는 '쾨헬 번호(k)'라는 말을 듣지 않고는 모차르트의 음악을 감상할 수 없다.

사랑하는 어머니께

어머니, 저는 너무 많은 레치타티보를 작곡하느라 지금은 손이 아파서 많이 쓸 수가 없어요. 저를 위해 기도해 주세요. 제 오페라가 잘 될 수 있기를, 그래서 우리가 다시 함께 행복해질 수 있기를 말이에요. 저는 어머니 손에 천 번씩 키스를 보냅니다. 그리고 동생에게 할 말도 아주 많아요. 제가 하고 싶은 말은 신과 저만이 알고 있습니다. 만일 신의 뜻이라면, 곧 제가 직접 동생한테 말할 수 있기를 바랍니다. 그리고 동생에게도 천 번씩 키스를 합니다. 제 친구들한테도 인사 전해 주세요.

우린 얼마 전에 마사를 잃었습니다. 하지만 신의 보살핌으로 우리는 더 좋은 곳에서 마사를 만날 것입니다.

1770년 10월 20일 밀라노에서

아버지가 아니라 제가 직접 편지를 쓴다고 놀라지 마세요. 우리는 지금 다스트 씨 집에 있어서 그래요. 바론 크리스타니가 여기 같이 있어서 다들 할 말이 많은 탓에 아버지가 편지를 쓰실 시간이 없답니다. 그리고 아시잖아요. 아버지는 이런 거 귀찮아하세요. 우린 4일 정오에 여기 도착했고 모두 잘 지내고 있어요. 다스트 씨와 그의 부인만 빼고 우리 친구들은 모두 시골이나 만투아에 있어요. 그리고 다스트 씨 부부가 어머니와 여동생에게 안부를 좀 전해 달라고 하셨어요. 지금 독일에서 논의되고 있는 이탈리아 전쟁이나 밀라노의 성城 요새화는 전혀 사실이 아니에요. 제 글씨가 엉망인 거 용서하세요. 어머니가 저희한테 편지 쓰실 때 직접 쓰셔도 돼요. 왜냐하면 여기는 독일과 달라서 사람들이 편지를 가지고 와요. 그리고 편지는 우체국에 모아져 있기 때문에 저희가 매번 편지 오는 날엔 가야 한답니다.

저희에게 특별히 새로운 일은 없어요. 그냥 잘츠부르크에서 무슨 새로운 소식이 오기만을 기다리고 있답니다. 우리가 보젠에서 보낸 편지를 받으셨죠? 지금은 뭐 다른 것을 생각할 수 없어서 그만 쓰겠습니다. 친구들에게 안부 전해 주세요. 어머니에게 십만 번의 키스를 해요. (제가 또 망친 일은 없었어요.) 그리고 실제로 어머니를 만나서 손에 키스하고 동생을 안아 봤으면 좋겠어요.

1772년 11월 7일 밀라노에서

저희 셋은 모두 잘 지내고 있으니 얼마나 신께 감사한지 몰라요. 지금 잠깐 오페라 리허설 중에 나와서 편지 쓰는 거라 길게 말씀드리진 못합니다. 내일은 의상까지 완벽하게 갖추고 리허설을 해요. 그리고 13일, 즉 금요일에 드디어 공연을 한답니다. 어머니, 걱정 마세요. 아주 잘 될 거예요. 그런데 어머니가 쇼 백작을 의심하신다니 몹시 슬프네요. 왜냐하면 그는 정말 멋지고 예의바른 신사거든요. 그는 잘츠부르크의 어떤 귀족들보다 지식이 풍부하답니다. 어제 우리는 가면 연주회에 갔어요. 폰 묄크 씨는 그 정가극을 듣고 너무 놀라서 성호를 얼마나 자주 그었던지 저희는 그 때문에 정말로 창피했어요. 왜냐하면 모두의 눈에 그는 잘츠부르크와 인스부르크 외에는 가본 데가 없는 사람이라는 티가 났거든요. 그럼 이만 써야겠어요. 어머니의 손에 키스를 보냅니다.

1775년 1월 11일 뮌헨에서
볼프강 올림

하느님 감사합니다! 어제 13일 드디어 제 오페라가 초연됐어요. 그리고 제 오페라는, 어제 제가 받은 갈채를 어머니께 어떻게 설명 드려야 할지 모를 정도로, 크게 성공을 거뒀답니다. 우선 극장이 꽉 차서 유명한 사람들도 그냥 돌려보내야 할 정도였어요. 그리고 매번 아리아 다음에 관객들이 갈채를 보내고 '거장 만세Viva Maestro'를 외쳐댔어요. 왕비 전하와 공작부인(제 앞에 앉아 계시던)도 저에게 브라보를 외쳐 주셨어요. 보통 오페라가 끝나고 다음에 발레가 시작되기 전까지 잠깐 쉬는 시간이 있는데 그동안에도 사람들은 박수를 치며 브라보를 외쳤답니다. 그만 해달라고 하면 잠깐 멈췄다가 또다시 박수를 치고 몇 번이나 그랬어요.

공연 후 아버지와 함께 전하를 뵙고 전하와 왕비마마의 손에 키스를 했어요. 모두들 저에게 정말 인자하셨어요. 오늘 아침에는 일찍부터 주교님께서 저에게 연락하셔서 제 오페라의 유례없는 성공을 축하해 주시기도 했어요. 그런데 저희는 잘츠부르크에 금방 돌아가지 못할 거 같아요. 어머니는 아무 걱정 하지 말고 계세요. 왜냐하면 주교님은 제가 여기서 자유롭게 숨쉴 수 있도록 잘 해주고 계시거든요. 그렇지만 머지않아 집으로 돌아가긴 할 겁니다. 그리고 다음 주 금요일 저의 오페라가 다시 공연된다고 해요. 그래서 여기 계속 머물러야 해요. 그렇지 않으면 제 작품을 알아주지 않을 거예요. 여기서는 아주 이상한 일들이 일어나고 있어요. 오늘도 어머니의 손에 천 번의 키스를 보냅니다. 친구들에게도 안부 전해 주세요. 안드레테 씨에게도 안부 전해 주시고 아직 답장 보내지 못해 죄송하다고 말해 주세요. 그런데 정말 답장 쓸 시간이 없어요. 그렇지만 곧 쓸게요. 그럼 안녕히. 빔베를에게도 천 번의 키스를 보내요.

1775년 1월 14일 뮌헨에서

나폴레옹 보나파르트
Napoleon Bonaparte, 1769-1821
프랑스 군인 · 정치가

"제 속만 까맣게 타고 있어요"

칼을 든 나폴레옹은 펜을 든 괴테보다 20년 후에 태어났으나 괴테보다 11년 먼저 유배지에서 세상을 떠났다.

나폴레옹이 태어난 코르시카 섬의 아작시오Ajaccio에는 '왕들의 어머니Mater Regum' 라는 묘비명이 새겨진 무덤이 하나 있다. 이 무덤에 묻힌 여인의 아들들 가운데 여럿이 한때 유럽을 통치했기 때문이다. 조제프는 나폴리의 왕이었고, 루이는 네덜란드의 왕이었으며, 제롬은 베스트팔리아의 왕이었다. 그리고 사위는 베르그의 대공이었다. 그 배후에는 물론 프랑스의 황제로서 전 유럽을 지배한 둘째아들 나폴레옹 보나파르트가 있었다. 이 여인 레티치아 라몰리노 보나파르트Letizia Ramolino Bonaparte는 아들 나폴레옹을 잃고 15년을 더 살았던 생애 동안 아들의 파란만장한 전쟁과 운명을 몹시 염려하고 불안해하며 지켜보았다. 나폴레옹은 가족애가 깊은 인물이었다. 그러나 편지에서 보듯이, 그가 점령한 유럽 각국에 왕으로 앉힌 동생들로 인해 고민 또한 깊었다.

나폴레옹은 이탈리아 원정군 사령관으로 만토바를 점령하고 이집트를 원정, 카이로에 입성했으나 해군이 영국함대에 패하는 바람에 고립되었다가 혼자 이집트를 탈출해서 귀국한다. 1799년, 나폴레옹은 자신의 연대를 버리고 파리로 가서 11월에 쿠데타를 일으켜 500인회를 해산하고 원로원으로부터 제1통령으로 임명되어 영구 집정을 시작한다.

우리는 1804년 노틀담 성당에서 거행된 나폴레옹의 황제대관식을 루브르박물관에서 화가 다비드의 그림으로 볼 수 있다. 교황에게 무릎을 꿇지 않으려고 자신이 직접 왕관을 머리에 썼던 대관식에 아들의 결혼을 찬성하지 않았던 그의 어머니는 불참했지만 이 화가는 아들을 굽어보는 위치에 어머니를 그려 넣었다.

제롬 보나파르트가 같이 사는 여자와 함께 리스본에 왔어요. 제가 그 못된 녀석에게 뻬르뻬뇨, 뚤루즈, 그레노블, 뛰르뺑을 둘러보고 밀라노에서 보고하라고 명령했거든요. 그리고 그 녀석에게 마음대로 여행 루트를 바꾸면 그 즉시 체포해 버리겠다고까지 말했죠. 그 녀석과 동거하는 패터슨 양이 그 사전 경고를 잘 알아들었더군요. 그녀에게도 제 명령을 따르지 않으면 미국으로 돌려보내겠다고 했거든요. 그녀가 명령을 어기고 보르도나 파리에 나타났더라면 아마도 암스테르담으로 끌고 가서 거기서 미국으로 가는 첫 번째 배에 태워 보내버렸을 거예요.

녀석이 자기 이름을 더럽히고 그녀와의 부적절한 관계를 지속한다면, 저도 이제 더 이상 봐주지 않을 생각이에요. 그 형편없는 여자 때문에 제 명예를 더럽게 하고 그 관계를 청산하지 않는다면, 말 그대로 저는 녀석을 집안에서 내쫓고 젊은 장교들에게 고결함을 일깨워 주도록 녀석의 이야기를 다 폭로해 버릴 거예요. 녀석이 밀라노에 올 테니 어머니께서 편지 좀 보내세요. 그래서 녀석한테 저는 아버지 같은 존재이니 제 말에 따르라고 좀 일러 주세요. 그리고 누이들한테도 녀석에게 편지 좀 쓰라고 하세요. 제가 녀석을 처벌하게 되면 그건 번복할 수도 없고 그 녀석 인생도 모두 끝이에요.

1805년 4월 22일 스투프니지 성城에서

44

사랑하는 어머니께

전보를 보니 루이가 집에 왔다면서요? 그가 제게 보낸 편지 사본을 보낼 테니 어머니도 한번 보세요.

그가 프랑스에 왕자로 남아서 왕권을 지킨다면, 저도 그를 따뜻하게 맞이하고 과거는 모두 잊겠어요. 어렸을 때부터 내가 그 녀석한테 얼마나 잘해줬는데….

그런데 그는 유럽의 왕실마다 찾아다니면서 저를 모욕하다니 이런 배은망덕한 경우가 어디 있어요. 그렇지만 전 다시 한번 그를 용서할 수 있어요. 어머니도 아시다시피 제가 투정부리는 거 잘 못 받아주는 성격이잖아요. 그런데 그가 보낸 편지를 보니 저도 걱정스럽습니다. 그는 네덜란드를 돌려달라고 온 거 같은데, 자꾸 그렇게 주장한다면 저도 어쩔 수 없이 소송을 걸 수밖에 없어요. 그러면 상원의장, 대법관, 내무부 장관까지 다 불러 모아야 해요. 일이 이렇게 커지면 앞으로 그걸 만회할 수 없을 거예요. 그리고 그가 이런 프랑스 제국의 법을 받아들이지 않으면 그는 스스로 반역자가 되는 거예요.

그러니 이렇게 저를 화나게 하는 것은 그에게도 전혀 도움이 되지 않아요. 저도 화해하고 싶어요. 네덜란드는 프랑스 영토예요. 앞으로도 계속 그럴 거고요. 헌법에도 그렇게 규정되어 있고 지구상의 어떤 권력도 그걸 빼앗을 수 없어요. 그러니 어머니가 설득해서 제가 그를 반역자로 체포하는 불상사가 일어나지 않도록 해주세요. 그에게 파리를 떠나라고 해주세요. 조용히 여길 떠나서 이탈리아 구석에 처박혀 고집 부리지 말고 살라고 해주세요. 스위스에서는 잘 지내더니 왜 거길 떠나서 일을 만들고 다니는지 도대체 이유를 모르겠다니까요.

물론 그가 절 싫어하는 이유가 있겠지만, 저로서는 그가 왜 그렇게 못되고 뭘 모르는지 이해가 안 돼요. 그리고 지금 이렇게 전 유럽이 저한테 반대하고 나서는 판국에 왜 그까지 합세해서 불필요하게 제 신경을 긁는지…. 하여튼 제 속만 까맣게 타고 있어요. 다시 말씀드리는데, 요즘처럼 위태로운 시기에 루이가 프랑스의 왕자로 남아 왕권을 지키면서 그의 조국, 가족들을 지킨다면 저도 과거 잘못을 용서하고 다신 그것에 대해 거론하지 않을 거예요. 그리고 지난 10년 동안의 행실은 다 잊고 그를 예전 어릴 때처럼 반갑게 맞아줄 거예요.

1813년 11월 6일 메이앙스에서

조지 고든 노엘 바이런
George Gordon Noel Byron, Lord Byron, 1788-1824
영국 시인

"제 방식대로 혼자 살겠습니다"

바이런의 시는 당대에 가장 많이 읽혀졌으며 지금도 사랑받고 있다. 「차일드 해럴드의 여행 *Childe Harold's Pilgrimage*」과 미완성 유작 「돈 주앙 *Don Juan*」이 특히 유명하다.

바이런은 영국 시인 가운데 전무후무하게 빛나는 사회적 성공을 이루었고, 시뿐만 아니라 변화와 모험으로 가득 찬 화려한 삶과 끊임없는 스캔들, 추방, 그리고 외국 전장에서의 갑작스러운 죽음으로도 유명했다.

바이런의 아버지는 귀족 집안 출신이었으나 방탕한 인물로, '미치광이 잭'이라고 불렸다. 그의 두 번째 아내인 바이런의 어머니 캐서린 고든은 영지와 귀족 작위를 팔아 남편의 빚을 갚고 스코틀랜드의 애버딘에서 바이런의 나이 세 살 때부터 단둘이 서로를 의지하며 살았다. 이들 어머니와 아들의 관계는 변덕스러웠다. 캐서린은 성마른 여인으로, 아들을 사랑했지만 때로는 심하게 야단치다가 곧 애정을 표현하기도 했다. 같이 살 때는 사이가 안 좋았지만 떨어져 살 때는 여기 실린 것처럼 애정이 담긴 편지를 주고받았다.

바이런은 열 살에 큰아버지의 상속인으로 남작 작위를 물려받고 해로 스쿨과 캠브리지 트리니티 칼리지에서 교육을 받았다. 24세에는 상원의원이 되어 첫 연설을 하고, 지중해 여행을 떠나 여기 실린 편지의 내부분을 썼다. 친구와 함께 포르투갈·스페인·알바니아·그리스 지방을 2년간 여행하며 많은 작품의 영감을 얻었다. 여행에서 돌아와 1812년 「차일드 해럴드의 여행」을 발표하자 그 반응이 얼마나 대단했는지 '자고 일어나니 유명해졌다'는 그 유명한 말을 남기게 되었다.

그는 소아마비로 한쪽 다리를 절었지만 각종 스포츠에 활발하게 참여했고, 수려한 외모로 많은 여자들이 따르자 남자 바이런은 당연히 끊임없는 연애 행각을 벌였다. 그리고 결국 그에게 비우호적이던 여론은 도무지 뉘우침이라곤 없는 그를 영국에서 영구 추방해 버렸다.

바이런은 제네바에 정착해서 동료 작가 퍼시 비쉬 셸리 부부와 친분을 쌓고, 이후 베니스, 피사 등에서 여러 작가들과 '피사 서클'을 만들어 문학적 교류를 나눈다. 이때 바이런은 주변 사람들의 반대에도 불구하고 당시 매우 부도덕한 소재로 여기던 「돈 주앙」의 집필을 계속해 나간다. 여자는 물론 작품 집필에도 결코 소홀하지 않았던 것이다.

이탈리아에서 6년 동안 이탈리아 독립과 통합을 위한 전투를 이끌었던 전력이 있는 그는, 1823년 그리스 위원회의 요청으로 터키 지배를 받고 있던 그리스로 가서 독립을 위해서 싸운다. 그러나 실제적 투쟁을 하기도 전에 36세 생일이 지난 직후 미솔롱기에서 열병으로 세상을 떠난다.

여기 실린 첫 번째 편지는 노팅엄에서 돌팔이 의사에게 장애를 치료받던 중 어머니에게 보낸 편지로, 사기꾼이고 사디스트인 의사와 짐승 같던 간호사 밑에서 함부로 취급받던 어린아이의 비참함이 숨겨져 있다.

바이런은 낭만주의를 대표하는 시인으로 꼽히고 있으며 프랑스 비평가 이폴리트 텐은 그에게 최고의 찬사를 보냈다. 바이런의 문학은 이후 괴테·발자크·스탕달·푸시킨·도스토예프스키·허먼 멜빌 등에 영향을 주었으며 화가 들라크루아나 작곡가 베토벤과 베를리오즈에게도 마찬가지였다.

사랑하는 엄마 보세요.

엄마가 건강히 잘 계시다니 기뻐요. 저는 몸이 꽤 괜찮아졌어요. 하느님께 감사드려요. 맹세코 저는 엄마에게서 편지를 받으리라곤 기대하지 않았어요. 하지만 최선을 다해 답장하도록 할게요. 파킨스 부인과 다른 사람들 모두 잘 있고, 선물을 매우 고마워하고 있어요. 로저스 아저씨는 매일 밤 파킨스 집안의 여자들과 번갈아 제 시중을 들어줍니다. 저는 엄마가, 제가 거의 잊고 있었던 마음가짐을 되살리려는 제 계획을 묵인하지 않는 것에 놀랐어요. 이것을 간곡히 부탁드릴게요. 왜냐하면 이런 종류의 계획들이 채택되지 않으면, 저는 바보라고 불리거나 바보 낙인이 찍혀 버릴 거예요. 제가 이런 것을 잘 못견딘다는 것을 아시지요. 엄마가 이 계획을 진지하게 고려해 보시길 바래요. 그러면 저도 최선을 다할게요. 엄마의 생각을 담은 편지를 받아볼 수 있기를 바래요. 이 말만 전하고 줄일게요. 뉴스테드의 사람들은 모두 잘 지낸답니다.

추신. 엄마가 뉴스테드에 말들을 보낼 때 꼭 알려 주세요. 5월은 자신의 본분을 갈망하고, 저는 방앗간 주인의 답장을 기다립니다.

1799년 3월 13일 노팅엄에서
변함없이 사랑하는 아들 바이런 올림

사랑하는 어머니께

어머니의 현명한 충고에 힘입어 해로 학교에 진 빚을 모두 갚았습니다. 저는 채권자인 가련한 악마보다 돈을 기다리는 것을 더 잘할 수 있으니까 말이죠. 그리고 231파운드에 달했던 대학 등록금도 모두 갚았습니다. 75파운드는 가구비로 핸슨에게 받아낼 것이고, 일 년 수입이 500파운드인 만큼 석 달마다 받는 125파운드를 아껴 쓰기로 한 것입니다. 그러자 현찰로 몇백 파운드를 손에 쥘 수 있게 되었고, 그래서 이 비용을 갚았습니다.

그렇다 하더라도 대학에 남아 있는 건 불편해요. 제 수입으로 살아갈 수 있으니 (저는 그냥 원래부터 사치스러울 뿐이에요) 등록금 때문에 그런 건 아닙니다. 하루하루 살아가는 스타일이 제 체질과 맞지 않아요. 상류층 남자가 영국 대학에서 자신을 발전시키는 것은 불가능해요. 그런 생각은 우습기 짝이 없지요.

이제 저는 제가 받아야 할 교육을 마치고, 캠브리지에서 진지하게 얼마간의 시간을 보내면서, 한 세기 동안 거기에서 제 연구를 했던 것처럼 대학의 명성을 업고 살 수 있을 것입니다. 하지만 이미 얻은 것은 이름에 지나지 않아요. 저는 모든 비용을 지불한 만큼 영광스럽게 그것을 버릴 수 있습니다. 그리고 외국에서 2년간 시간을 보내면 영국 신학교에서 보냈던 것보다 훨씬 적은 비용으로 훨씬 많은 이득을 취할 수 있을 것이라고 확신합니다.

제가 프랑스에 입국하지 못하는 건 사실이에요. 하지만 독일과 베를린 궁정, 비엔나와 페테르부르크는 여전히 열려 있습니다. 저는 핸슨과 C경 앞에서 제 계획을 펼쳐 보일 것입니다. 어머니가 모두 찬성하실 것으로 생각하지만, 만약 그렇지 않다면 비록 일반적인 예절과 가정교사에게 배운 것 이상으로 어머니 뜻을 공경하긴 해도 저는 어머니의 뜻과 상관 없이 가 버릴 것입니다. 이것이 제 계획이며, 지금은 이것에 대해 핸슨에게 아무 말도 하지 마시기를 바랍니다.

　답장 주세요. 저는 제 말을 가져오고 빌어먹을 시궁창에 있는 당신의 거주지에 들를 수 있도록 마을에서 한 달 더 머물 예정입니다. 어머니가 남자 하인 하나를 고용하길 바랍니다. 그렇지 않으면 제 하인이 주로 말 위에 있어야 하기 때문에 어머니를 방문하는 게 거의 불가능해요. 동시에 무신경한 존재들을 잘라버리고 처녀들로 고용하길 바랍니다.

1806년 2월 26일 피카딜리 16번지에서
변함없는 어머니의 바이런 올림

사랑하는 어머니,

제게는 지금 핸슨 가족이나 다른 누구를 재워 줄 침대가 하나도 없습니다. 핸슨 가족은 맨스필드에서 자기로 했습니다. 제가 장 자크 루소를 닮았는지도 모르겠군요. 그러나 저는 그토록 걸출한 미치광이가 될 생각은 없으며, 확실한 것은 제가 가능한 한 제 방식대로 혼자 살 거라는 사실입니다. 제 방이 준비되는 대로 어머니를 뵙고 싶어요. 현재는 서로에게 부적절하고 부담만 될 것 같습니다.

　어머니는 제가 3월(늦어도 5월)에 페르시아로 떠남에도 불구하고 제 집을 살 만하게 고치는 것을 반대하지 않으셨죠. 제가 돌아올 때까지 어머니가 임차인이 될 것이니 말이에요. 혹시 어떤 사고가 일어나면 (저는 스물한 살 때 이미 유서를 작성해 놓았으니 말입니다) 어머니가 집과 땅, 충분한 수입을 모두 갖도록 해 놓았습니다. 제가 완전히 이기적인 인간이 아니라는 걸 아시겠지요?

　이곳에 친구가 있는 관계로 12일 우리는 병원 무도회에 참석할 것입니다. 우리는 8시에 바이런 부인과 차를 마시는데 어머니를 무도회에서 뵐 수 있었으면 해요. 만약 그 부인이 옷을 갈아입을 수 있는 방 두 개를 내준다면 우리는 매우 고마워할 것입니다. 10시나 11시까지 무도회에 있다면 충분히 시간을 보낸 것이 될 거예요. 우리는 3시나 4시 경 뉴스테드로 돌아올 겁니다. 그럼 안녕히.

1808년 10월 7일 노팅엄 뉴스테드 애비에서
믿을 수 있는 당신의 충실한 바이런 올림

사랑하는 어머니,

어머니는 제 소식을 들어서 기쁘시겠죠? 저도 편지를 쓰게 돼서 기쁘다고 말씀드릴 수 있다면 좋겠네요. 그러나저러나 저의 졸작에 그리 큰 손실은 없습니다. 가까운 장래에 모든 것을 다 가질 여행가방 제조업자만 빼고 말이에요.

어머니 말고는 누구도 제게 제 신념에 대해 묻지 않아요. 제가 어떤 사람인지, 어떤 사람이 아닌지, 기타 등등 제가 설명하기 시작한다면, 하느님만이 제가 그만두어야 할 때를 아실 거예요. 그러니까 괜찮으시다면 이것에 대해서는 더 이상 거론하지 말도록 해요.

저는 '훌륭한 영혼'도 아니고 무신론자도 아니며 단지 어머니를 사랑하고, 인류를, 그리고 조국을 사랑하는 영국 신사일 뿐입니다. 지금은 더 쓸 시간이 없어요. 저를 믿어 주시길 바랍니다.

추신. 그 여자들은 제가 도착해서 사람들의 입방아에 오르내리길 간절히 기다리고 있나요? 그건 정말 최악이에요.

1810년 4월 9일 스미르나에서
항상 당신의, 기타 등등 바이런

사랑하는 어머니께
아마 4월 7일 경 우리가 포츠머스에 도착하자마자 이 편지가 전달될 것입니다. 그때는 우리가 몰타를 떠난 지 23일째가 될 것입니다. 제가 영국을 떠난 지도 2년이 지났습니다. 출발할 때 느꼈던 기분, 즉 무관심한 기분 그대로 돌아갑니다. 하지만 그 무관심 속에 저는 제 자신을 포함시키지 않습니다. 제 힘껏 모든 수단을 증명해 보일 수 있기 때문이에요. 어머니는 제가 살 새 아파트를 뉴스테드에 준비해 놓으실 정도로 세심하고 좋은 분이시지요. 하지만 너무 신경 쓰지는 마세요. 특히 제 것은 신경 쓰지 마시고, 방문객이라고도 생각하지 마세요.

저는 오랫동안 식이요법을 지키느라 생선도, 살코기도 아닌 완전한 채식을 했다는 것을 알려 드려야겠군요. 그래서 감자와 야채, 비스킷이 잔뜩 쌓여 있기를 바랍니다. 와인은 마시지 않습니다. 저는 중년의 그리스 사람 둘을 하인으로 데리고 있어요. 저는 핸슨 씨를 만나기 위해 먼저 마을에 들르고, 다음 로취데일로 가는 길에 뉴스테드에 들를 예정입니다. 제 식사를 잊지 마시길 바래요. 식이요법을 지키는 게 저에겐 중요한 일이거든요. 곧 완쾌되었던 두 번의 말라리아 발병을 빼고 건강은 좋습니다.

저의 계획은 환경에 따라 달라질 수 있는데, 이 문제에 대해서는 감히 의견을 내지 않겠습니다. 전망은 그리 밝지 않지만, 우리 이웃들이 그랬던 것처럼 삶을 이겨낼 수 있을 거라 생각합니다. 사실, 핸슨의 충고에 따라 뉴스테드를 철거할까 하는 생각도 했어요. 그는 제가 그것을 팔기 원했지만, 그렇지 않았다고 해서 좌절하지는 않을 겁니다. 방문객이 있어도 크게 방해가 될 것 같지는 않지만, 만약 그렇다면 어머니가 그들을 맞아 주셔야 해요. 저는 제 칩거가 누구에 의해서도 방해받는 것을 원치 않아요. 어머니도 아시다시피 저는 사교성이 없지만, 전보다는 덜합니다. 어머니를 위해 숄과 장미 향수를 가져가는데 가능하면 이것들을 밀반입해야 합니다. 제 서재도 깔끔하게 정리되어 있기를 바랍니다.

플레처는 꼭 도착할 겁니다. 저는 B씨의 아들이 둘 다 책임을 물려받기엔 너무 방종하니 그의 농장에서 방앗간을 분리하고, 방앗간에 플레처를 둘 생각입니다. 그는 저를 충실히 보필했고 그의 아내는 좋은 사람입니다. 게다가 그것은 절도 있는 젊은 B씨에게 필요한 것인데, 그렇지 않으면 그는 홀아비들로 동네를 꽉 채울 것입니다. 또한, 그가 젖 짜는 여자를 유혹한 것은 사죄로 끝날 수 있지만, 그녀와 그는 동등하고, 높은 신분의 사회에서나 낮은 신분의 사회에서나 이러한 배경에서는 배상이 이루어져야 할 것입니다. 하지만 저는 (보나파르트처럼) B씨의 왕국을 분할하고, 그 한 부분을 플레처 육군 원수에게 세워 주는 것 이상으로는 방해하지 않겠습니다. 어머니가 제 작은 제국을 통치해 주시고 그 빚도 관리해 주셨으면 좋겠네요. 이제 비유는 그만 두고, 다시 편지 쓰겠습니다.

1811년 6월 25일 볼리지 프리게이트 바닷가에서
어머니의 영원한 바이런 올림

토머스 칼라일
Thomas Carlyle, 1795-1881
스코틀랜드 수필가 · 역사가

'첼시의 현자'

영국 빅토리아시대(1830-1880)는 대영제국의 영광과 확장의 시대인 동시에 근심과 회의와 괴로움의 시대였다. 산업혁명이 진행 중이었고, 구교자유법안(1829), 선거법 개정안(1832), 영국 해외식민지에서의 노예제도 폐지(1833) 등 동요와 혁신이 있었다. 이 시대 가장 위대한 작가들 대부분이 동시대인들의 죄악과 어리석음을 들춰내 탄핵하는 데 몰두했다.

시대의 잘못된 흐름을 비난한 이들 가운데 칼라일보다 힘차게 말한 사람도 드물었다. 엄격한 캘빈교도인 채석공의 아들로 태어나 목사가 되려고 입학한 애든버러 Edinburgh 대학에서 오히려 신앙에서 이탈해 독일 초월주의 철학에 심취한다. 그러다가 괴테의 「빌헬름 마이스터 *Wilhelm Meister*」를 번역하면서 유명해졌다. 매우 독일적이고 개인적이며 독창적인 저서 「의상철학 *Sartor Resartus*」은 풍자적 자서전인데, 여기서 그는 "우리의 육체는 영혼이 입는 의상이고, 자연은 신이 의상을 갈아입는 일이며, 죽음은 영혼이 자신의 의상을 벗어버리는 일이다. 그러므로 인간이 만들어내는 역사, 사상, 이데올로기는 이 의상에 붙어 있는 단추에 불과하다"고 주장하며 당시의 공리주의를 반박한다. 이 책은 전체적으로 격렬하고 거대하며 상상력이 뛰어난 작품으로 칼라일 정신의 특징을 이룬다. 그의 성숙한 저술은 세 권의 중요한 역사연구서로 「프랑스혁명 *The French Revolution*」·「크롬웰의 서간 연설집 *Cromwell's Letters and Speeches*」·「프리드리히 2세 *Frederick II*」와 사회·정치 문제에 관한 여러 논설이 있다. 「프랑스혁명」에서 그는 역사가 일련의 사건이라기보다는 오히려 위대한 지도자들을 통한 인간 사회의 영원한 정의구현이라고 주장했고, 「프레드리히 2세」에서는 독일 황제 프레드리히 대왕의 영웅적인 면모를 서술했는데, 칼라일의 이러한 영웅 예찬은 나중에 잘못 받아들여져서 파시즘 출현의 전조가 되고 말았다. 히틀러가 2차 세계대전이 끝날 무렵 읽고 있었던 책도 바로 이 책이었다. 「차티스트 운동 *Chartism*」이나 「과거와 현재 *Past and Present*」에서는 식민주의를 비판하고 노동자 계급의 현상과 미래를 논했지만, 칼라일이 진정 주장하고 싶었던 것은 강력한 영웅의 출현이었으며 민주주의에 미래는 없다고 신랄하게 비판하였다.

칼라일은 급진주의적 역사가로, 또 시대를 풍자하며 당시 문인들과 사회 전반에 많은 영향을 준 인물이었다.

그의 아내 제인 칼라일은 매우 똑똑하고 사려깊은 여자였다고 기록되어 있는데, 제인 역시 글 쓰는 데 뛰어난 재주가 있었을 뿐 아니라 문예후원자이기도 해서 칼라일의 활동에 많은 도움과 격려를 했다고 한다. 이들 부부는 1834년 런던 첼시Chelsea의 체인 로Cheyne Row에 정착해서 여생을 그곳에서 지냈다. 칼라일의 별명이 '첼시의 현자The Sage of Chelsea'인 것도 이 같은 이유에서다.

두 번째 편지는 그가 자신의 49회 생일 다음날 어머니께 보낸 편지로, "저를 이 세상으로 데려와 주시고, 지치지 않는 보살핌을 베풀어 주신 어머니께 다시 한번 애정 어린 감사를 드립니다"라는 말로 세상의 모든 자녀들이 세상의 모든 어머니께 드릴 수 있는 감사를 대신하고 있다.

이곳에서 피곤하게 구는 미국인들을 만났습니다. 좋은 친구들이 보낸 사람들이라서 최대한 상냥하게 굴려고 노력했지요. 불쌍한 사람들 같으니! 저에게는 그저 잠깐 함께 있어주는 것 외에는 아무것도 기대하지 않더군요. 여름에는 미국 여자들이 몇 명 왔더라구요. 아프리카를 개명시키고 흑인 노예들을 돌보자는 목적으로 런던에서 개최되는 큰 집회에서 강연하러 온 '대표단'이라고 하더군요. 그런데 그 집회는 여성 대표단을 이해하기는커녕 오히려 반대하는 듯했고, 결국 그들은 배척당했습니다.

그 훌륭한 여자들은 몹시 화를 내며, 자기들 나름대로 강연을 하기로 결정했답니다. 이미 빌려 놓았던 회의장에서 자기들끼리 말이에요. 그렇게 해서 모은 청중 앞에서 그 여성 대표단의 책임자가 그만 안타깝게도 아무 말도 하지 못한 채 낙담해서 자리에 앉아버렸지 뭡니까. 사람들은 그녀도 역시 여자일 뿐이라고 생각했어요. 하지만 저는 그녀가 훌륭하다고 생각해요. 그녀는 전에도 나이 많고 엄해 보이는 퀘이커 교도 세 명과 함께 이곳에 온 적이 있었거든요. 그때 저더러 자신들과 함께 흑인 노예들을 위한 운동에 참여하지 않는다고 몹시 실망스럽다고 했지요. 그래서 저는 여느 때처럼 그들에게 배고픔으로 창백해진 내 이웃들이 내게는 훨씬 더 큰 걱정거리라고 말했지요! 그리고 나 스스로가 평생 노예였고, 나의 진실한 의지를 조금이라도 실현하기 위해서는 아직도 싸워야 할 힘겨운 전투가 남아 있다고 덧붙였어요. 누가 뭐래도 저로서는, 흑인 노예에 대한 그들의 관심이 제 영역에 속한 일이 아니어서 피한 것은 아니었으니까요.

이곳에서는 금주禁酒가 잘 지켜지고 있습니다. 가수들은 거리에서 노래로 금주를 풍자하고, 다른 한편에서는 개과천선한 술꾼들을 자처하는 거칠고 성실한 남자들이 열심히 듣는 청중을 위해 매주 일요일 금주에 대한 연설을 합니다. 제 생각에는 정말 나아지고 있는 것 같아요. 그 불쌍한 아일랜드 사람들이 엄청난 양의 술을 내다버리고 있죠. 저는 이것이 그들의 해방의 시작이라고 말하겠어요. 동료들이 술의 노예에서 벗어나 인간답게 살도록 하기 위해 이 불쌍한 노동자들이 열과 성을 다해 연설하는 걸 보고 있노라면 눈물까지 날 지경입니다. 그들은 정녕 가슴에서 우러나오는 말을 하는 것 같아요. 이 사람들의 말은 진실되고 현실적인 반면에 연설을 위해 고용된 자들은 찬송가 같은 소리를 하거나 군소리만 지껄일 뿐이었습니다. 이곳에서는 스코틀랜드 출신의 한 벽돌공이 금주에 가장 열성적이랍니다.

북부지역에서 온 절대 금주자 모임의 리더가 얼마 전 이 벽돌공의 이야기를 해주었습니다. 술 마시는 버릇이 생겨 일이 모두 엉망이 됐다는군요. 그의 아내는 아무런 불평도 하지 않았는데, 오히려 그런 소리 없는 슬픔이 그를 더욱 미치게 만들었대요. 어느 날 밤 술집에서 나와 집으로 가다가 이 벽돌공은 미쳐서 악마에게 영혼을 팔았고, 아내를 죽일 작정을 했다는군요. 아내는 아이와 함께 잠들어 있었는데, 그는 조각칼을 꺼내 아내를 찌르려고 팔을 높이 쳐들었대요. 바로 그 순간 신이 자비를 베푸셔서 아내가 잠에서 깨어났고, 그녀의 놀란 표정을 보고 그는 심장이 갈기갈기 찢어지는 듯한 아픔을 느껴 울면서 기도를 드렸대요. 그는 (요즘 일도 다시 잘 되어가고 있기 때문에) 하늘이 그로 하여금, 주위 사람들에게 언제 어디서든 술에 대한 경고를 할 수 있도록 자신을 정화한 것이라고 믿는다고 하네요. 물론 우리는 이 가엾은 사람들이 성공하기를 바라지요.

1840년 9월 12일 첼시에서

사랑하는 어머니 보세요.

오늘도 얼마간 짬이 나서 어머니께 몇 자 적어 보려 합니다. 의사 선생님이 제게 앨릭스의 편지를 보내 주셨는데, 어머니가 평소처럼 상당히 건강하시다는 좋은 소식이 들어 있더군요. 앨릭스와 산꼭대기까지 올라가셨다고 하니 어머니의 건강에 관해 좀더 자세하고 정확한 소식을 들은 것 같아서 정말 기쁩니다. 어제 이후로 날이 더울 때 불 가까이 있는 것을 피할 겸 좀더 볕이 잘 드는 곳으로 다가가기 위해 글쓰기용 테이블의 위치를 옮겼답니다. 이제 고개를 들 때마다 벽시계 위에 걸린 액자에서 어머니의 애정 어린 슬픈 얼굴이 보입니다. 사랑하는 어머니, 어머니의 얼굴에는 항상 제 마음을 파고드는 슬픔이 있습니다. 하지만 그것이 단순히 '슬픔'인 것만은 아니예요. 오히려 많은 일에 지친 고결한 모습이죠. 세상의 모든 남자와 여자가 그런 '슬픔'을 가질 수 있다면 좋겠습니다.

1843년 3월 24일 첼시에서

사랑하는 어머니 보세요.

어제는 제 생일이라서 어머니께 편지를 쓸 생각이었어요. 저 스스로에게 "이건 너를 이 세상에 태어나게 해주신 어머니께 해드릴 수 있는 최소한의 일이다"라고 말했죠. 전 정말로 그렇게 할 생각이었는데, 그 경건한 목적을 이루려는 순간 무례한 방문객이 절 찾아와서 손이 묶이고 말았어요! 서둘러 보았자 어머니께서 편지를 빨리 받으실 수는 없을 것 같아서 차라리 오늘 쓰기로 결정했던 겁니다.

　나의 어머니, 어제는 하루 종일 정말 많은 생각이 머리를 스쳐 지나갔습니다. 49년 전 이 시간에 저는 어머니의 따뜻한 가슴에 아무 생각 없이 안겨 있던 아주 작은, 태어난 지 채 몇 시간도 안 되는 아기였죠. 어머니는 경건한 마음으로 제가 태어난 것을 기뻐하시며 어머니와 제가 살아 있는 한 저를 사랑하시겠노라 약속하셨죠. 어머니의 성실한 노동으로 기록된 그 숱한 날들을 기쁨과 슬픔을 갖고 돌아볼 수 있다니 정말 멋진 시간이에요! 저는 울 수도 있었지만 울지 않기로 했어요, 어머니. 우리는 옛 히브리 사람들처럼 "여기까지 신이 우릴 도우셨다!"라고 말할 수 있을 것 같아요. 그래요, 우리의 모든 슬픔과 난관에도 불구하고, 우리는 늘 도움을 받아왔고 앞으로도 그럴 겁니다. 어머니가 한때 '실수투성이의 큰 대자代子'라고 부르셨던 가엾은 소년이 자라서 어느덧 이 세상에서 두드러지는 존재가 되었어요. 그리고 어머니가 그 아이를 위해 쏟아 부으신 노고와 고통은 모두 다 헛된 것은 아니었습니다. 많은 일이 있었고, 우리는 아직도 여기 남아 있지요. 제가 평생토록 사랑할 어머니, 저를 이 세상으로 데려와 주시고, 지치지 않는 보살핌을 베풀어 주신 어머니께 다시 한번 애정 어린 인사를 드립니다. 신께서 어머니께 답례해 주시길 바라고, 그러실 것이라 확신합니다. 제 힘으로는 어머니께 보답해 드릴 수가 없으니까요!

아아, 또 다른 방문객이 왔는데, 제인이 없어서 제가 맞아야 한답니다. 비록 제 이야기는 아직 반도 못 했지만 여기서 멈춰야겠네요. 곧 다시 쓰겠습니다.

1844년 12월 5일 첼시에서

제가 사랑하는 인자하신 어머니께

오늘 아침 존에게서 또 다른 편지를 받았습니다. 그가 어머니와 항상 연락이 닿는 곳에 있다는 것, 그리고 이처럼 꼬박꼬박 편지를 보내 주는 것이 저희에게 얼마나 큰 위안이 되는지 모릅니다. 저번에 보낸 편지에서는 어머니가 저희에게 보내실 햄에 대해 말해 주더군요. 어머니는 정말 자상하세요. 당분간은 보내지 마시라고 충고한 존이 현명했어요. 하지만 어머니가 보내려고 하신 그 마음은 저에게 아주 오랫동안 소중하게 기억될 것입니다. 그것이야말로 제가 태어난 후 어머니께서 제 삶을 풍요롭게 만들어 주신 수천 가지 것들 중 하나인 셈이죠. 제게 어떤 나쁜 일이 일어난다 해도 어머니의 사랑은 항상 똑같으리란 것을 알고 있습니다. 좋은 일이 있거나 나쁜 일이 있거나 늘 저에게서 분리될 수 없는 것이 어머니의 사랑이니까요. 제가 만약 그 사실을 단 한시라도 잊는다면 제 심장은 인간의 심장이 아닐 것입니다.

아아, 제가 도대체 어머니께 보답해 드릴 수 있는 것이 무엇이 있을까요? 아무것도 없습니다. 전 어머니께서 제게 보여 주신 고귀한 모습을 본받은 삶을 살도록 하겠어요. 그리고 어머니에게서 배운 값지고 온전한 지혜를 잘 간직하고, 다른 사람들에게도 널리 전하도록 하겠습니다. 어머니께서 더욱 연로하셔서 슬픔으로 점철된 어머니의 긴 삶을 되돌아보실 때, 그 지혜가 어머니에게 위안을 주기를 바랍니다. 그리고 우리 모두가 용기를 갖기를, 그래서 우리의 선함이 좋은 결과를 낳을 수 있도록 겸손한 믿음을 갖고 기다리기를 바랍니다. 또한 시간이 영원에 이를지라도 그 신성한 희망을 잃지 않기를 말입니다.

경건한 마음을 가지신 어머니, 어머니가 제게 주신 소중한 가르침에 감사드리고, 제가 슬기로운 신의 진리라고 생각해 세상 사람들에게 말하려는, 심지어는 요즘처럼 힘든 세상에서 그들의 귀에 울려 퍼지기를 바라는 그런 모든 것들을 주심에 감사드립니다. "저것은 이제 너의 어머니의 것이다. 오래 전네가 어머니로부터 얻은 것이고, 신은 분명히 너의 어머니께 그 보상을 해주실 거다." 제가 얼마나 자주 이런 생각에 말할 수 없는 기쁨을 느끼는지 아십니까? 나이가 들수록 제가 완전히 어머니와 아버지의 자식이라는 생각이 들면서, 더욱 더 감사드리게 되고, 그런 부모님을 모실 수 있었다는 사실이 자랑스러워진답니다. 어머니, 아무것도 두려워하지 말고 죽음 직전까지도 용기와 희망을 잃지 마옵소서! 신께 정성을 다 바쳐

충성했던 영혼은 희망을 가질 특권이 있습니다. 신이 존재하심에 악함이 아닌 선함이 그것을 약속했으니까요!

… 첫번째 토요일에 제인이 어머니께 가려고 합니다. 불쌍한 지니는 크게 낙담한 상태이고, 작년보다도 더 심한 것 같아요. 하지만 그녀의 영혼은 아직도 강하고, 절대 포기하지 않는 싸움을 계속하고 있습니다.

저는 영원히 어머니의 사랑하는 아들입니다. 축복과 기도를 함께 보냅니다.

1853년 6월 29일 첼시에서

T. 칼라일 올림

너대니얼 호손
Nathaniel Hawthorne, 1804-1864
미국 소설가 · 단편작가

"작가란 참 불쌍한 녀석들이죠"

호손은 1825년에 메인Maine 주의 보우든Bowdoin 대학을 졸업했다. 후에 미국 대통령이 된 프랭클린 피어스Franklin Pierce와 작가 H. W. 롱펠로우Longfellow가 그와 동창이다. 여기 실린 편지에서는 대학 입학을 앞두고 마음이 들뜬 17세 청년 호손이 자신의 진로를 가벼운 마음으로 고민하고 있다. 그런데 어떤 직업을 갖겠다는 내용이 아니라 목사 · 변호사 · 의사를 거론하며 그런 직업에 종사하지 않겠다는 이유를 아주 재미있고 단순 명쾌하게 밝히고 있다. 그러나 결국 그는 사탄이 노리고 있다는 '불쌍한 녀석들' 가운데 하나, 즉 작가가 되었고 사탄에 대항하듯 인간 심리의 어두운 면과 도덕이 차지하는 큰 힘에 관심을 가졌다.

그의 대표작 「주홍글씨 *The Scarlet Letter*」에서 호손은 초창기 미국사회, 엄격한 청교도의 계율이 곧 법으로 통했던 시대에 열정에 이끌려 계율을 범한 젊은 청교도 목사와 그의 사생아를 낳은 한 여인의 삶을 통해, 미국 정신의 원류로 간주되는 청교도주의가 실상은 인간의 개성과 자유를 억압한 이데올로기라는·것을 드러내 보이면서 이념의 맹목적 추구와 그 위험성을 경고하는 한편, 여주인공으로 대표되는 자기중심적 열망과 낙관주의를 질타하고 있다.

호손은 초기 청교도 이주민의 삶을 소재로 작품을 썼고, 주제로는 죄악 자체보다 죄의식이 초기 식민자들에게 준 심리적 영향, 그 어둠을 다루고 있다. 「주홍글씨」 외에 「일곱 박공의 집 *The House of the Seven Gables*」 · 「블라이스데일 로맨스 *The Blithedale Romance*」 · 「낡은 저택의 이끼 *The Mosses from An Old Manse*」 등이 있다.

사랑하는 어머니,

보내 주신 서신 잘 받았습니다. 제 편지를 그토록 기다리신다
니 괜히 우쭐해지는군요. 무딘 펜이지만 이 편지를 어머니께
서 읽으신다면 더 그럴 것 같습니다. 외삼촌은 그 고물딱지 작
은 시계 때문에 엄청난 비통에 잠겨 있습니다. 루이자와 저도
괴롭군요. 포틀랜드의 신문에 광고를 내 보라고 충고하는 것
이 어떨까 합니다. 리처드 아저씨에게는 수많은 영예가 주어
졌어요! 그는 곧 스페인 대부와 같은 직함을 여럿 갖게 될 것
입니다. 그처럼 저명한 분과 제가 친척간이라고 생각하니 저
까지 우쭐해집니다. 엘리자베스는 어떻게 됐습니까? 제게는
아예 연락하지 않기로 작정했대요? 만약 그녀가 제게 그렇지
않다는 것을 증명해 보이지 않는다면, 저는 이제부터 그녀가
레이먼드에 우글거리는 놈팡이들과 눈이 맞았다고 생각할 겁
니다.

일전에 세바고 호숫가를 거닐고 있는 꿈을 꾸었습니다. 깨고
보니 꿈이었구나 싶어서 무척 화가 나더군요. 그래서 함께 자
고 있던 로버트를 공연히 한 대 차 주었죠. 요즘은 전처럼 책
을 많이 읽지 않아요. 왜냐하면 공부에 몰두해야 하기 때문이
지요. 기꺼운 마음으로 대학 공부를 열심히 할 거예요. 그래야
만 방학 때 가벼운 마음으로 어머니와 함께 시간을 보낼 수 있
을 테니까요. 제 인생에서 가장 빛나는 4년이라는 시간을 소
홀히 취급할 수 없잖아요.

저는 아직도 장래 무슨 직업을 가질지 정하지 못했습니다.
목사가 된다는 것은 물론 생각 밖의 일입니다. 어머니께서도
제가 지겨운 삶을 선택하기를 원하지는 않으시겠죠. 그래요,

어머니. 저는 한 곳에 정착해서 마치 웅덩이에 고인 물처럼 조용하고 평온하게 살도록 생겨 먹지 않았습니다. 변호사가 되는 것도 생각해 보았습니다만, 최근 통계에 따르면 변호사가 넘쳐나 그 중 절반은 밥을 굶을 지경이라고 합니다. 그렇다면 의사가 되는 길이 있겠는데, 의사가 되어 질병을 다루면서 같은 인간들이 고통받는 것을 늘 보면서 살고 싶지는 않아요. 의사 일을 하다 만약 실수로 환자를 저승으로 보내기라도 한다면 그것은 제 양심에 두고두고 앙금으로 남을 것 같기도 하고요. 돈이 많아서 직업을 갖지 않고도 살 수 있다면 얼마나 좋을까요!

제가 작가가 되어 글을 써서 먹고사는 것에 대해서는 어떻게 생각하세요? 사실 제 악필惡筆은 참으로 작가답거든요. 제가 쓴 작품을 평론가들이 칭찬해 주면 어머니께서도 제가 자랑스러우실 것 아녜요. 하지만 작가란 언제나 불쌍한 녀석들이라 사탄이 잡아가 버릴지도 몰라요.

지금은 제가 시든 뭐든 일절 쓰지 않고 있다는 것만은 자신 있게 말씀드리지요. 엘리자베스나 어머니께서 다음주에 편지 주세요.

그럼 이만.

이 편지 다른 사람에게 보여 주지 마세요.

1821년 3월 13일 세일럼에서
어머니의 사랑스러운 아들 너대니얼 호손 올림

헨리 웨즈워스 **롱펠로**
Henry Wadsworth Longfellow, 1807-1882
미국 시인

"여기 파리 날씨는 우중충하고 음침해요"

롱펠로의 시는 운율이 쉽고 단순해서 외우기가 쉽다. 그래서 미국 어린이들이 처음 읽는 시이며 아마 가장 마지막까지 기억하는 시일 것이다. 삶의 아름다움과 즐거움을 낙천적 감성으로 노래한 그의 시는 사람들에게 친근함을 주어 그의 시는 당대에 많은 사랑을 받았다.

롱펠로는 보우든 대학을 졸업하고 유럽으로 가서 3년 동안 공부할 때 파리와 뉴잉글랜드의 날씨를 비교하며 어머니에게 이런 편지를 보냈다.

"어떻게 제가 이 무덤 가운데서 명상에 빠질 수 있는지 모르겠어요. 아마 날씨 때문인 거 같아요. 여기 파리의 날씨는 우중충하고 음침해요. 이게 바로 전형적인 파리 날씨라고 하네요. 우리 뉴잉글랜드의 겨울처럼 매섭게 춥지도 않아요. 뉴잉글랜드의 추위는 사람을 긴장시켜 건강하게 해주고 코끝이 매섭도록 추워서 사람들이 경쾌하게 웃을 수 있게 해주잖아요. 그런데 여기 날씨는 음울하고 서늘하고 축축해요. 그래서 관절염이나 걸리게 하고 사람을 우울하게 만들어요. 축축하고 차가운 길 위에 발을 내딛자마자 제 머릿속에는 묘지가 떠올라요. 또 창백하고 귀신 같은 사람들의 얼굴을 보고 관처럼 생긴 그들 덧신을 보면 저까지 음산한 기분이 돼요."

롱펠로 이전, 미국은 그들 고유의 문화라고 할 것이 없었다. 그래서 많은 젊은이들이 유럽으로 유학을 갔고 유럽대륙, 특히 영국의 문화와 사상을 배우고 지성인으로 돌아와 척박한 미국 문화에 씨앗을 뿌렸다. 1815년부터 1865년, '뉴잉글랜드의 번성기'에 롱펠로는 미국의 자연과 대지와 인디언에 대한 시를 썼고 이로써 미국인들은 독립적이고 고유한 시를 갖게 되었다. 에머슨, 호손, 멜빌, 소로, 휘트먼, 홈즈, 프레스캇 등이 그와 함께 당시 미국을 대표하는 문인으로 꼽힌다.

유학 후 모교에서 교편을 잡았고, 1836년에 다시 유럽에서 공부하고 돌아와 하버드 대학 언어학교수로 재직했다. 그는 교과서도 집필·편집했고 시와 산문을 번역했으며 프랑스·스페인·이탈리아 문학에 관한 글도 썼다. 「에반젤린 *Evangeline*」·「하이어워사의 노래 *The Song of Hiawatha*」·「밀스 스탠디시의 구혼 *The Courtship of Mils Standish*」등의 작품이 있는데, 아마도 오늘날 가장 많이 읽히는 그의 시는 '슬픈 사연으로 내게 말하지 말라, 인생은 한낱 헛된 꿈에 불과하다고 Tell me not, in mournful numbers, Life is but an empty dream!' 로 시작되는 「인생예찬 *A Psalm of Life*」일 것이다.

1861년 두 번째 아내 애플턴이 옷에 불이 붙는 사고로 죽자 우울증에 빠진 그는 정신적 위안을 얻기 위해 단테의 「신곡 *The Divine Comedy*」을 번역했다. 이것은 그때까지 나온 번역본 중 가장 훌륭한 것이었고, 단테에 관한 그의 소네트 6편은 수작秀作으로 꼽힌다.

롱펠로는 1882년 세상을 떠났고, 1884년 미국인으로는 처음으로 영국 런던의 웨스트민스터 사원에 흉상이 세워졌다. 메사추세츠 주 캠브리지에 있는 그의 집은 국가로부터 역사적 유적지로 등록되었다.

지난 2주일 동안 저는 여기 오뙤이의 쾌적한 동네에 머물고 있습니다. 여기는 파리에서 북쪽으로 3마일 정도 떨어졌으며 세느 강과 접하고 있어요. 그리고 반대편에 볼로뉴의 숲이 있는 덕분에 아침저녁으로 즐겁게 산보할 수 있답니다. 동네 자체는 뭐 특별한 게 없지만 적어도 예전에 벤자민 프랭클린과 시인 라신이 여기 살았다고 합니다. 그래서 아마도 이 동네가 유서 깊은 곳이 된 거 같아요.

그런데 프랑스의 동네는 전형적인 미국 사람의 취향과는 맞지 않아요. 조용하고 평화로운 점을 빼고는 도시를 벗어나 있다는 느낌도 별로 들지 않아요. 주위에 호박이 심어진 노란 옥수수밭도 없고 길가에 초록색 나무도 과수원도 없어요. 그리고 널빤지로 된 울타리도, 우물도, 커다란 헛간과 옥외변소가 있는 오두막도 없어요. 또 그 앞에 겨울 땔감으로 쓰려고 마치 장식물처럼 높이 쌓아 놓은 장작더미도 없어요. 여기에서는 미국에서 볼 수 있는 아름다운 시골 풍경은 하나도 찾아볼 수 없어요. 모든 면에서, 특히 구조로 보면 이곳은 도시나 마찬가지입니다. 도로도 다 포장이 되어 있으며, 인도가 아예 없는 좁고 어두운 골목길하며, 때 묻은 석조 건물이 빼곡이 들어차 있어서 서로가 옆집 창문 너머를 들여다볼 수 있을 정도예요. 그래서 이방인의 눈으로 보면 모든 아름다움이 차단되어 있답니다. 자연 풍경을 사랑하는 사람에게는 정말 야박한 곳이죠. 정말이지 프랑스의 마을은 황폐화된 도시 같아요. 그런데 어머니, 뉴잉글랜드의 마을은 얼마나 신선하고 활기에 넘치는지 아시죠? 또 얼마나 개성이 넘친다구요. 이 동네하고는 정말 사뭇 다르게 독특하고 활기에 차 있잖아요. 모르긴 해도 어머니도 노르망디나 세느에 있는 어떤 도시도 가고 싶어하지 않으실 거예요. 제발이지 이곳이 아닌 프랑스 남부의 포도가 많이 나는 지방에서는 그 고장만의 독특하고 개성 넘치는 것을 많이 발견할 수 있었으면 좋겠어요.

어머니, 제가 얼마나 어머니 편지를 손꼽아 기다리고 있는지 아실 거예요. 아마도 다음에는 프랑스 해안 어딘가에 있을 겁니다. 어머니와 아이들에게 키스를 보내요. 제 사랑도 전해 주세요.

1826년 8월 17일 오뛰이에서

야코프 루트비히 펠릭스 멘델스존-바르톨디
Jakob Ludwig Felix Mendelssohn-Bartholdy, 1809-1847
독일 작곡가 겸 연주자

"어머니께 허락을 받아야 할 나이는 아니지만"

멘델스존은 독일 함부르크의 부유하고 교양을 갖춘 유태계 집안에서 태어났다. 할아버지는 유명한 계몽주의 철학자 모제스Moses 멘델스존이다. 이 집안의 네 아이는 어머니 레아Lea 쪽의 음악적 자질을 이어받아 각각 피아노·성악·첼로에 재능을 보였고, 그 가운데 둘째였던 펠릭스 멘델스존이 가장 훌륭했다. 아이들의 재능을 뒷받침할 만한 재력이 있었기에 이들의 부모는 평온하고 따뜻한 가정에서 엄격하고 체계적인 전문교육을 시켰다. 일반교양과 그리스어, 데생을 가르쳤으며, 음악교육도 바이올린·피아노·화성·작곡을 각각 당대 최고의 전문가에게 맡겼다.

멘델스존은 9세에 피아노 연주회를 가졌고 11세부터 작곡을 시작했다. 1821년에 베버를 만났고 작곡을 가르친 첼터를 따라 바이마르로 가서 괴테에게 소개되었다. 그는 일생 네 번에 걸쳐 괴테를 만났고 그의 죽음을 깊이 슬퍼했다.

멘델스존의 창작품은 부모의 집에서 열리는 일요콘서트에서 연주되곤 했으며, 그는 1825년부터 20년 동안 창작을 하며 유럽의 거의 모든 대도시에서 성황리에 연주회를 가졌고, 2000여 곡의 작품을 남겼다. 그의 어머니는 여기 실린 첫 번째 편지에 곧 답장을 했고 멘델스존과 세실 장르노Cécile Jeanrenaud는 8개월 후 결혼식을 올렸다.

1846년, 멘델스존이 지극히 사랑하는 누이 파니Fanny의 사망 소식을 들었을 때 그는 해외 연주여행 중이었다. 빡빡한 연주 일정 속에 이 소식을 접하고 그는 병을 얻었으며 우울증에 빠져 결국 회복하지 못하고 다음해 1847년, 38세의 나이로 세상을 떠났다.

멘델스존은 대표적인 독일 낭만주의 음악가로 완벽한 형식에 경쾌하고 밝은 멜로디가 특징으로, 낭만주의와 고전주의적 질서를 조화시켰다. 우리는 오늘날 그의 「핑갈의 동굴 Die Fingalo Höhle」과 「이탈리아 교향곡 Italian」을 즐겨 듣는데, 무엇보다 자주, 그러나 항상 새롭게 듣는 그의 작품은 「한여름밤의 꿈 Ein Sommernachtstraum」에 나오는 「결혼행진곡」이다. 비록 끝까지 감상하는 경우는 없지만.

엊그제 어머니께서 보내 주신 편지 잘 받았어요. 진심으로 감사드립니다. 마지막 편지에서 어머니는 제가 정말 하고 싶은 말이 무엇인지 아셨을 거예요. 어머니가 제 약혼과 제 행복 그리고 앞으로 있을 변화를 걱정하시는 것에 대해 제가 말씀드릴 수 있는 건 아직 모든 것이 확실하지 않다는 것뿐이에요. 하지만 그런 작은 가능성에 대해서도 염려해 주시는 어머니의 자상한 말씀에 깊이 감사해요. 그리고 그런 어머니 말씀을, 제 행복을 위해 이 단계가 꼭 필요하니 받아들이라는 허락으로 생각할게요. 어떤 경우든 저는 어머니의 동의를 구하고 싶습니다. 더 이상 의심하면서 괴로워하고 싶지 않아요. 사실, 어머니께 편지를 드린 이유가 바로 그거였거든요. 그리고 제가 지금까지 누려왔던 완전한 자유를 한 번 더 주시고 또 저를 완전히 믿어 주신다고 어머니께서 말씀해 주시면 전 정말 행복할 겁니다. 그리고 제가 어머니의 신뢰를 악용하지 않을 거란 사실을 아시면 더욱 안심하실 거예요. 이전에는 제가 그런 짓을 한 적도 있었지만요.

그러니, 어머니, 제발 그러겠노라고 말씀해 주세요.

그런데, 이 모든 것과 함께 제가 전에 말씀드린 것을 기억해 주세요. 제가 바라는 것은 단 하나, 어머니의 허락이에요. 물론 이제 제가 법적으로 어머니께 허락을 받아야 할 나이는 아니지만, 어머니 허락 없이는 하지 않겠어요. 그러나 제가 어머니의 허락을 얻고 프랑크푸르트로 돌아갈 수 있을지 정말 잘 모르겠어요. 모든 것은 제가 거기서 어떤 상황을 맞을 것인가에 달렸는데, 지금은 정말 아무것도 모르겠거든요.

확실한 건 제가 기꺼이 네덜란드, 네덜란드 사람, 바닷가 유원지를 떠날 수 있다는 것입니다. 프랑크푸르트로 돌아갈 마음이 있다는 것도 확실해요. 제가 이 아름다운 소녀를 다시 만날 때, 그녀와 저 사이에 긴장감이 더 이상 지속되지 않기를 저는 바랍니다. 우리가 서로에게 어떤 존재가 될 수 있을지 곧 알게 되겠죠. 지금은 그녀에 대해 저도 아는 게 거의 없거든요. 물론 그녀도 저에 대해 아는 게 없고요. 그래서 어머니가 그녀에 대해 물어보신 것들에 제가 답할 수 없는 것입니다. 그래도 제가 말씀드릴 수 있는 건, 제가 프랑크푸르트에 머무는 동안 그녀 덕분에 아주 행복했다는 거예요. 제가 아주 작은 행복을 느끼고 싶었을 때, 그렇지만 그 행복을 전혀 기대하지 못했던 바로 그때에 말이에요. 그녀의 아버지 장르노 목사님도 돌아가셨어요. 그래서 그녀도 집에서 어머니의 보살핌과 애정으로 교육을 받았어요. 그녀의 세례명은 세실이고 저는 그녀를 무척 사랑합니다.

그리고 또 하나 어머니께 바라는 것이 있는데, 제발 저 때문에 괴로워하지 마세요. 어머니 편지를 보면서 어머니께서 매우 걱정하고 계시다는 것을 알았어요. 그래서 저도 괴로워져요. 그렇지만 지금까지 인생에서 중요한 단계를 거칠 때마다 그래왔듯이 저는 이번에도 침착하고 차분하게 일을 진행하고 싶어요. 그리고 이 문제에 대해 아무한테도 말씀하지 않았으면 좋겠어요. 특히 프랑크푸르트에 있는 사람한테요. 잘못하면 제 기회를 놓쳐버릴지도 몰라요. 사랑하는 어머니, 빠른 시일 내에 답장해 주시길 바랍니다.

1836년 8월 9일 헤이그에서

사랑하는 어머니께

저희는 돌아왔습니다. 정말 매우 재미있고 유쾌한 여행이었고 저희 아이들도 아주 잘 지내고 있습니다. 어머니 편지를 보니 어머니도 아주 잘 지내고 계신 것 같네요. 요즘 하늘도 청명하고 날씨가 따뜻하고 맑아서 하루하루가 유난히 아름다워요. 사람이 이렇게 넘치는 행복에 충분히 감사할 수 있다는 걸 증명하는 방법을 알면 좋겠습니다.

요즘은 특히 프랑크푸르트에서 지내기가 정말 좋습니다. 이렇게 아름다운 도시에서 멋진 친구들과 함께 할 수 있으니 얼마나 좋은지요.

지난번 맨체스터를 거쳐 런던으로 여행했을 때 재미있는 일들이 많았어요. 물론 어머니를 직접 뵙고 이야기해 드리면 더 좋겠지만, 우선 지난번 버킹엄 궁전에 갔던 일은 지금 당장 써 보내 드려야겠어요. 그래야 어머니도 즐겁고 저도 즐거울 것 같아요. 그랄이 말했던 것처럼—정말 그 사람 말이 맞았어요—영국에서 유일하게 친절한 집, 그리고 정말로 편안한 집은 바로 버킹엄 궁전이었어요.

농담은 여기까지 하고요, 앨버트 왕자가 일요일 오후 두 시에 궁으로 와 달라고 부탁을 하더군요. 아마 제가 영국을 떠나기 전에 그의 오르간을 연주해 줄 수 있는지 부탁하기 위해서였을 겁니다. 그래서 찾아갔더니 왕자가 혼자 있더군요. 그래서 이런저런 얘기를 하고 있는데 여왕님이 조용히 들어오셨어요. 실내복을 입고 말이에요. 그러면서 하시는 말씀이 한 시간 내로 클래몬트로 떠나야 하신다는 거였어요. 그러다가 갑자기 여왕님은 "그런데, 어머나! 여기 좀 봐요"라고 말씀하셨어요.

그때 마침 바람이 불어 온 방이 어질러지고 심지어는 오르간의 페달까지 바람이 불어서 (그런데 그 오르간은 정말 아름다웠어요) 그 위에 얹힌 열린 가방에 담겨 있던 악보가 바람에 날려가 버렸죠. 그렇게 말씀하시면서, 여왕님은 무릎을 꿇고 손수 그 악보를 줍기 시작하셨어요. 앨버트 왕자와 저도 옆에서 거들었죠. 그때 앨버트 왕자는 제가 궁에 들른 이유를 말씀드렸고, 여왕님께서는 당신이 혼자 정리하게 놔 두라고 하셨어요.

그래서 제가 그럼 왕자가 먼저 한 곡을 연주하시라고 말씀드렸죠. 그러면 제가 독일로 가서 그 사실을 자랑하겠다고 했어요. 그랬더니 왕자께서 정말 아름다운 성가곡을 연주해 주셨는데 그건 정말 많은 오르간 연주자들이 배워야 할 만큼 아름답고 정확하고 깔끔한 연주였습니다. 그러자 여왕님께서 정리를 마치시고는 왕자 곁에 앉으셔서 아주 흡족하신 듯이 연주를 들으셨어요. 그런 다음 제 차례가 되어 저는 생 폴에서 코러스 부분을 연주해 드렸어요.

1842년 7월 19일 프랑크푸르트에서

리하르트 바그너
Richard Wagner, 1813-1883
독일 작곡가 · 시인

"어머니의 사랑은 저를 압도합니다"

우리는 「니벨룽의 반지 *Der Ring des Nibelungen*」로 바그너를 기억한다. 바그너가 무려 26년에 걸쳐 완성한 대작이다. 12 · 13세기 스칸디나비아의 「에다 *Edda*」와 독일의 「니벨룽 영웅담 *Nibelungen Saga*」을 기초로 바그너가 직접 오페라 대본을 썼으며, 전야제와 3일간의 무대극 제전극祭典劇이다. 전야제에서는 「라인의 황금 *Das Rheingold*」, 첫째날 밤에 「발퀴레 *Die Walküre*」, 둘째날 밤 「지크프리트 *Siegfried*」, 셋째날 밤 「신들의 황혼 *Götterdämmerung*」으로 구성되어 있다. 1876년 8월 13~17일에 바이로이트에서 바그너 축제연주하우스 개관 때 H. 리히터Richter 지휘로 4일간에 걸쳐 전곡이 초연되었다.

어린 시절부터 음악에 관심을 두었던 바그너는 1833년, 20세부터 본격적인 음악가로 활동을 시작한다. 낭만적 오페라 「요정들 *Die Feen*」, 코믹오페라 「사랑 금지 *Das Liebesverbot*」, 비극적 그랜드 오페라 「리엔치 *Lienzi*」 외에 절정기의 낭만적 오페라 「탄호이저 *Tannhäuser*」와 「로엔그린 *Lohengrin*」, 그리고 「트리스탄과 이졸데 *Tristan und Isolde*」를 남겼는데, 「로엔그린」은 가장 위대한 곡은 아니었지만 가장 인기 있는

곡이었다.

5월혁명에 가담한 혐의로 스위스 취리히에서 망명생활을 할 때 바그너는 「미래의 예술작품 *Das Kunstwerk der Zukunft*」, 「오페라와 드라마 *Oper und Drama*」를 비롯한 많은 저술을 할 수 있었다.

1836년 여배우 민나 플라너Minna Planer와 결혼했으나 불행하게 끝났고, 1870년에 리스트의 딸이자 뷜로의 아내였던 코지마Cosima와 재혼했다.

그의 편지를 보면 그가 어머니에게 얼마나 깊은 신뢰와 사랑을 지니고 있었는지 잘 알 수 있다. 바그너 생후 6개월 만에 아버지를 잃고 재혼한 어머니의 남편인 계부도 8세에 잃은 후 그가 전적으로 어머니에게 의지하며 살았고, 그의 어머니 역시 깊고 높고 변함없는 사랑으로 아들을 감싸주었다는 사실이 잘 드러나 있다.

우리는 결혼식장에 입장하는 신부의 수줍은 모습과 함께 바그너의 「로엔그린」 제3막 「혼례의 합창」을 듣는다.

사랑하는 어머니께

어머니를 생각할 때면 진실한 사랑과 깊은 감정이 샘솟아요. 형제자매들은 각자의 길을 가고 있고, 또 자신들 고유의 가치관으로 미래를 바라보고 있습니다. 저 자신도 그게 옳다고 여기고 있습니다. 우리 각자의 갈 길이 달라지는 그날, 상호관계가 외부적 삶의 조건에 의해 지배받는 그날이 이제 왔어요. 우리는 서로에게 고개를 끄떡이는 존재가 되었고, 침묵이 정치적으로 어울리는 듯한 곳에서 침묵을 지키고, 우리 관점이 필요한 곳에서 말하고, 서로가 서로에게 거리를 두는 곳에서 우리는 말을 가장 많이 합니다. 그러나 어머니의 사랑은 그 모든 것을 뛰어넘어 높이 존재하고 있답니다.

  의심의 여지없이 저는 항상 마음이 말하는 그 순간에 정작 입으로 말할 수 없는 그런 사람 중 하나예요. 어머니께서도 종종 저의 감상적인 측면을 많이 보셨죠. 그런데 저의 정서는 아직도 그대로랍니다. 보세요 어머니, 지금 저는 어머니를 떠나 있고 자식을 향한 어머니의 그 위대한 사랑에 감사하고 있답니다. 이전 날에 어머니께서는 다시 한번 어머니의 사랑을 저에게 너무도 따뜻하게 또 너무도 부드럽게 보여 주셨어요. 그래서 그런 어머니의 사랑은 제게 차라리 글로 표현하고 싶지 않도록 만들어 버렸습니다. 어머니의 사랑이 어찌나 높고 큰지, 어머니의 사랑에 대해 연인에게 속삭이듯이 부드럽게 이야기한다는 것이 왠지 머쓱해졌답니다. 그만큼 어머니의 사랑은 저를 압도했습니다. 그래요, 어머니의 사랑은 변함없이 지금도 더욱더 부드러워서 이제 더 이상 어머니의 사랑이 아니라고 할 정도가 되어 버렸어요. 다른 어떤 것보다도 완벽하게 말이죠.

저는 지금 철학을 논하고자 하는 게 아니에요. 그저 어머니께 다시 한번 감사드리고 싶을 뿐입니다. 그동안 제가 고마워했던, 어머니로부터 받은 사랑의 증거를 즐거이 헤아려 본다면 얼마나 많을지 모르겠네요. 그렇습니다, 어머니. 그 어떤 사랑도 그처럼 한없는 동정과 염려로 저를 가엾어 할 수 없다는 것을 저는 잘 알아요. 그리고 어머니만이 유일하게 저의 걸음걸음을 지켜봐 주신다는 것도 잘 압니다. 게다가 어머니께서는 냉정하게 비판하시기보다는 저를 위해 기도해 주신다는 것도 알고요.

다른 사람들이 단순히 눈에 보이는 결과들을 가지고 저를 판단하려 할 때 어머니만이 유일하게 변함없이 저에게 진실하셨다는 것도 알고 있어요. 그것이야말로 정녕 도저히 가늠할 수 없는 것이고, 가늠 자체가 불가능하다는 것도 알고 있습니다. 그리고 어머니는 진심으로 저의 모든 일을 걱정해 주시고, 하느님이 항상 제 곁에 계셔 주시길 기도해 주십니다. 또 이 세상 모든 사람이 저를 버릴지라도 어머니만은 저의 마지막이자 가장 포근한 도피처가 되어 주실 거라는 것도 알고 있어요.

아, 어머니, 만일 제가 어머니의 훌륭한 아들이라는 것을 증명하기 전에 어머니께서 돌아가신다면 어쩌죠? 그럴 리는 없을 것입니다. 어머니께서는 제 성공의 열매를 꼭 맛보셔야 합니다. 지난번 어머니와 함께 보냈던 일주일을 떠올려 보면 저에게는 그때가 마치 축제 같았어요. 어머니의 사랑에 가득 찬 보살핌 속에서 제 영혼이 위로받을 수 있었으니까요. 사랑하는 어머니, 제가 어머니께 차갑게 군다면 저는 천하의 몹쓸 인간이 되고 말 것입니다.

저의 미래에 대해서는 식구들에게 말하지 않을 겁니다. 그저 제가 지금 하고 있는 것에 대해서만 조금 말해 줘야죠. 식구들은 눈에 보이는 결과로 저를 판단하려 합니다. 그리고 저는 요즘 아주 독립적으로 지내고 있고 앞으로도 그럴 생각이에요. 브록하우스가 제 마음 깊이 새겨지기 전에는 저도 제 자신을 자책하면서 괴롭혔어요. 하지만 조만간 저도 그에게 복수할 것입니다. 그러나 절대로 그가 저에게 했던 방식으로는 하지 않을 겁니다. 그 방법이 저를 모략했으니 저는 그 잘못을 무덤까지 가지고 가겠어요. 저는 그들한테서 완전히 멀어졌어요. 양쪽이 다 맞을 순 없겠죠. 제가 틀렸어요. 그렇지만 식구들 앞에서 인정하진 않을 거예요. 제가 요즘 가장 후회하는 것은 제가 그들 손에 놀아났다는 점, 또 그들에게 그럴 권리를 줬다는 것입니다. 그런 점에서 우리는 서로에게서 조금 거리를 둬야 해요. 그러므로 브록하우스와 같이 지내야 한다는 것은 저한테는 말도 안 되는 일입니다. 어떻게 이런 비극을 기쁘게 받아들일 수 있겠습니까? 그 비극 때문에 저는 이 세상 누구에게서든 기대할 게 없다는 사실을 깨달았어요.

이제는 제 스스로 일어서겠어요. 드디어 저도 스스로 독립했다고 느껴요. 그동안 제게 이런 독립심이 부족했던 게 사실이며, 그로 인해 제가 태만하고 무사 안일했던 것도 사실이에요. 그리고 저를 지지해 주는 사람에게 사실 애매모호하게 의존하고 있었고, 멍청하게도 그것을 통제하지 못했습니다. 그러나 그 덕분에 제가 제 스스로도 웃을 만큼 얼마나 한심했는지 깨달을 수 있도록 새로운 방향을 찾았습니다.

이제 저는 모든 것과 관련해 그릇된 생각을 깨닫고 그 깨달음을 기쁘게 받아들이고 있습니다. 저는 유약하기 때문에 경험이 필요합니다. 경험을 쌓음으로써 모든 면에서 저는 이익을 얻게 될 거예요. 이제는 저에게 어떤 동정도 보내지 말라고 직접 그들에게 부탁할 거예요. 그리고 어머니와 또 어머니의 마음과 사랑은 제가 유일하게 의지하는 것이라는 거 아시죠? 앞으로 닥칠 제 인생의 모든 근심에 대한 희망이자 도피처이기도 해요. 다른 모든 사람들은 왜 사랑하는지 이해하려고 하고 그래서 걱정만 하지만요.

테플리츠와 프라하에 다녀왔어요. 그리고 거기서 비엔나로 가지 말라는 만류와 제가 이미 문제에 봉착한 방향으로 가라는 충고 말고는 건진 게 아무것도 없네요. 모리츠가 프라하에 있어서 이 문제에 대해 저에게 많은 충고를 해줬어요. 프라하에서 제가 알고 지내는 모든 사람에게 편지를 썼는데, 제가 그들과 어디에서 같이 있을 수 있는지 아니면 또 제가 길을 떠나야 할지를 물어 봤습니다. 그러면서 뉘른베르크에서 내일 떠나야 할지 말아야 할지 그들의 답장을 기다리고 있어요. 그리고 또 마그데부르크에서 제 일자리를 줄지 답변도 기다리고 있고요. 오페라 단이 잠시 해산할 때 저는 뉘른베르크에 잠시 머물러야만 해요. 아마 볼프램이 제게 많은 정보를 알려 줄 수 있을 거예요. 그래서 덕분에 여행을 떠날 수 있을지도 모르겠네요.

저의 천사이신, 사랑하는 나의 어머니, 그럼 건강히 잘 계세요. 괜히 저 때문에 속 끓이지는 마세요. 어머니에게는 당신이 자신에게 어떤 존재인지 절대 잊지 않는, 고마워하는 아들이 있습니다. 어머니를 기억하며….

1835년 7월 25일 칼스바드에서
리하르트 올림

사랑하는 어머니께

지난번 어머니 생신 축하를 드리고 나서 정말 오랜만에 편지를 씁니다. 제가 요즘 너무 정신없이 바빠서 깜빡할 뻔했는데 그런 와중에서도 어머니 생신을 잊지 않고 챙길 수 있어서 얼마나 다행이었는지 모릅니다. 사실 어머니께서 지금도 정신과 육체가 모두 건강하셔서 저희와 함께 하실 수 있다는 게 저로서는 얼마나 기쁜지 모릅니다. 또 어머니께서 저희와 함께 계시니 가끔씩 어머니 손도 잡아보고, 어머니 보살핌 속에 보냈던 제 어린 시절도 함께 추억할 수 있으니 얼마나 감사한지요. 어머니 덕분에 아직도 저희 형제들이 한 가족으로 잘 지낼 수 있는 거 같아요. 신께서 우리에게 이런 은총을 오래 허락해 주셔서 어머니께서 앞으로도 오랫동안 건강하셨으면 좋겠습니다. 그래서 어머니 생이 끝나는 날, 어머니께서 이 세상 삶이 얼마나 즐거웠는지 기쁘게 받아들이셨으면 좋겠어요. 그래서 계속 당신 자식들이 번창해 나가는 것을 지켜봐 주셨으면 좋겠고요.

　가끔씩 너무 지치고 일이 계속 꼬이고 또 제 실패에 너무 낙담해 있을 때면 거의 바깥과 연락을 끊고 지내요. 하지만 그럴

때마다 대자연의 어머니만이 저를 다시 일으켜 세워 주시죠. 그리고 그 어머니의 품속에서 눈물을 떨구고 울 때, 항상 자연의 어머니께서는 저를 괴롭히는 슬픔이 얼마나 헛된 것인지를 보여 주십니다. 그러면서 절 위로해 주시고 다시 일으켜 주신답니다. 우리가 목표를 너무 높게 세우면 자연의 어머니는 우리 역시 나무, 식물, 봉오리처럼 당신에게서 태어난 부산물임을 일깨워 주세요. 그러면서 기운을 얻을 수 있는 공기를 주시고 새로운 씨앗을 뿌려 자라나게 해주시죠. 그리고 한번 태어난 생명은 끊임없이 기력을 회복하게 해주세요. 그래서 제 자신이 자연에서 없어서는 안 될 부분이라고 느낄 때면, 어리석었던 저의 이기주의는 눈 녹듯 사라져요. 그럴 때에 저는 제가 누구의 몸에서 태어났으며 제가 자라는 동안 그 누군가는 제가 자라는 만큼 얼마나 점점 더 약해졌는지, 그 사랑하는 어머니를 제가 얼마나 갈망하고 있는지 깨닫게 됩니다. 우리 인간 사회는 종종 심술궂게 굴고 실수도 저지르고 또 새로운 장치를 만들어 내기 위해 머리를 싸매기도 하죠. 그래서 대자연과의 이 아름다운 관계가 뒤얽히고 상하기도 해요. 하지만 그럴 때도 대자연은 우리에게 미소를 띠고 있어요.

사랑하는 어머니, 어머니와 저 사이를 어떤 것이 가로막더라도 그 모든 것들은 금방 사라집니다. 제가 도시의 연기를 벗어나 수풀 우거진 골짜기로 들어와 잔디 위에 제 몸을 눕히고 새소리를 듣고 있을 때 저는 지극한 행복에 겨워 눈물이 납니다. 또 모든 선문답의 미로를 통과해 어머니를 향해 손을 뻗을 때도 그런 행복을 느낀답니다. 신이시여, 사랑하는 제 노모를 돌봐 주소서. 그리고 신께서 어머니를 데리고 가시는 바로 그때가 오더라도 부디 평화롭고 조용히 거두어 주소서. 죽음이 찾아오더라도 아무 문제가 안 됩니다. 어머니께서는 언제나 저희와 함께하실 테니까요. 신이시여, 어머니에게 충만한 은혜를 주셔서 감사합니다.

　그리고 어머니, 이번에 민나 덕분에 제가 어머니 생신을 잊지 않고 기억했어요. 그녀가 어머니께 진심으로 축하 인사를 전한답니다. 그럼, 어머니 안녕히 계세요.

1846년 9월 19일 드레스덴에서
리하르트 올림

헨리 데이비드 소로
Henry David Thoreau, 1817-1862
미국 수필가 · 자연주의자 · 철학자

"내 삶의 지침이 되는 콩코드"

소로는 자연을 연구했고 자연과 인간의 관계를 연구한 철학자였다. 환경주의자, 자연주의자로 일컬어지는 소로는, 요즘 사람들이 동경하지만 어설프게 모방할 수밖에 없는 웰빙을 실천한 사람이었다. 그는 보스턴 근교 콩코드Concord에서 멀지 않은 월든 호숫가에 오두막을 짓고 2년 정도 살면서 지극히 단순한 삶을 시도했고, 7년 후 『월든, 혹은 숲속의 생활 *Walden, or Life in the Woods*』이란 저서에서 그 삶을 펼쳐 보였는데, 그것은 경제적 속박이 없는 단순한 자연생활 속에서 인간이 얼마나 자유로울 수 있는가를 실험한 보고서였다. 회고록이면서 영적 탐험의 기록이기도 한 이 책은 미국 역사상 가장 훌륭한 책 가운데 하나가 되었다.

하버드대학 졸업 후 교사가 되었고, 에머슨과 마가렛 풀러, 브론슨 앨콧 등이 주창한 '초절주의Transcendentalism'를 받아들여 그들의 잡지에 에세이와 시를 기고했다. 1842년 그의 형이 세상을 떠나자 깊은 슬픔과 충격에 빠져서 결혼하지 않고 평생 부모를 모시기로 다짐하고 그 다짐대로 독신으로 살다 44세에 폐결핵으로 사망해 콩코드에 묻혔다.

오늘날 그는 위대한 미국 작가로 손꼽히며 그의 산문에 담긴 모던한 명료함과 자연과 정치에 관한 통찰력 모두가 인정받고 있다.

죽기 직전 "신과 화해했습니까?"라는 물음에 "우리가 언제 싸운 적이 있었습니까?"라고 반문했다고 한다.

사랑하는 어머니께

에머슨 씨가 화요일에 콩코드로 떠나신다니, 소식을 함께 전해야겠네요. 거리가 먼 만큼 좀더 무게 있는 소식이면 좋겠지만 말입니다. 지난 번 편지는 실수로 어머니께 보냈어요. 하지만 헬렌에게 썼다는 걸 아셨을 거라 믿습니다. 어쨌든 지금 이 편지는 어머니께 드리는 것이 맞습니다.

제가 아는 콩코드의 가족들 소식은 어머니 편지에서 듣는 것이 전부입니다. 그래서 편지를 받으면 몹시 기쁘죠. 월든 숲에 어머니와 함께 있으면 좋을 것 같아요. 그 철도만 빼면요. 저는 어머니를 종종 생각합니다. 아직도 어머니와 제가 위치상으로만 떨어져 있는 것인지 궁금해하곤 합니다. 우리가 살고 있는 이 삶은 매우 특이한 것 같아요. 그래서 사람이 그에 대해 어떤 설명을 하면 믿을 수가 없죠. 제 생각에, 저는 그저 콩코드에 있는 집 뒷마당의 포플라 나무 밑에 영원히 앉아 있는 데 만족해야 할 것 같아요. 저는 항상 장소에 무감각하기 때문에, 향수병에 걸린 것은 아니지만, 콩코드는 여전히 저에게 지침이 되어줍니다. 도대체 상상 속에서라도 지구상의 어디쯤 놓아야 하는지, 그 경계가 어디라고 말해야 할지를 모르겠네요.

이번 일요일 저녁에는 어머니가 아마도 초월 명상을 다룬 책을 보고 계실 것 같아요. 아버지는 정원을 한 번 더 둘러보시고 그저 신문을 읽고 계시겠죠. 다른 사람들이 무엇을 하고 있는지 혹시라도 놓친 소식이 있는지 이따금 돋보기를 들이대시면서요. 헬렌은 최신 유행에 대해 알아보기 위해 벌써 네 번째로 엿보는 중이고, 소피아는 뱅고르에 있겠죠. 하지만 루이자 숙모님은 의심의 여지없이 마을 모임에서 우리 가족들 중 그 누구도 가십거리가 되지 않도록 하시겠죠.

저에게는 아직도 깨어 있다는 것이 가장 중요한 미덕이랍니다. 가끔 틈이 날 경우를 제외하면 책을 읽거나 쓰는 것이 불가능하지만, 전보다 많이 강해진 것 같아요. 전 세계를 걸어서 일주할 수도 있을 것 같고, 할 수 있는 일을 즉시 해버리는 것이, 할 수 없는 일을 붙잡고 있는 것보다 낫다는 생각도 합니다. 하지만 조만간 깨어나게 되겠죠.

최근에는 그리스어를 좀 번역하고 있었고, 영시도 읽었어요. 한 달 전에는 〈데모크라틱 리뷰〉지에 논문도 하나 보냈는데, 결국 받아들여지진 않았죠. 제 생각을 이해할 수 없다고 하더군요. 하지만 그들은 매우 공손했고, 다른 논문을 보내거나 앞서 보냈던 것을 교정해 보라고 제안했습니다.

저는 여기서도 제가 콩코드에서 그랬듯이 들판이나 숲을 맥없이 돌아다닙니다. 사람들은 저를 측량 기사쯤으로 생각하는 것 같아요. 땅의 상태와 가치에 대해 묻는 게 큰 투기를 앞둔 준비처럼 보이나 봐요. 한 이웃은 저를 의아하다는 표정으로 관찰하더니 제가 그런 것을 잘 아는 사람인데, 숨어 있다고 생각했나 봅니다. 측량 기구를 보지는 못했지만 제가 주머니에 넣고 다닌다고 생각한 거죠.

어머니의 사랑스러운 아들이 모두에게 사랑을 보내며.

1843년 8월 6일 스테이튼 섬

사랑하는 어머니께

저는 여전히 잘 지내고 있습니다. 면으로 된 겉감과 모로 된 안감은 원래부터 나 있던 구멍 외엔 흠이 없습니다. 아직 수선할 필요도 없고요. 참 놀라운 일입니다. 운명은 제 편인가 봐요. 대충 보아도, 저와 시간 사이에는 널빤지보다도 얇은 간격이 있을 뿐이니까요. 아직 엘도라도를 찾으려면 멀었어요. 제미끼는 쥐들을 유혹하지 못하는데, 그 이유는 쥐들이 너무 잘 먹고 있기 때문이죠. 〈데모크라틱 리뷰〉지는 상황이 안 좋은 것 같아요. 저에게 원고료의 반이나 4분의 1을 줄 능력밖에 없다고 합니다. 잘 생각해 보면 감사한 일이죠. 아직도 삶은 계속되니까요. 잘 먹든 못 먹든, 옷을 어떻게 입든 또 '어떤 일이 있든' 말이죠. 항상 위대한 성공을 꿈꾸며 사는 것은 만족할 만한 것 같아요. 그러기 위해서 우리는 그것을 볼 수 있을 만큼의 여지를 남겨 놓아야 합니다. 화폭을 넓게 잡고 싶다거나 색채가 섬세하기를 원하는 화가가 풍경을 멀리서 조망하듯이 말입니다. 하지만 이건 새로운 소식도 아니고, 그런 상태를 묘사하는 것도 아니긴 하죠.

요즘 저는 잠을 잘 못 자고 뒤척입니다. 저는 책을 상당히 많이 읽은 편이어서 뉴욕 도서관에서는 널리 알려진 인물이 되었습니다. 사회 도서관에서 한 사서(Dr. Forbes)를 알게 되었는데, 그는 무척 관대해서 저에게 빌려갈 수 없는 책도 빌릴 수 있도록 해주었답니다. 그렇지 않았다면 그 자리에서 다 읽어버릴 생각이었어요. 그리고 상업 도서관의 맥킨 씨는 진정한 신사(전에 저의 가정 교사였어요)예요. 그는 저에게 많은 특혜를 줍니다. 그는 제게 외국인용 입장권을 주었어요. 저는 제 자신을 향상시킴으로써 이에 보답하죠.

지난번에는 허드슨 강에서 카누 경주가 열렸습니다. 들소 사냥처럼 재미있는 광경이더군요. 하지만 카누와 물소는 모두 사라지고, 군중만 남아 있을 뿐입니다. 사람들은 마치 서로를 보러 온 것 같았어요. 호보켄에서 모임이 있을 예정인데, 그곳에도 들소가 있을 거라더군요.

만灣을 스무 번 내지 서른 번 정도 건넌 것 같아요. 그 와중에 많은 이주민들이 최초의 도시로 향하는 것을 보았죠. 낡은 농기구들을 가지고 서부로 가는 노르웨이 사람들은 사기를 당할까 두려워 이곳에서는 아무것도 사지 않을 것 같았어요. 하지만 창백한 얼굴과 더러운 손으로 잘 알려진 영국의 직공들은 싸구려 집을 사겠지요. 애스터 하우스로 향하는 영국 여행객들에게는 제가 도시의 주인인 양 행세했습니다.

이주민 식구들은 모두 길거리에서 저녁 식사를 하고 있었는데, 다들 얼굴이 햇볕에 너무 그을려서 제대로 알아보기가 힘들었어요. 낡고 작은 옷은 몸에 너무 딱 맞고, 모자는 머리에 바느질해 버린 것처럼 꽉 끼더군요. 모두들 저녁 식사가 요리되고 있는 냄비를 바라보면서 뭔가 먹을 수 있기를 기대하는 것 같았어요. 모두 훌륭하지만 빈곤한 사람들이었습니다. 아마 위스콘신 주에서는 귀족처럼 살았을지도 모르지요. 훗날 자신의 아이들에게 이런 경험담을 들려주겠죠.

매일 그토록 많은 사람들을 보면, 사람이라는 존재의 가치가 하찮게 여겨지기도 하고, 살 아는 사람들보다 못한 존재처럼 느껴지기도 합니다. 그토록 많은 사람들을 보는 것은 아이들에게 좋지 못한 영향을 줄 것 같아요. 그저 인간의 무리처럼 보이니까요.

집에 언제 갈 수 있을지 모르겠네요. 그 축제를 준비했으면 좋겠거든요. 헬렌에게 요리사를 구하지 못해 제가 직접 음식을 만들 거라고 전해 주세요. 좋은 돈벌이 자리를 구해 빚을 다 갚을 수 있다면 좋겠지만, 그렇지 않다면 굳이 뉴잉글랜드를 떠나는 것은 좋은 생각이 아닌 것 같아요. 여기서조차 선생들은 후한 대우를 받지 못하거든요. 헬렌과 소피아에게 (아직 거기 있다면) 편지를 좀 써달라고 전해 주세요. 아버지는 이 편지가 어머니뿐 아니라 아버지께도 해당된다는 사실을 아시겠죠. 아버지께 신문을 하나 보냅니다. 뉴스도 들어 있지만 미래에 대한 이야기도 조금 나오거든요. 아버지가 저에게 캐틀 쇼의 결과가 나온 신문을 보내 주셨으면 좋겠네요. 헬렌이 제 글을 비웃긴 하겠지만, 그래도 이 편지를 꼭 보여 주세요.

1843년 10월 1일 스테이튼 섬

월트 휘트먼
Walt Whitman, 1819-1892
미국 시인

"다음 번에는 좀더 밝은 편지를 쓸게요"

휘트먼은 누구보다 어머니와 가까웠다. 그의 어머니가 1873년에 위중해졌을 때 그 역시 중풍에 걸려 몇 달 동안 회복되지 못했던 것도 전혀 우연은 아니었을 것이다. 그 2년 뒤 그는 이렇게 썼다.

"나는 여전히 나의 사랑하는 어머니 생각에 온통 사로잡혀 있다. 어머니는 나에게 있어 가장 완벽하고 나를 가장 잘 이끄는 분이셨으며, 흔치 않게 실용적이고 도덕적이며 정신적인 것이 결합된 분이셨다. 또 내가 아는 사람 중에서 가장 이기적이지 않은 분이셨으며 내가 가장 사랑한 분이셨다."

그의 어머니 루이자 반 벨서는 네덜란드계 퀘이커교도였다. 글을 잘 읽지 못했고 아들의 시를 읽은 적도 없지만 아들에게 조건없는 사랑을 넘치게 주었다.

휘트먼은 인쇄공·교사·신문기자·편집인 등의 직업을 가졌고 뉴저지 캠든 거리에서 자신의 시집 「풀잎 *Leaves of Grass*」을 판매하기도 했다. 그는 이 「풀잎」이라는 시집 단 한 권을 내고는 이 시집에 담긴 시들을 덧붙이고 다시 쓰고 고치고 바꾸는 데 평생을 보냈다. 초판에 실린 도전적인 시에 사랑·이별·죽음의 시가 수록되고, 우울과 체념이 담긴 시, 동포애·인류애를 주장한 시까지 판을 거듭하면서 시 세계의 변천을 보여 준다. 12편의 시가 담긴 초판은 1855년에 나왔고 임종판이라고 알려진 것은 1891년에 출판되었다. 에머슨은 초판 시집을 받고 "위대한 작업을 시작하는 당신에게 인사의 말을 전합니다"라고 쓴 편지를 보냈다.

「풀잎」은 육체와 성애에 대한 찬미뿐 아니라 자연적이고 유기적인 구조의 길고 리드미컬한 시구를 사용해 비난을 받았다. 내용과 기법에 있어 모두 기존의 관습을 탈피했던 그의 시집은 미국 문학사에 가장 많은 영향을 미친 작품일 것이다.

1862년부터 3년간은 워싱턴의 병원에서 남북전쟁의 부상병을 간호한 후, '선한 회색빛 시인good gray poet'(이것은 W. D. 오코너의 책 제목에서 딴 것이다)이라고 불렸다. 남북전쟁에 대한 시 「북소리 *Drum-Taps*」와 영어로 된 애가哀歌 중 가장 아름다운 작품으로 평가되는 링컨 대통령에 대한 추도시 「앞뜰에 마지막 라일락이 필 때 *When Lilacs Last in the Dooryard Bloom'd*」 등이 그의 가장 뛰어난 시로 꼽힌다.

1873년 중풍으로 병약해진 후 회복되지 못한 채 73세의 나이로 캠든에서 세상을 떠났다.

사랑하는 어머니!

제프의 편지에 보니 여자아이가 태어났군요. 그리고 매티도 잘 지내고 있다고 하는데 그런 상태가 계속됐으면 좋겠어요. 그리고 사랑하는 동생아, 나도 빨리 집에 가서 새로 태어난 네 딸을 보고 싶구나. 제프가 묘사한 걸 보니 아주 예쁜 아이인 거 같다. 게다가 여자아이라니 얼마나 다행이니.(우리 휘트먼 집안은 아무래도 남자보다는 여자가 더 인물이 나은 거 같아.)

그리고 어머니, 우리는 지금 여기서 그럭저럭 잘 지내고 있어요. 그런데 이게 언제까지 갈지는 모르겠어요. 리 장군이 지금 워싱턴을 공격할 계획을 짜고 있는 거 같은데 그도 바보는 아니니까 공격을 하더라도 제대로 하겠죠. 지금 리 장군은 우리 지역에서 그다지 멀리 있지 않아요. 어제는 여기에서 남서로 조금 떨어진 곳에서 하루 종일 전투가 있었어요. 정말 하루 종일 대포 소리만 들었답니다. 매일 부상병들이 한 분대씩 들어오는데 대부분 기병대 출신이고 그보다 더 많은 수의 병사들은 오하이오 출신이에요. 오늘은 그들을 모두 이곳 워싱턴의 병원에서 뉴욕이나 필라델피아 등지로 보냈어요. 다시 엄청난 전투가 있을 게 확실해요. 아마 이번 주는 치열한 기간이 될 거 같아요. 그런데 저는 이제 온통 무감각해져서 아무런 느낌이 없어요. 가끔 제가 여기 워싱턴의 끔찍한 전쟁터 한가운데에 있게 되더라도 그 사실을 조용히 받아들여야겠다는 생각을 하곤 해요.

어머니, 지금은 제가 특별히 쓸 게 없네요. 보고 듣는 거라곤 전혀 새로울 것이 없는, 그저 병원에서 고통받고 있는 어린 병사들뿐이에요. 어머니도 이제는 그런 얘기를 충분히 들으셨을 것 같아요. 3주 이상 저는 병원에 하루도 빠지지 않고 나오고 있어요. 제 주위에는 점점 더 많은 부상병들이 들어오고 있고요. 불쌍한 젊은이들. 그런데 그 중에는 제가 함께 시간을 보내 주지 않으면 말 그대로 자신을 포기해 버리는 병사들도 있어요. 그래서 저는 이들에게 강의를 하려고 결심했어요. 그 강의가 성공할 거라는 것을 믿어 의심치 않아요. 그런데 어머니도 아시다시피 제가 병원에서 이렇게 봉사를 계속 하려면 돈을 모아야 해요. 위생위원회 같은 단체들도 있긴 하지만 저는 그런 단체들에게 질려버렸어요. 그들은 전혀 자신들의 역할을 받아들이지 않을 거예요. 침대에 무기력하게 누워 위생병이나 군목의 눈길을 피한 채 지내고 있는 젊은이들을 어머니께서도 보셔야 해요. 그들은 돈은 다 받아 챙기면서 항상 쓸모없고 사람 비위만 거스르지요. 그리고 전에 말씀드렸듯이, 제가 만났던 사람들 중 유일하게 좋은 분들은 바로 기독교 선교사들이에요. 그들은 어디든지 가고 또 보수도 받지 않아요.

사랑하는 어머니, 저도 어머니가 무척 보고 싶어요. 사랑하는 매티도 보고 싶어요. 두 분과 제프에게 제 사랑을 전해요. 사진이 도착했네요. 조지나 핸으로부터는 아무 소식도 못 들었어요. 오늘은 평소보다 하루 먼저 편지를 쓰는군요.

여기 우리는 빅스버그가 우리 점령 하에 있다고 생각해요. 적에게 뺏길 가능성은 어떤지 모르지만 그래도 아직까지 큰 공격은 없었어요. 그리고 어제 밤에는 비가 왔지만 오늘은 날씨가 아주 좋아요.

1863년 7월 22일 월요일 아침 워싱턴에서

월트 올림

사랑하는 어머니!

녹스빌의 조지에게 다시 편지를 썼어요. 아직까지 거기는 조용한 거 같아요. 올 봄, 이곳 버지니아에서 아군의 전력이 최고조에 달했어요. 그래서 리치몬드까지 잘 풀려가고 있어요. 그랜트 장군이 지금 여기 계신데 야전에 있는 작전 본부에 머무르고 계세요. 곧 전투가 있을 것으로 예상해요. 전투가 시작되리라는 징후가 많이 보이거든요. 그리고 전방에서 다친 병사들을 모두 보내왔다고 제가 말씀 드렸죠? (이 대목에서 편지는 조금 판독하기 어려운 필체로 쓰여 있다. 작가가 600명이 넘는 부상병들을 실은 기차가 비가 억수같이 쏟아지던 오후에 도착했다고 묘사한 부분에서 이와 같은 맥락이었으리라 추측할 수 있었다.) 그때 정말 저는 눈물을 감출 수가 없었어요. 많은 젊은이들이 들것에 실려서 겨우 담요 한 장만 덮은 채 비에 흠뻑 젖어 있었어요. 대부분은 부상을 당한 정도지만 몇몇은 아주 심각한 상태예요. 저도 가까운 병원으로 가서 도왔어요. 어머니, 지난 금요일은 정말 끔찍한 밤이었어요. 칠흑같이 어두웠고 바람도 몰아치고 비도 억수같이 쏟아졌죠. 그런데 그 중 불쌍한 소년 하나가—꽤나 어려 보이고 키도 작았어요—들것을 지고 가는 사람들에게 고통을 못 이겨 소리를 질렀고 병원문을 들어갈 때도 소리를 질렀어요. 그래서 그들이 들것을 내려놓고 그 소년을 검진했는데 불쌍한 소년은 그때 죽었답니다. 곧 병동으로 데려가고 의사가 뛰어내려왔지만 아무 소용 없었어요. 더욱 딱하게도 그 소년의 신원을 밝힐 만한 옷가지도 하나 없었기에 소년은 결국 신원미상으로 처리되었습니다. 어머니, 이 이상 어떻게 더 비통할 수 있겠어요. 소년의 친지들은 그가 어떻게 되었는지 전혀 알 길이 없을 테지요. 정말 불쌍하고 안쓰러운 소년이에요. 겉으로 보기엔 겨우 18세도 채 안된 것 같았는데….

요즘은 저도 여기에서 벗어나 조금 휴식 기간을 가져야겠단 생각이 들어요. 건강은 괜찮지만 마음이 너무나도 고통스러워요. 부상자의 고통이 점점 더 쌓여갈수록 여기 상황도 점점 더 나빠져 가요. 그리고 전에 말씀드렸듯이 이들을 보살펴야 하는 사람들이 점점 더 무감각해지고 무관심해지고 있어요.

어머니, 저는 병사들이 어떤 일을 겪는지, 사람들이 그들을 어떻게 구해 주는지, 그들 위에 어떤 거짓이 놓여 있는지, 심지어는 죽어가는 병사의 돈을 누가 어떻게 훔치는지 그런 것들을 자주 보게 됩니다. 저는 매일 그처럼 극심한 고통을 목격하고 있어요. 그래서 이 세상에 대해 저 스스로도 경악을 금치 못할 정도입니다.

어머니, 다음 번에는 좀더 밝은 편지를 쓸게요. 그럼 안녕히 계세요.

1864년 3월 29일 워싱턴에서

월트 올림

존 러스킨
John Ruskin, 1819-1900
영국 작가 · 비평가

"학위 수여식은 이렇게 시작되었습니다"

러스킨이 24세부터 17년 동안 저술한 다섯 권의 저서 「근대 화가론 *Modern Painters*」 (1843~1860)은 열렬한 찬사와 더불어 그가 영국의 으뜸가는 비평가이자 역사가로 60년간 명성을 누리는 계기가 되었다.

그는 예술에 있어 라파엘 전파Pre-Raphaelites 운동의 지지자였고, 당대의 물질주의 경향을 강하게 반대했다. 그가 「근대 화가론」에서 처음 사용한 '감상적 오류Pathetic Fallacy'라는 유명한 용어는, 감정이 없는 자연물을 마치 인간처럼 감정이나 반응을 나타내는 것처럼 표현하는 것은 잘못이라는 그의 견해를 잘 드러낸다. 다른 저서로 「건축의 일곱 가지 요소 *The Seven Lamps of Architecture*」와 「베니스의 돌 *The Stones of Venice*」, 「참깨와 백합 *Sesame and Lilies*」 등의 대표작이 있다.

1860년 이후에 그의 관심은 경제와 사회문제로 돌려졌고, 미술교수로 재직하면서 사회사상가로서 활동하고 저술도 소홀히 하지 않는 쉼 없는 활동으로 건강을 해친 가운데, 정신이상을 일으키고 자주 착란상태를 겪다가 사망했다. 그의 편지를 쓴 당시 러스킨의 어머니는 80세로 눈이 거의 안 보여 간호원이자 삶의 동반자였던 조카딸 조안나의 도움 없이는 거동이 어려웠다.

러스킨은 어릴 때 아버지를 따라 유럽 여러 곳을 여행하여 미술과 문학에 대한 취미를 길렀고 그림을 배웠다. 러스킨의 아버지는 문학적 취미를 지닌 인물로 매일 밤 그에게 A. 포프Pope와 셰익스피어Shakespeare, W. 스코트Scott의 작품을 읽어 주었고, 어머니는 아들에게 그림을 가르치고 매일 성경을 읽어 주었으며, 그가 어린아이였을 때부터 정기적으로 음악수업과 작문수업을 받게 했다. 하지만 슬프게도 그의 부모는 그에게 장난감을 가지고 놀지 못하게 했다.

사랑하는 나의 어머니께

오늘 학위 수여식은 잘 진행되었습니다. 모두가 즐거웠구요. 하지만 저는 어머니와 귀여운 사촌 조안나를 생각하지 않을 수 없었습니다. 학위 수여식은 먼저 보라색 가운을 걸치고 흰색 모피를 입는 것으로 시작되었습니다. 그리고 가톨릭 연사가 제 손을 잡고(오른손과 오른손을 맞잡았습니다) 이사 회관 Senate House 중앙의 대학 총장 앞자리로 인도한 다음 총장 앞에 세워 놓고 관객들을 향해 돌아서서 라틴어로 10분~15분 간 축사를 낭독했습니다. 연사는 저의 저서 중 가장 최근 작품 인 「야생올리브 화관 *the Crown of Wild Olive*」을 언급하는 데 많은 시간을 할애해서 저는 짐짓 기뻤답니다.

축사가 끝나자 그는 다시 제 손을 잡고 총장에게 인도했고 총장은 일어서서 제가 알아들을 수 없는 라틴어로 몇 마디 읊조렸습니다. 그가 이야기하는 동안 저는 그를 정면에서 똑바로 쳐다보았는데 혹시나 그가 저를 무례하다고 생각했을지도 모르겠습니다. 하지만 곧 그는 "성부와 성자와 성령의 이름으로 당신을 이 대학의 박사로 인정합니다"라고 말했습니다.

그 말을 듣고는 조심스레 여섯 걸음 뒤로 물러나 뒤돌아서서 이사 회관 낮은 층에 있는 다른 사람들 쪽으로 걸어갔는데 어디로 가야 할지 제대로 알지 못해 그냥 보이는 자리에 앉았습니다.

그 후 저는 시골 지역을 1마일 정도 걸었고 많은 생각을 했습니다. 저는 내일 강연을 위해 조용히 음악과 광물학에 대해 좀 살펴보며 휴식을 취할 생각이랍니다. 제 방은 매우 편안하지만 앞으로 방해받는 일이 없었으면 좋겠습니다.

내일 강연 후에 어머니께 전보를 보내도록 하겠습니다. 그리고 조안나에게 편지를 쓰도록 하지요. 제 사랑을 전해 주세요.

1867년 5월 23일 캠브리지에서
사랑스럽고 충실한 아들 J. 러스킨 올림

제가 오늘 조안나에게 보낸 편지는 어머니께서 "내가 산에 오를 때면 언제나 나와 함께하는 누군가가 있다"는 말씀에 대한 대답으로, 조금 이상하게 들리시겠지만 제게는 그것이 불가능합니다. 만일 제가 도달해야 할 확실한 목표가 있고 평범한 일을 한다면 저는 누군가와 함께할 수 있습니다.

하지만 제가 하는 일은 정신적인 것이라서 반드시 혼자 해야 하는 것들이지요. 어머니께서는 제가 혼자 외로운 길을 걷는다 해도 두려워하실 것이 없답니다. 저는 절대로 어리석은 짓을 하지 않을 것이고 제 자신을 잘 돌볼 것입니다. 물론 어떤 사고를 당할 수도 있지만 이 역시도 다른 사람들과 함께 있을 때보다 혼자 있는 것이 안전할 것 같다는 생각입니다.

단순하게 산술적으로 위험을 계산해 보자면 런던 여기저기에 퍼진 무지막지한 기계들이 혹시라도 폭발하여 다칠 확률이 컴버랜드의 울퉁불퉁한 산을 오르다가 다칠 확률보다 높을 것 같습니다.

하지만 요즘은 제가 잘 다니던 길가 습지에 대한 무서운 이야기를 들어 조금 두렵습니다. 그래도 랭데일의 산봉우리에서

다른 곳으로 가려면 습지 하나 정도를 지나지 않고는 갈 수 없
답니다. 저는 면밀히 살펴보았고, 산에 있는 습지에 대한 모든
이야기는 터무니없다는 결론을 내렸습니다. 그것은 질퍽질퍽
한 초지가 밑에 있는 거무스름한 땅일 뿐이었습니다.

1867년 8월 16일 케스웍에서

플로렌스 나이팅게일
Florence Nightingale, 1820-1910
영국 박애주의자 · 간호사 · 행정가

"이 땅에 살겠어요"

나이팅게일은 당시 사회적 배경으로 보아 천시되던 간호사라는 직업을 선택할 이유가 없는 환경에서 태어났다. 훌륭한 가문에 부유했던 그녀의 부모가 이탈리아 플로렌스의 별장에서 긴 여름휴가를 보내는 가운데 둘째딸로 태어난 나이팅게일은 영국 본토로 가서 자랐다. 유니테리언이었고, 아들이 없던 그녀의 아버지는 나이팅게일의 교육에 열정을 쏟아 그리스어 · 라틴어 · 불어 · 독일어 · 이탈리아어 · 역사 · 철학 · 수학을 직접 가르쳤다. 그녀의 어머니 또한 학식이 풍부해서 나이팅게일은 남다른 교육적 환경에서 자랄 수 있었다. 이때의 교육은 그녀에게 뛰어난 통찰력과 옳고 그름을 판단할 줄 아는 밝은 눈을 키워 주었다.

17세에 나이팅게일은 설명할 수 없는 신의 부름을 받았다. 여느 어머니처럼 딸을 좋은 집안에 시집보낼 생각을 하는 어머니와 달리 나이팅게일은 모든 청혼을 거절하고 25세에 부모에게 간호사가 되기로 한 결심을 알렸다. 당시 간호사는 노동계급으로 여겨졌기 때문에 나이팅게일의 부모는 강하게 반대했다.

나이팅게일의 소망은 성 바르톨로메오 병원에 있는 엘리자베스 블랙웰을 만나고 더 커졌다. 블랙웰은 미국의 첫 여성의사로, 그녀 역시 여성으로서 부딪친 사회적 편견에 맞섰던 인물로 나이팅게일에게 용기를 주었고, 1851년 드디어 나이팅게일도 아버지의 허락을 받았다.

당시 영국에는 간호학을 공부할 곳이 없었으므로 그녀는 31세에 프랑스를 거쳐 독일로 유학을 갔다. 여기 실린 편지는 그녀가 독일 카이저스베르트Kaiserswerth에서 간호 훈련과 실습을 받을 때 쓴 것이며, 그녀는 2년 후 런던의 여성병원에서 간호부장으로 채용되었다.

1853년 발발한 크리미아 전쟁으로 터키에 참전한 영국군의 부상과 사망 소식을 듣고 지원해 우여곡절 끝에 허락을 받고 38명의 간호장교와 함께 터키로 갈 수 있었다.

나이팅게일은 그곳에서 영국군들이 전투에서 입은 부상 때문이 아니라 형편없는 치료수준과 비위생적인 환경에 노출되어 발진티푸스와 콜레라 등으로 죽어간다는 사실을 알고 철저한 위생관리로 사망률을 현저하게 낮출 수 있었다. 그녀는 보스포러스Bosporus 해안가에 세워진 모든 병원의 관리와 책임을 맡고 밤낮없이 일했다. 부상병들은 그녀가 지나가는 모습을 보기만 해도 위안이 된다고 했다. 어느 군인은 집으로 보낸 편지에 이렇게 썼다.

"우리는 그녀가 지나가는 그림자에 키스하는 것으로도 만족합니다. 그녀가 오기 전에이 병원은 저주와 불평뿐이었으나 지금은 교회처럼 신성합니다."

나이팅게일은 군인들의 휴게소를 설치하고 군인가족 돕기 운동을 벌였으며, 군인의 우편제도와 저금제도까지 실시했다. 밤마다 등불을 들고 환자들의 침대 사이를 다니곤 해서 그녀를 '등불을 든 여인'이라 불렀다. 지금도 그를 따르는 후배 간호사들은 식전에서 나이팅게일 등불을 계승받고 있다.

1855년에는 열병과 과로로 쓰러졌으나 그녀는 전쟁이 끝날 때까지 후송되는 것을 거부했다.

1856년, 나이팅게일은 국가적 영웅으로 영국에 돌아왔고, 병원에서 간호치료의 수준을 높이기 위한 홍보 활동을 벌였다. 1856년 10월 빅토리아Victoria 여왕과 앨버트Albert 공을 알현하여 병원의 위생 수준과 간호에 대해 오랜 시간 대화를 나누었고 이듬해 위생협회를 설립했다.

나이팅게일은 병원 개편에 대한 두 권의 책을 썼다. 「병원 기록 *Notes on Hospitals*」과 「간호 기록 *Notes on Nursing*」이며, 그밖에도 200여 편에 달하는 소책자와 기록을 남겼다. 나이팅게일은 여러 사람의 후원을 받아 간호의 수준향상을 위한 기금 5만 9천 파운드를 모아서 1860년에 성 토마스 병원St. Thomas Hospital에 나이팅게일 간호학교를 세워 간호사들을 훈련했다. 그러나 그녀의 건강은 회복되지 못했고 1895년에 시력을 잃었으며, 이후 15년간 삶을 지속하다가 1910년 90세로 참으로 뜻깊은 일생을 마쳤다.

일요일에 아픈 소년들을 데리고 라인 강가를 걸었어요. 수녀 두 분이 저희와 함께 가주셨죠. 거긴 정말 장관이었어요. 강물은 천천히 고요하게 변치 않는 지평선을 따라 목적지를 향해 흐르고 있었지요. 그것은 마치 차분하고 서두르지 않으며 정직하고 명상적인 독일인의 성격 같았어요.

온 세상이 저를 호기심으로 가득하게 하고 제 몸과 정신을 강하게 해줘요. 저는 곧장 사무실로 가서 어제까지 일하느라고 세탁물을 보낼 시간도 없었어요. 우리는 하루 네 번 식사하는데 한 번 식사할 때마다 10분 정도밖에 시간이 없어요. 아침 5시에 일어나는데 아침 식사는 5시 45분에 먹어요. 환자들은 11시에 식사를 하고 수녀님들은 12시에 식사를 하세요. 2시와 3시 사이에 호밀로 만든 차를 마시고 저녁은 7시에 먹어요. 각자 2개의 호밀빵과 스프를 먹는데 호밀빵은 6시와 3시에, 스프는 12시와 7시에 먹어요. 일주일에 대여섯 번 정도 우리는 성경 공부를 위해 저녁에 그레이트 홀에 모인답니다. 한 번은 전에 없이 목사님이 저에게 강의를 하게 하셨어요. 목사님은 정말이지 인간 본성에 관한 이해와 지식이 뛰어난 분이세요. 그리고 목사님은 여기 있는 모든 사람들에 대해 잘 알고 계세요.

브래스브릿지 부인이 언급한 수술은 바로 제가 참여했던 절단 수술인데 그것에 대해서는 말씀드리지 않겠어요. 부인은 제가 그 수술에 대해 가졌던 관심에 대해서 겨우 꼬마가 정육점 웅덩이에서 장난 치고 노는 것으로 밖에는 보지 않으세요. 저는 여기에 있는 모든 것에 큰 관심을 가지고 있어요. 그리고 신체적으로나 정신적으로 건강하게 잘 지내고 있어요. 이게 제 생활이에요. 이제 저는 무엇으로 살아야 할지, 인생을 사랑하는 것이 무엇인지 알아요. 지금의 이 삶을 떠난다는 것은 정말 유감이 아닐 수 없어요.

사랑하는 어머니, 어머니도 이런 저의 생각을 이해하시고 기쁘게 받아들이실 거라 생각해요. 하느님께서는 제게 이런 기쁨을 주셔서 제 인생을 충만하게 해주셨어요. 저는 여기에서의 제 생활 이외의 다른 어떤 곳의 삶도 원치 않아요.

카이저스베르트에서

샤를 피에르 **보들레르**
Charles Pierre Baudelaire, 1821-1867
프랑스 시인·비평가

"우리는 서로를 죽일 겁니다"

보들레르는 19세기 유럽에서 씌어진 시 가운데 가장 중요하고 가장 영향력 있는 작품으로 일컬어지는 「악의 꽃 *Les Fleurs du Mal*」을 쓴 시인이다. 그는 젊은 시절 방탕하고 향락적인 생활로 아버지의 유산을 탕진하고, 결국 어머니의 필사적 노력으로 경제적 무능력자인 준금치산자로 선고되어 평생 법정 후견인이 지급하는 수당을 받으며 살았다. 이러한 재정적 고난 외에 음란 외설 행위 등 불온한 행동으로 체포되기도 했지만, 에드가 앨런 포Edgar Allen Poe의 문학적 가치를 알아본 거의 첫번째 사람으로 포의 작품을 번역해서 유럽 독자들이 미국작가들에게 관심을 갖게 한 인물이기도 했다.

고위 공무원이었던 아버지는 보들레르에게 예술을 이해하는 법을 가르쳤다. 1827년 아버지의 사망 후 그는 어머니와 파리 근교에서 살았다. 1861년에 그가 어머니에게 보낸 편지에서 보들레르는 "저는 항상 어머니 안에서 숨쉬었고 어머니는 유일하고 완전한 저만의 어머니셨습니다"라고 당시를 회상했다.

어머니의 재혼으로 왕립학교 기숙사로 보내졌으나 18세 때 불성실하다는 이유로 퇴학을 당하기도 했다. 카르티에 라탱Le Quartier Latin에서 자유로운 생활을 하며 문학세계를 접하게 된 그는, 1842년 유산을 상속받아 이때부터 댄디즘에 빠진 방탕한 작가 생활을 하며 그림, 술, 옷에 돈을 낭비했고 마약에도 손을 댔다. 이때 여기 편지에서 언급되는 흑백 혼혈인 잔 뒤발을 만나 사귀게 되었는데, 잔은 보들레르의 가장 비통하고 육감적인 연애시의 뮤즈가 되었다. 그녀의 향수와 진한 흑발은 「머리카락 *La Chevelure*」 같은 이국적이고 에로틱한 걸작에 영감을 주었다.

방탕한 생활과 돈 문제, 불안정한 정신상태로 이미 나빠지고 있었던 보들레르의 건강은 점점 악화되었고, 대중의 몰이해로 인한 실망과 좌절감이 그의 병세를 더욱 부추겼다. 문학 강연을 하기 위해 벨기에의 수도 브뤼셀로 간 그는 프랑스인보다 더한 몰이해를 경험하고 극심한 육체적 고통과 좌절 속에서 절망한다. 그로 인해 마침내 실어증에 반신불수의 폐인이 되어 고향 파리로 돌아오지만 끝내 언어기능을 되찾지 못한 채 46세의 젊은 나이에 세상을 떠나고 만다.

그의 사후, 어떤 이들은 그를 악과 타락의 시인이었다고 생각했고 다른 이들은 20세기를 향해 외쳤던 근대 시인이라고 평가했다.

아, 사랑하는 내 어머니!

우리에게 행복할 수 있는 시간이 남아 있기나 한 걸까요? 그렇지 않은 것 같아 두렵습니다. 마흔의 나이에 법정 후견인의 통제를 받아야 한다는 것과 엄청난 빚을 지고 있다는 사실만으로도 모자라는지 이제는 제 의지까지 완전히 앗아가 버렸습니다. 전 망가졌어요! 누가 제게 지성은 메마르지 않는다고 말할 수 있겠습니까? 저는 아무것도 알지 못합니다. 노력할 수 있는 능력마저 사라져 버렸으니까요.

우선 어머니께 자주 안 드리던 말씀을 드려야 할 것 같아요. 만약 어머니가 겉모습만 보고 저를 판단하셨다면, 지금 드리려는 말씀을 이해하지 못하실 거예요. 어머니를 사랑하는 제 마음은 계속해서 커지고 있습니다. 하지만 그런 어머니의 사랑도 지금 제가 다시 일어설 수 있는 힘을 주지는 못한다는 사실에 차라리 제가 부끄럽습니다. 과거의 끔찍한 나날들을 돌이켜보며 인생이 얼마나 짧은지 생각해 봅니다. 제 의지는 갈수록 더 녹슬고 있습니다. 젊은 시절부터 우울을 겪은 사람이 있다면 그게 바로 저입니다. 그래도 여전히 살고 싶어하고 스스로에 대해 조금이라도 만족하고 명예로울 수 있다면 좋겠어요. 어떤 흉측한 것은 제게 안 된다고 말하지만, 다른 어떤 것은 제게 노력하라고 말합니다.

더 이상 열어 보지도 않는 두세 권의 노트에 빼곡히 적혀 있는 계획들 중에서 저는 과연 얼마나 성취할 수 있을까요? 어쩌면 아무것도 성취하지 못하겠지요.

(1861년 2월 혹은 3월)

이 마지막 페이지는 한두 달 전에 썼던 것 같은데, 생각도 잘 안 나는군요. 저는 일종의 긴장된 공포에 빠져 있는 것 같아요. 자다가도 갑자기 놀라서 깨고, 아침에 일어나면 기분이 몹시 안 좋습니다. 아무것도 할 수가 없어요. 제 책의 사본들이 탁자에 한 달째 쌓여 있지만 보낼 용기가 없습니다.

잔에게도 편지를 쓰지 않고 있어요. 거의 석 달째 못 봤는데, 그러다 보니 돈도 한 푼 못 보냈습니다. (어제 절 만나러 왔는데 그간 병원에 있었다고 하더군요. 그녀 오빠가 몰래 가구를 팔아 버렸다고 하면서, 남은 가구도 빚을 갚기 위해 팔 계획이라고 하더군요.) 이렇게 끔찍한 무기력과 우울의 상태에서 자살충동을 느꼈습니다. 지금은 그런 생각을 하지 않지만, 매순간 죽고 싶다는 생각에 사로잡혔습니다. 그것만이 모든 것을 해결하는 방법처럼 느껴졌어요. 동시에 석 달 동안 모순되게도 두 가지 소망을 위해 늘 기도를 했습니다. (누구에게? 어떤 절대적 존재에게? 그건 저도 모릅니다.) 제가 살아갈 수 있는 힘을 얻는 것과, 어머니가 오래 사시는 것을 위해서 말입니다. 말이 난 김에 말씀드리는데, 어머니가 죽고 싶다고 말씀하시면 정말 무정하신 겁니다. 어머니가 돌아가신다면 그건 제게 최후의 일격이 될 테고, 저는 영원히 행복을 맛볼 수 없을 테니까요.

결국 죽음에 대한 집착은, 제가 출판사에서 3일 동안 매달려 썼던 바그너에 대한 평론이 너무나도 힘들어서 잊고 말았습니다. 제가 다시금 공포와 두려움으로 우울한 상태였기 때문에, 출판업자의 독촉이 없었더라면 결코 끝내지 못했겠죠. 몸과 마음이 모두 그랬습니다. 최근에는 두세 번 심하게 앓았는데 그 와중에 특히 참을 수 없었던 것은, 잠이 들려고 할 때나 잠든 상태에서도 저와 상관없는 사소한 일에 대해 말하는 어떤 목소리가 분명히 들린다는 것이었습니다.

어머니 편지가 도착했지만 저를 위로해 주진 못했죠. 어머니는 항상 군중과 함께 저에게 돌을 던지십니다. 아시겠지만 어려서부터 그랬죠. 어머니는 어쩌면 그렇게 늘 아들에게 적이 될 수 있으세요? 어머니에게 손해가 되는 일이 아니라면 돈에 관한 한 관대하시면서 말이죠. 어머니를 위해 목록 중에서 새로운 시를 모두 표시했습니다. 책에 맞춰 지어졌다는 걸 알아보시기 쉬울 겁니다. 제가 스무 해가 넘도록 써 온 그 책 말입니다. 비록 제가 마음대로 재출판할 수도 없을 테지만요.

카딘느 씨에게는 심각한 문제겠지만, 사실 어머니가 받아들이시는 그 정반대의 의미에서 그럴 겁니다. 제 모든 고뇌의 한가운데서도 저는 성직자가 어머니의 마음에서 저를 밀어내지 못하도록 할 겁니다. 제가 능력과 힘이 있다면, 정말 그렇게 할 겁니다. 그의 행동은 야만스럽고 이해할 수 없습니다. 책을 태우는 짓은 미친 사람들이 불꽃을 보려고 그러지 않는 이상 정상적인 사람이라면 그럴 리가 없지요. 그런데 저는 바보처럼 그를 기쁘게 하기 위해, 그가 원하는 대로 3년 동안이나 제 소중한 사본을 없애 버렸답니다. 그래서 제 친구들에게 줄 사본은 한 권도 없어요! 어머니는 항상 누군가에게 복종하셔야 했습니다. 처음에는 에몬 씨였고 이제는 어머니에게 상처 주는 말을 서슴지 않는 성직자에게 그러시는군요. 그리고 그 사람은 제 책이 가톨릭적 사고에서 시작된다는 것도 모르고 있었습니다. 물론 조금 빗나간 이야기이긴 하지만요.

저를 자살에서 구해 준 두 가지 생각은 어머니께는 매우 유치한 것일 테죠. 먼저 저는 어머니께 제가 빚을 모두 어떻게 갚았는지 상세히 설명해 드릴 의무가 있고, 그래서 우선은 제가 몰래 서류를 놓아 두었던 옹플뢰어에 가야 했습니다. 두 번째는, 솔직히 말하면 저는 다른 건 몰라도 제 비평이 출판되기 전에는 죽고 싶지 않다는 것입니다. 비록 제가 희곡과 소설을 포기하고, 2년간 모든 분노를 담으려고 생각해 온 작품 「벌거벗은 마음 *My Naked Heart*」을 포기하더라도 말입니다.

아! 만약 이 책이 출판된다면, 「J. J.의 고백」은 희미해지겠죠. 저는 아직도 그걸 기대하고 있습니다.

이 한 권의 책을 성공으로 이끌자면 제가 지난 20년 동안 버리거나 불태웠던 편지 더미들을 그냥 갖고 있어야 했던 것 같습니다.

마지막으로, 이미 말씀드렸듯이 급한 작업 때문에 저는 무기력함이나 질병으로부터 하루에도 세 번씩 빠져 나옵니다. 하지만 이 고질병은 또다시 돌아오겠지요.

법정 후견인과 비교컨대, 어머니가 제게 하신 말씀을 저는 잊을 수 없습니다. 저는 비로소 저를 반만 망쳐 놓을 절충안을 발견한 것 같아요. 이 절충안이 제게는 많은 여가를 주고, 따라서 제가 어머니의 수입을 늘려 드릴 수 있겠죠. 왜냐하면 제가 아무리 돈을 적게 번다고 해도, 저는 그 반만 가지고도 살 수 있을 테니까요. 설명을 해드려야겠군요. 이 지긋지긋한 생각! 오직 돈생각만 하는 어머니가 절 망신스럽게 했습니다. 뿐만 아니라, 저는 엄청난 빚더미를 떠안아야 했고, 그로 인해 저는 너그러움이라고는 찾아볼 수 없는 사람이 되었죠. 심지어 아직 완성되지 못한 편지의 필자로서, 그리고 예술가로서 받아온 제 교육이 무력하게 되었습니다. 맹목은 악의보다 더 나쁜 천벌을 불러 옵니다. 제가 이 상황에서 더 이상 버티기 힘들다는 것은 확실합니다. 저는 미치지는 않겠지만, 미친 사람처럼 보일 만큼 비사교적이 되겠지요.

1861년 4월 1일

사랑하는 내 어머니,

만약 어머니가 정말로 어머니다우시다면, 그리고 아직 지치지 않으셨다면, 절 만나러 파리로 와 주세요. 제가 어머니께 용기와 애정을 구하기 위해 옹플뢰르로 갈 수 있다면 좋겠지만, 그럴 수 없는 이유가 수천 가지나 된답니다. 3월 말쯤 제가 이렇게 썼죠. "우리가 다시 만날 수 있을까요?" 그 끔찍한 진실이 확실해지는 그런 상태였습니다. 제 삶이 걸려 있는 유일한 존재인 어머니, 어머니와 며칠 동안이라도 함께할 수 있다면 제가 내놓지 못할 것이 없습니다.

어머니는 제 편지를 주의 깊게 읽지 않으셨더군요. 제가 얼마나 절망했는지, 건강은 어떤지, 사는 게 얼마나 괴로운지 말씀드려도 어머니는 제가 거짓말하고 있다고, 그게 아니라면 적어도 과장하고 있다고 생각하시죠. 저는 진정 어머니가 그립지만 옹플뢰르에 갈 수 없습니다. 어머니 편지는 우리 두 사람이 만나서 얘기하면 바로잡을 수 있는 실수와 잘못된 생각들로 가득 차 있습니다. 편지로는 그것들을 다 고치기 힘들 것 같네요.

제가 어떤 상황에 있는지 어머니께 알리기 위해 펜을 들 때마다 이러다가 혹시 어머니를 돌아가시게 하는 건 아닌지, 어머니의 약한 몸을 더 망가뜨리는 것은 아닌지 걱정됩니다. 어머니는 모르시겠지만, 저는 끊임없이 자살충동을 느낍니다! 어머니는 저를 너무나도 사랑하시고, 또 맹목적이시라는 걸 잘 알고 있습니다. 어머니는 그토록 마음이 넓은 분이시죠! 어렸을 때 저는 어머니를 열정적으로 사랑했습니다. 하지만 무분별한 모성애가 잘못된 효심을 보장하듯이 저는 존경할 줄 모르는 아이가 되었습니다. 그리고 어머니께 아무 말도 하지 않았지만 종종 후회했답니다. 지금은 더 이상 그 시절의 철없고 배은망덕한 아이가 아닙니다. 제 운명과 어머니라는 인물에 대한 오랜 생각 끝에 제 잘못과 어머니의 관대함을 모두 깨달았거든요. 하지만 어머니의 경솔함과 제 잘못이 함께 악한 일을 행하고 말았습니다.

우리는 서로를 사랑할 수밖에 없도록, 서로를 위해 살도록, 그리고 가능한 한 평화롭고 솔직하게 삶을 끝내도록 운명 지워졌습니다. 하지만 제가 처한 이 끔찍한 상황 속에서 저는 우리 둘 중 어느 한 사람이 다른 하나를 죽이고, 결국 서로를 죽이고 말리라는 확신이 듭니다. 제가 죽은 후에는 어머니도 살 수 없겠지요. 그것만은 확실합니다. 제가 바로 어머니 삶의 목적이니까요. 어머니가 돌아가신다면, 그것도 제가 어머니께 드린 충격으로 인해 돌아가신다면, 저도 의심할 바 없이 제 목숨을 스스로 끊겠지요.

어머니가 늘 체념한 듯 말씀하시는 어머니의 죽음은, 제 상황을 조금도 개선해 주지 않을 겁니다. 법정 후견인은 계속 존재할 것이고, 빚도 전혀 갚지 못하겠죠. 게다가 더 슬프게도 저는 완전히 고립되었다는 끔찍한 느낌을 지울 수 없을 것입니다. 자살이란 어리석은 일이죠. 어머니는 "이 늙은 어미를 혼자 남겨 두려는 게냐?"라고 말씀하십니다. 정녕 제게 그럴 권한이 없다 해도, 제가 30년 동안 참아온 슬픔이 아마 저의 행동을 정당화해 줄 거라는 생각이 듭니다. 그러면 어머니는 "그럼 신께선?"이라고 말씀하시겠지요. 저 또한 어떤 외부 세계의 보이지 않는 존재가 제 운명을 통제한다고 정말로 믿고 싶습니다. 하지만 어떻게 믿으란 말입니까?

(신을 생각하는 것은 제게 저주받은 큐레를 생각나게 합니다. 아마 제 고통스러운 편지가 어머니께 환기시켜 드리겠지요. 저는 어머니가 그와 상담하지 않기를 바랍니다. 바보 같게도 저는 그 자가 저의 적이라고 생각하거든요.)

집착하는 건 아닌데 주기적으로 저를 괴롭히는 자살에 대한 이야기로 돌아와서, 한 가지 어머니를 안심시켜 드릴 일이 있습니다. 저는 제 일을 모두 정리해 놓지 않고서는 자살할 수 없을 것 같습니다. 제 모든 서류가 엉망이 된 채 옹플뢰어에 있거든요. 그래서 그곳에 가면 할 일이 무척 많고, 일단 거기 가면 어머니와는 다시 떨어지지 않을 겁니다. 제가 설마 어머니 집에서 그런 나쁜 짓을 저지르지는 않겠죠. 게다가 그때쯤이면 어머니가 미쳐 버리실지도 모릅니다. 그렇다면 왜 죽겠어요? 빚 때문에? 그렇죠. 하지만 빚은 극복할 수 있는 것입니다.

모든 이유는 저의 극심한 피로에 있고, 너무 오래도록 지속된 힘든 상황의 결과이지요. 매순간 저는 더 이상 살고 싶은 의지가 없음을 느낍니다. 제가 어렸을 때 어머니는 무분별한 행동을 하셨죠. 어머니의 경솔함과 과거의 제 잘못들이 절 짓누르고 에워싸고 있습니다. 제 상황은 정말 심각합니다. 제게 인사를 건네는 사람들도 있고, 제게 아첨하는 사람들도 있습니다. 아마 저를 질투하는 사람도 있겠죠. 저의 문학적 위상은 아주 높은 편이어서 제가 원한다면 어떤 것도 다 출판이 될 겁니다. 제 성향이 대중적이지는 않기 때문에 큰 돈을 벌지는 못하겠지만, 살려는 의지만 있다면 제 명성은 드높아지겠죠. 하지만 저의 정신 건강은 몹시 혐오스러운 상태에 머물고 있으며 방황하고 있습니다.

제게는 많은 계획이 있어요. 「벌거벗은 마음」과 소설들, 두 편의 희곡 중 하나는 프랑스 극장을 위한 것이죠. 이 모든 게 다 완성되기나 할까요? 아마 아닐 것 같습니다. 제 상황은 결코 정상적이지 않고, 마치 거대한 악마가 개입한 것 같아요. 제대로 쉴 수도 없고 어머니가 상상도 못 하실 만큼 모욕과 조롱과 멸시를 당하기도 하며, 그것들 때문에 제 상상력이 망가지고 마비되기도 합니다. 제가 돈을 조금밖에 못 버는 것은 사실이지만, 만일 빚도 없고 제 몫의 돈도 없다면, 저는 부자가 될 수 있을 것 같습니다. 잘 생각해 보세요. 심지어는 어머니께 돈을 드리고, 잔에게도 자비로워질 수 있을 겁니다. 그녀 이름을 다시 언급하다니…. 하지만 어머니는 제가 이런 말을 꺼내게 만드셨어요. 제가 가진 모든 돈은 방탕하고 불건전한 용도로(제가 사는 게 그렇죠) 사라져 버리고, 그나마 가진 것도 오래된 빚과 집행비용, 수속비용 등을 대다가 없어지곤 하죠.

이제 현실적인 이야기를 해야겠어요. 제 현재말이에요. 저는 그 어느 때보다도 구원이 필요하고, 그 구원을 주실 수 있는 분은 어머니뿐이십니다. 이제 어머니께 모든 것을 다 털어놓아야겠어요. 저는 불평할 친구나 애인, 애완견이나 고양이조차 없이 철저히 혼자입니다. 가진 거라곤 말씀 없는 아버지의 초상화뿐이죠.

저는 1844년 가을처럼 끔찍한 상황에 처해 있습니다. 분노보다도 안 좋은 체념의 단계죠.

어머니와 저 자신을 위해 지켜야 할 제 신체적 건강이 또한 나의 문제입니다. 어머니가 별로 신경을 안 쓰신다 해도 말씀드려야겠습니다.

제가 말하고자 하는 것은 저와 제 용기를 하루하루 파괴하고 있는 신경증도 아니고, 구토나 불면증, 악몽과 탈진으로 인한 발작도 아닙니다. 이런 것들에 대해서는 이미 여러 차례 말씀드렸죠. 어머니 앞에서 제가 수치심을 느낄 이유는 없다고 생각해요. 젊은 시절 제가 성병에 걸렸던 것을 기억하시죠. 그때 완전히 나았다고 생각했는데, 1848년 이후 디종에서 다시 그 증세가 나타났습니다. 그래서 다시 치료를 받았죠. 그것이 이제 다른 형태의 증세를 보이기 시작했습니다. 피부에 반점이 생기고 말을 할 때 발음이 심하게 늘어집니다. 전 이것이 무슨 병인지 알고 있습니다. 제가 빠져 있던 비참함의 결과로서, 제 공포심이 병을 악화시킨 거겠죠. 하지만 제게 정말 필요한 것은 냉엄한 처방이고, 그것은 제가 살고 있는 이 생에서는 얻을 수 없을 것 같습니다.

한편으로는 모든 것을 제쳐놓고 다른 계획을 말하기 전에 진정한 기쁨으로 제 꿈에 대해 다시 말하고 싶습니다. 어머니가 전혀 이해하지 못했던 제 영혼을 이 참에 어머니께 다시 열어 보일 수 있을지 또 누가 알겠습니까? 저는 주저 없이 이 글을 쓰고 있고, 진실만을 쓰고 있다는 것도 압니다.

젊은 날, 온 마음을 다해 어머니를 사랑했던 시절이 있었죠. 두려워하지 말고 들으세요. 한 번도 어머니께 이런 말을 한 적은 없지만, 어머니와 마차를 타고 가던 때가 생각납니다. 어머니는 막 요양소에서 나오는 길이셨고, 저를 위해 그리신 그림을 보여 주셨죠. 제 기억이 얼마나 끔찍한지 아시겠죠. 그리고 우리는 생 앙드레 데쟈르 공원에서 오래도록 산책을 했습니다. 그때의 그 영원할 것만 같던 애정이란! 저녁 무렵 슬프게 제방을 바라보던 것이 생각납니다. 아! 그때는 정말 어머니의 사랑이 최고에 달한 때였던 것 같아요. 어머니에게는 물론 최악의 시간이었을지 모르지만 말입니다. 하지만 저는 늘 어머니 안에 살고 있었고, 어머니도 제 안에 살고 계세요. 어머니는 한때 저의 우상이자 친구이셨죠. 아마 어머니는 제가 그토록 오래 전의 기억을 이처럼 열정적으로 회상하는 것에 놀라실 테지요. 사실 저 자신도 놀랐습니다. 아마도 제가 죽을 생각을 했기 때문에 과거의 일들이 이처럼 생생하게 떠오르는 것인지도 모르겠습니다.

생각나세요? 그 후 어머니의 남편이 제게 강요했던 무서운 교육말입니다. 지금 저는 마흔이지만, 계부가 제게 심어 놓은 분노나 공포심을 되살리지 않고는 대학 시절을 떠올릴 수 없습니다. 하지만 전 그분을 좋아했고, 이제야 그분이 왜 그러셨는지도 알 것 같습니다. 그분은 항상 고집이 세고 무뚝뚝하셨죠. 어머니가 눈물을 흘리실 것 같아 빨리 끝내야겠습니다.

아무튼 저는 집을 나왔고, 완전히 버려졌죠. 저는 쾌락에 탐닉했고 여행을 다니거나 값비싼 가구와 그림을 사고, 여자를 만나곤 했습니다. 이제 그 짐의 무거움을 느낍니다. 법정 후견인에 관해서는 딱 한 마디만 하겠습니다. 저는 이제 돈의 엄청난 가치, 그리고 돈과 관련된 일의 중요성을 알 것 같습니다. 어머니는 스스로 현명하다고 판단하시고, 그래서 저를 위한 일이라고 생각하셨을 수도 있겠지만, 항상 절 괴롭혀 온 질문 하나가 아직도 해결이 안 되네요. 어머니는 어떻게 이런 생각을 한 번도 하지 않을 수 있으셨나요? "내 아들이 나처럼 올바르게 행동하는 법을 결코 알지 못할 수도 있다. 하지만 아들은 다른 방법으로 훌륭한 사람이 될 수도 있다. 그렇다면 나는 무엇을 해야 하는가? 한편으로는 명예롭고, 다른 한편으로는 경멸스러운 아들의 이중성을 비난해야 하는 걸까? 그의 무능력과 비참함의 원인인 그 오점을 늙어 죽을 때까지 끌고 가라며 저주해야 하는 걸까?" 법정 후견인이 정해지지 않았다면 제 재산은 모두 사라졌을 거란 사실은 거의 의심의 여지가 없습니다. 그러면 저는 노동을 해야 했겠죠. 그러나 법정 후견인이 정해지자 저는 모든 것을 다 빼앗긴 채 이렇듯 늙고 망가졌습니다.

제가 다시 젊어질 수 있을까요? 이것이야말로 정말 대단한 질문이네요. 제가 이처럼 과거를 회상하는 것은 어머니께 저의 현재 상태에 대한 이유를 보여 드리기 위해서입니다. 완전한 정당화는 못 할지라도 말이죠. 만약 제 편지를 읽고 절 비난하고 싶으시다면 이것만은 확실히 알아 두세요. 어머니가 뭐라고 하셔도, 어머니의 넓은 마음과 헌신에 대한 저의 찬사와 감사는 변하지 않습니다. 어머니는 늘 자신을 희생하셨어요. 그것은 부인할 수 없는 어머니의 정신입니다. 자비로움보다 덜 이성적인 행동이죠. 그럼에도 저는 더 많은 것을 요구합니다. 저는 저를 구원해 줄 어머니의 충고와 도움, 완전한 이해가 필요합니다. 어머니께 이렇게 간청하건대, 제발 와 주세요. 저의 신경은 극한 상황에 몰려 있고 용기와 희망도 거의 바닥났습니다. 앞으로도 이 공포는 계속될 것입니다. 제 문학적 인생도 영원히 불구가 됐고, 오로지 재앙만이 남아 있습니다. 어머니는 앙셀 아저씨 같은 친척분들에게 일주일 정도만 신세를 지시면 될 겁니다. 어머니를 보고 한 번만 안겨보기 위해서라면 어떤 것도 마다하지 않겠습니다. 제가 어머니께 갈 수는 없습니다. 파리는 정말 끔찍합니다. 벌써 두 번이나 어머니가 싫어하실 만한 경솔함을 범했어요. 제가 죽어야 이런 짓을 하지 않겠죠.

우리가 아직 행복이란 것을 느낄 수 있다면, 어머니와 제가 모두 행복하길 바랍니다.

이제 제 계획에 대해 말씀드릴게요. 임시변통을 바랍니다. 예를 들어 만 프랑까지 돈을 빌려 쓰는 것말입니다. 2천 프랑은 제가 갖고 있다가 쓰고요, 2천 프랑은 어머니가 갖고 계시다가 물건을 사야 할 때 쓰세요. (잔은 곧 요양원에 들어갈 예정인데, 꼭 필요한 만큼만 지불할 계획입니다. 잔에 대한 이야기는 잠시 후에 하기로 하죠. 그녀가 또다시 거론 되는 것도 다 어머니가 그렇게 만드신 겁니다.) 6천 프랑은 앙셀이나 마랭 아저씨에게 맡겨서 만 프랑 이상을 갚고 옹플뢰르의 문제를 처리하는 데에 신중하게 쓰도록 할 겁니다.

일 년 동안은 쉬고 싶습니다. 그렇게 쉬어도 활력을 되찾을 수 없다면 전 정말 엄청난 바보이거나 나쁜 놈인 거겠죠. 그동안 제가 받게 될 돈은 (만 프랑 정도, 어쩌면 5천 프랑) 모두 어머니께 맡기겠습니다. 어머니께 어떤 일이나 소득도 숨기지 않겠어요. 이 돈으로 적자를 메우는 대신 빚을 갚도록 하고, 앞으로도 그런 식으로 하면 될 것 같습니다. 이렇게 한다면 어머니 감시 하에 원기를 회복하고, 제 재산이 만 프랑 이상 줄어드는 것도 막을 수 있을 것 같습니다. 그 다음 해에 지출될 4천 6백 프랑은 제외하고요. 그러면 제가 항상 고민하던 집 문제도 해결되겠죠.

만약 이 놀라운 계획에 동의하신다면, 즉시 혹은 이 달 말에 권리를 되찾고 싶습니다. 그러면 어머니도 제게 오실 수 있죠. 편지에 쓸 수 없는 자세한 내용들이 많습니다. 한 마디로 저는 어머니 동의 없이는 절대 돈을 쓰지 않을 거예요. 어머니와 제가 진지하게 토론하고 나서 어머니는 진정한 저의 '법률 고문'이 되시는 겁니다. 어떻게 이런 끔찍한 개념에서 어머니라는 다정한 개념을 연상할 수 있을지 모르겠네요.

위의 계획대로 실행한다면, 불행하게도 여기저기서 벌어들이던 1, 2백 프랑의 작은 돈벌이는 그만둬야겠지요. 그러면 너 낮은 원고를 쓰고 돈을 받는 것은 앞으로 좀더 기다려야 할 것 같습니다. 오직 어머니 당신과 어머니 양심에게, 그리고 어머니가 그토록 믿으시는 신께만 조언을 구하세요. 앙셀 아저씨에게 말씀하실 때는 신중하시고요. 그분은 친절하시지만 편협한 부분이 있거든요. 아저씨는 자신이 늘 꾸짖던 고집쟁이가 중요한 사람이 될 수 있다는 사실을 믿지 못하실 겁니다. 차라리 제가 제 고집 때문에 굶는 편이 합당하다고 보시겠죠. 돈과 관련된 문제만 생각하지 마시고, 작은 영예와 고요함, 그리고 제 인생에 대해서도 생각해 주세요.

그러면 제가 어머니를 보름이나 한두 달 정도 방문할 일도 없겠죠. 우리 모두가 파리로 오지 않는 이상 전 어머니와 늘 붙어 지낼 테니까요.

증거 서류는 우편으로 보내면 됩니다.

어머니 편지에서 계속 반복되던 잘못된 생각을 고쳐야겠습니다. 저는 결코 고독함에 질리지도, 어머니와 함께 있는 것에 질리지도 않습니다. 저는 어머니 친구들 때문에 불행해질 거란 걸 알지만, 어쨌든 동의합니다.

가끔은 가족회의를 소집하거나 행정 장관에게 문의해 볼까 하는 생각도 했습니다. 저는 몹시 피폐한 상태에서 책 여덟 권을 썼고, 제 입에 풀칠은 할 수 있습니다. 오직 젊은 시절의 빚 때문에 힘들어 하는 것뿐이죠.

어머니를 존경하거나, 어머니의 극도로 민감한 신경을 거스르는 게 두려워 책을 쓴 건 아닙니다. 저는 그저 어머니께 머리 숙여 감사드립니다. 다시 말씀드리는데, 저는 오직 어머니께만 의지하겠습니다.

내년 초부터는 잔에게 남아 있는 수입을 줄 생각입니다. 아마 혼자 있는 게 싫어서 시골로 내려갈 것 같습니다. 그녀는 사실 끔찍한 일을 당했습니다. 친오빠가 그녀를 쫓아버리기 위해 병원에 입원시켰고, 나왔을 때는 오빠가 그녀 몰래 가구와 옷을 팔아버린 상태였죠. 제가 누이로부터 벗어난 뒤 저는 넉 달 동안 그녀에게 고작 7프랑밖에 줄 수 없었습니다.

제게 부디 안정과 일, 그리고 사랑을 주세요, 어머니.

지금 이 순간 처리해야 할 급한 일들이 있다는 것은 저도 압니다. 그러니 제가 지금 이렇게 은행 문제를 고민하는 것도, 제 것이 아닌 돈으로 개인적인 빚을 갚으려는 것도 모두 잘못하고 있는 거죠. 하지만 정말 어쩔 수 없었습니다. 저는 즉시 문제를 모두 해결할 수 있을 거라고 믿었거든요. 런던에 있는 한 여자에게 꿔준 4백 프랑을 받지 못했고, 제게 3백 프랑을 갚아야 할 다른 이는 지금 외국에 나가 있습니다. 항상 변수란 있게 마련이지요. 오늘 저는 용기를 내어 잘못을 고백하는 편지를 썼습니다. 어떤 일이 벌어질까요? 저도 모르겠습니다. 하지만 제 양심에 무엇인가가 걸리는 기분은 싫었습니다. 제 이름과 재능을 보건대, 더 이상의 불명예는 없었으면 좋겠군요. 그 사람도 제가 돈을 다 갚을 때까지 기다려 주었으면 하고 바래봅니다.

이제 지쳤습니다. 안녕히 계세요. 근 사흘 동안 잠도 못 자고 먹지도 못해서 건강을 챙겨야 할 것 같습니다. 목이 다 멨지만 일은 해야겠죠.

아니, 안녕이라고 말하지 않으렵니다. 곧 어머니를 보고 싶으니까요.

제 편지를 주의 깊게 읽으시고, 이해해 주셨으면 좋겠어요.

이 편지로 인해 괴로우시겠지만 그런 가운데 한편으로는 그 속에서도 어머니가 제게 아끼셨던 달콤한 말과 사랑, 그리고 희망을 찾으실 수 있을 겁니다. 사랑해요.

1861년 5월 6일
샤를 올림

사랑하는 어머니께

오늘 아침 제가 어머니를 무척 놀라게 해드린 것 같군요. 어찌된 일인지 모르겠지만 열이나 질식, 떨림증도 다 사라졌고, 음식도 좀 먹었습니다.

하지만 온갖 난관과 불안은 남아 있습니다. 정말 참기 힘든 위기죠!

어머니도 바그너의 마지막 작품들 중 아직 출판되지 않은 것들이 있다는 사실은 모르셨을 겁니다. 제가 첫 페이지에 표시해 두었습니다.

비평적인 기사들에 관해서는, 이제 어머니께서도 익숙해지셔야 합니다. 이제껏 몇 년 동안 겪어 오신 일이고, 앞으로도 계속될 테니 말이죠.

제가 만나고 싶지 않은 사람이 결국 절 방문했습니다. 어찌나 굴욕적이었는지 모릅니다.

우표가 없군요.

아무튼 즉시 알려드리는 게 좋다고 생각했습니다.

1861년 5월 7일
샤를 올림

구스타브 플로베르
Gustave Flaubert, 1821-1880
프랑스 소설가 · 저술가

"예술가는 부자연스러운 피조물"

플로베르에게 글 쓰는 일은 고통이었다. '운문처럼 율동적이고, 과학언어처럼 정확한' 문체로 글을 쓰고자 했기 때문이다. 그는 '동의어는 존재하지 않는다, 작가가 자신의 생각을 정확하게 전달하기 위해서는 오직 하나뿐인 올바른 낱말을 찾아내야 한다'고 자주 말했다. 정확성에 대한 그 같은 기준 때문에 같은 문장을 몇 번이고 반복 수정했으며 문장을 다듬는 과정에서 자신에게 소리를 지르기도 했다. 프랑스 사실주의문학의 창시자로 여겨지는 플로베르는 평생 작품의 완벽성을 집요하게 추구하면서 한 번 다루었던 주제를 다시 또 여러 번 다루곤 했다. 「감정 교육 *L' Éducation Sentimentale*」은 원고 상태에서 두 차례나 개작되며 7년이 걸린 작품이며, 「보바리 부인 *Madame Bovary*」역시 4년 반 동안 힘겨운 작업을 거쳐야 했다. 「보바리 부인」은 막심 뒤 캉Maxime du Camp이 창간한 〈르뷔 드 파리Revue de Paris〉에 연재되면서 세인의 관심을 끌었지만 프랑스 정부가 부도덕하다는 이유로 그를 기소했다. 그는 유죄판결을 면했지만 6개월 뒤 같은 혐의로 기소된 시인 보들레르는 유죄판결을 받았다. 플로베르는 조르주 상드, 에밀 졸라, 알퐁스 도데, 기 드 모파상 등 젊은 소설가들과 교우했다. 여류시인 루이즈 콜레와 10년 정도 사랑하는 관계로 지냈지만 그의 자기방어적 독립심과 루이즈의 질투로 인해 헤어진 이래 그는 결혼한 적이 없다. 플로베르는 1849년에 뒤캉과 함께 이집트·시리아·터키·그리스 등지를 여행했는데, 여기 실린 '시시한' 내용의 편지는 그때 쓴 것이다. '시시한' 편지라고 했지만 28세 젊은이의 인생관과 성격이 잘 나타나 있으며, 무엇보다 어머니에 대한 깊은 사랑이 단 한 줄의 문장에 압축되어 있다.

에르네스트의 결혼식장에서 저더러 언제 결혼할 거냐고 물으셨죠. 가능하다면 영영 하고 싶지 않습니다. 자신의 장래에 관해 남자가 답변할 수 있는 범위 내에서 답변 드리자면 지금 제 답변은 부정적입니다. 지난 14개월 간 세상과 부대껴 본 결과 저는 더욱 더 깊이 저만의 껍질 속에 틀어박히게 되었습니다.

여행을 하면 사람이 바뀐다고들 하는데 그것은 틀린 말인 것 같습니다. 여행을 한다고 해봤자 그 기간에 머리카락이 좀 빠지고 머릿속에 방문국가들에 관한 정보가 좀더 쌓일 뿐 제 경우 바뀔 것은 아무것도 없을 것 같습니다. 전반적인 제 정신상태에 관한 한 막상 미래가 닥치기 전에는 지금과 마찬가지일 것입니다. 저는 바뀌기에는 이미 너무 나이를 먹어버린 것입니다. 그럴 나이가 지났어요.

저는 격렬한 자기성찰과 억압된 열정으로 가득 찬 비밀스러운 삶을 살아 왔습니다. 저는 자신을 온통 뒤흔들었다가 다시 잠재우는 것을 반복해 왔습니다. 그리고 자신의 마음을 훈련하는 데 청춘시절을 전부 바쳤습니다. 그것은 마치 기수騎手가 말에 채찍을 가해 평원을 질주하게 하고, 걷게 하고, 개울을 건너뛰게 하고, 빨리 걷게 하고, 천천히 걷게 하는 훈련과 같습니다. 모든 것이 모두 자신의 즐거움과 더 많은 지식을 위한 것이지요. 만약 어떤 사람이 처음에 목이 부러지지 않았다면 나중에도 그의 목이 부러지지 않을 확률이 큽니다. 저는 인생에서 확고한 자리를 잡았어요. 그것은 비유적으로 말해 제 중력의 중심에서 제 자리를 발견했다는 것과 같습니다. 어떤 내부적 충격으로 인해 제가 감동받거나 절망할 수 있다고는 생각하지 않습니다.

제게 결혼이란 상당한 변절이 될 것입니다. 알프레드의 결혼을 보고 제가 갖게 된 고통의 기억이 그의 죽음으로 인해 지워지지는 않았습니다. 저는 마치 주교의 엄청난 스캔들 소식을 접한 신자 같은 심정이었어요. 만약 어떤 사람이 크고 작은 어떤 방식으로건 주께서 창조하신 세상에 자신을 관여시키고자 한다면, 그는 순수하게 건전한 이유로, 기만당하지 않을 위치에 자신을 올려놓은 다음 그 일을 시작해야만 할 것입니다. 술, 사랑, 여자, 영광을 묘사하는 것도 어디까지나 술꾼, 연인, 남편, 또는 병사가 되지 않을 상황에서 해야 할 것입니다. 중년에 이르면 사람은 그것들에 대해 좋지 않은 견해를 가집니다. 그것은 사람에게 너무 많은 쾌락이나 너무 많은 고통을 안깁니다.

제가 보기에 예술가란 괴물이며 부자연스러운 피조물입니다. '운명'이 그에게 가하는 모든 불운은 이처럼 자명한 이치를 부인하는 것에서 유래합니다. 그러한 부인 때문에 그 자신이 고통을 받으며 남들에게도 고통을 안기는 것입니다. 시인을 사랑한 여인, 또는 여배우를 사랑한 남자에게 어떻더냐고 한번 물어 보십시오. 따라서 (이것이 저의 결론입니다) 저는 지금까지 살아 온 대로 살기로 했습니다. 사람들과의 교유를 물리치고 외로이 한 마리 늑대로 살기로 한 것입니다. 저는 사교에 아무런 관심이 없으며 장래, 남들이 하는 말, 기존 제도에도 관심이 없고 심지어 한때 수많은 밤을 밝히며 꿈꿔온 작가로서의 명성에도 개의치 않습니다. 그것이 제가 사는 방식입니다. 이것이 제 성격이에요.

도대체 무슨 바람이 불어 이 두 쪽짜리 시시한 글을 쓰게 되었는지 모르겠네요. 불쌍하고 연로하신 어머니, 정말이지 이 글을 쓸 생각은 조금도 없었답니다. 우수가 서리고 사랑이 담긴 어머니의 얼굴, 어머니와 함께 지내는 것의 안온함, 어머니의 깊은 평온, 어머니의 매혹적인 차분함…, 이런 것들을 떠올릴 때마다 저는 이 세상에서 제가 어머니만큼 사랑하는 사람은 없다는 것을 알게 됩니다. 그렇습니다. 어머니에게는 어떤 경쟁자도 있을 수 없습니다. 나의 지성소至聖所에 숨겨져 있는 그것을 대신할 수 있는 것은 욕망도 아니고 순간적인 생각도 아닙니다. 누군가는 그 사원의 입구에 도달할 수 있을지 모르지만, 그 안에 들어가는 사람은 결코 없을 것입니다.

1850년 12월 15일 콘스탄티노플에서

새뮤얼 버틀러
Samuel Butler, 1835-1902
영국 소설가 · 호머 연구가 · 번역가

"법률가나 교사가 되느니 차라리 아버지의 돈을 포기하겠어요"

버틀러의 할아버지와 아버지는 성직자였다. 그래서 그도 착실하게 성직자가 될 준비를 했지만 신앙을 가진 사람과 그렇지 않은 사람이 도덕적인 면에서 차이가 없다는 생각을 하게 되면서 신앙에 회의를 느끼고 목사가 되지 않기로 한다. 이 결심으로 아버지와 사이가 안 좋게 되자 그는 뉴질랜드로 가서 목양사업을 시작했다. 양치기를 하며 그곳을 배경으로 한 작품 「에레혼 *Erehwon*」의 초고를 완성하는데, 「에레혼」은 'nowhere'의 철자를 거꾸로 적은 제목으로 '실재하지 않는' 가공의 나라를 의미한다. 그는 이런 설정으로 빅토리아시대의 영국사회를 풍자하고 있다. 제목처럼 현실과 반대되는 풍습과 가치기준을 가진 이 나라에서는 미모와 건강이 최대 관심사이며, 감기에 걸리는 것은 범죄이고 도덕을 어기는 것은 병이라 여겨 치료를 받는다. 이 작품을 익명으로 출간했다가 나중에 버틀러라는 이름이 알려지면서 그는 유명해졌다. 다른 작품 「만인의 길 *The Way of All Flesh*」에서도 그는 19세기의 가정생활, 종교, 교육의 인습을 대담하게 공격하고 있다. 자전적 풍자소설이기도 한 이 작품에 등장하는 비열한 인물 폰티펙스는 그의 아버지를 모델로 한 것이며, 수동적이고 우둔하고 위선적인 그의 아내도 실제로 그의 어머니가 모델이라고 알려져 있다. 그러나 이 유명한 작품은 버틀러가 1902년 이탈리아 여행에서 돌아와 숨을 거둔 후 그의 친구가 발견하고 출간했다. 버틀러는 호머에 관심이 많아 「일리아드」와 「오디세이」를 번역했고 「오디세이」의 작가가 여사라고 주장했는데, 이 주장은 지금까지 오류라고 입증되지 않았다. 버틀러가 23세에 쓴 이 편지는 한 젊은이가 아버지의 기대와는 다른 진로를 선택하며 반발과 수긍, 경제적 현실과 자신감, 불안감 등 불확실한 장래에 대해 다소 혼란스럽고도 일면 당당한 태도로 독립을 알리는 글이다.

사랑하는 어머니,

저의 랑가르(본가) 방문이 좋은 일이었기를 바랐는데 사실은 그렇지 않았나 봅니다. 랑가르에서 온 답장 때문에 그렇게 생각할 수밖에 없습니다. 답장의 내용은 제가 놀랄 만한 것이 아니었습니다. 그 편지를 읽고 제 기분이 좋지 않았다는 말씀은 굳이 드릴 필요도 없겠지요.

제가 만약 멍청이라면 고난이 제일 좋은 학교라고 어머니께서는 생각하시겠지요. 만약 그렇게 생각하신다면, 제가 법률가나 농부가 되지 않겠다고 한 것이 제 머리에 엄청난 고난을 안긴다고 말씀드리고 싶네요. 그러면 그것은 제게 좋은 일이 되는 것이 아니겠습니까. 하지만 제가 기꺼이 농사일을 하겠다고 할 때 저는 다시금 충분히 겸손해질 것이며, 설사 그러한 제안을 거부당한다 하더라도 그때 저로서는 크게 의구심을 가질 수 없음을 알게 될 것입니다.

굳이 말씀드리자면 대부분의 아버지들은 제 경우를 들으면 "그 일이 그 녀석에게 맞아"라고 말할 것입니다. 하지만 대부분의 아들들은 제가 분별없고 불필요한 압력을 받으며 무지막지하게 다루어진다고 말할 것입니다.

저는 멀리 떠나 잉글랜드에서 농사일을 배우고, 의사가 되거나 그림 그리는 법을 배우려고 합니다. 이 가운데 그림 그리는 일에는 반드시 성공하리라는 자신이 있습니다. 하지만 아버지는 "안 돼"라고 하십니다. 두 가지 다른 진로, 즉 법률가나 교사에 대해서는 제가 아버지 못지않게 단호한 목소리로 "그건 아닙니다"라고 할 것입니다. 부모님께서는 더할 나위 없이 좋은 의도에서 저를 실험대상으로 삼고자 하십니다. 그런데 저는 그 실험이 제게 맞지 않다는 것을 매우 잘 압니다. 그 실험 속에 갇혀 있으면 달아날 수 없다는 것을 저는 압니다. 그리고 저는 부모님에 대한 것보다 제 자신에 대한 의무를 수행하는 것이 더 중요하다는 것을 알기 때문에 부모님의 금전적 후원을 정중히 사양하고 제 손으로 밥벌이할 길을 찾으려는 것입니다.

아무리 생각해도 자신에게는 맞지 않다고 판단되는 직업을 단지 남을 만족시키기 위해 선택할 의무는 누구에게도 없습니다. 사실 저는 제 앞에 던져진 커다란 위험과 시련에 맞서느니 차라리 부모님께 항복하고(어머니는 저의 항복이 돈 때문이라고 생각하실테죠) 공허하지만 평화를 누리는 것, 그리고 돈을 더 많이 타내는 것을 선택해야 맞습니다. 사실 저는 이제 제 스스로 결정을 내릴 만큼 성장했습니다. 그래서 아버지 뜻대로 하지 않으면 그분에게서 더 이상 돈은 타낼 수 없다는 것도 잘 압니다. 하지만 어찌 보면 이것은 공정한 게임입니다. 저는 아버지께서 당신 뜻대로 하고 싶어 하실 권리에 이의를 달지 않습니다. 저는 아버지의 분별력에 대해서는 의심합니다만 그분의 동기나 단호함에 대해서는 의심하지 않습니다.

한 가지 제가 믿는 바가 있습니다. 그것은 제가 랑가르와 편지를 주고받는 것이 허용되리라는 것입니다. 제 나이쯤 되면 스스로 직업을 선택할 권리가 있다는 것을 저는 잘 알고 있습니다. 그렇다고 해서 어머니께 버릇없는 내용의 편지를 보내거나, 부모님이 그러라고 하지도 않으셨는데 일방석으로 연락을 끊어 버릴 권리까지 있는 것은 아니라는 것 또한 잘 압니다. 부모와 자식 사이에 송금 이외의 다른 모든 연락이 끊긴다고 생각하면 참 슬픈 일입니다. 그런데 제가 보기에 송금마저 이미 끊겼습니다. 아버지는 가을 송금을 끝으로 송금이 중단될 것이라고 말씀하셨습니다. 저는 "아예 지금부터 송금을 중단하세요"라고 말할 정도로 당당한 입장이 아닙니다. 그럴 처지만 된다면 그렇게 말하고 싶습니다. 약속하신 때까지 아버지께서 저를 계속 지원해 주시리라고 좀체 기대하기 어렵습니다. 법률가나 교사의 길을 가는 것을 거부하고 멀리 떠나거나 예술가의 길을 걷기로 작심했음을 아시는 즉시 아버지는 돈줄을 끊으실 것 같습니다.

지금 수중에 58파운드가 있습니다. 빚은 없습니다. 이번 학기가 끝날 때쯤이면 58파운드를 초과하는 지출을 감당할 충분한 제 돈을 갖게 될 것입니다. 제게서 공부를 배우는 학생은 6월 초 제게 10파운드를 지불합니다. 그리고 제게는 2백 파운드 상당의 물건이 있습니다. 그래서 이번 학기 말이면 제 재산이 모두 합쳐 270파운드가 됩니다. 저는 헤일라르에게 제가 처한 입장을 죄다 이야기하려 합니다. 그가 만약 4~5년 종사한 끝에 밥벌이가 될 수 있는 직업을 이야기하며 한번 선택해 보는 것이 좋겠다는 의견을 내놓는다면 저는 그 직업에 달려들 생각입니다. 종자돈 270파운드를 가지고 3년을 버텨 볼 작정입니다(여기에다 하루 1시간씩 가정교사를 해서 돈을 보탤 계획입니다. 여기서가 아니라 런던에서 말입니다). 그런 다음 저를 돕겠다고 약속한 이곳의 두 친구에게서 돈을 꿀 작정입니다. 그러다 만약 최악의 상황이 닥치면(하지만 이런 상황은 정말 절박해질 때를 말합니다) 토지 상속권을 담보로 대출을 받을 것입니다. 그 토지는 아마도 7천 파운드는 나갈 것입니다.

10월까지 이곳에 머물 것입니다. 어찌 되었건 기숙사 방세와 관리비는 물어야만 할 것이기 때문입니다. 그리고 런던에서 다른 방을 얻으려 해도 돈이 없습니다. 게다가 제가 기숙사에 있는 동안에는 장학금이 계속 나옵니다. 긴 방학은 장학금 타기에 가장 좋은 시기입니다. 가정교사 일은 하지 않겠습니다. 대신 마음에 두고 있는 직업에 전념할 생각입니다. 머뭇거릴 시간이 없습니다. 올 연말에 이것저것 일이 전부 틀어지면 돈을 박박 긁어모아 뉴질랜드로 떠나거나 아니면 공무원 시험을 볼 생각입니다. 하지만 어떤 경우에라도 집에 손을 벌리지는 않겠습니다.

아버지 편지의 한 대목을 읽으면서 충격을 받았습니다. 제가 진정 원하는 것이 무엇인지 전혀 모르고 계시더군요. 아버지는 이렇게 말씀하셨습니다. "너 때문에 다른 아이들을 희생시키지는 않겠다." 아버지는 마치 제가 다른 형제의 돈을 빼앗아 가는 것처럼 말씀하셨는데, 그것은 저를 잘못 보셔도 한참 잘못 보신 것입니다. 아니면 아버지께서는 형제들 사이를 이간질하고 계신 것은 아닌지 모르겠습니다. 저는 부모님께 돈을 달라고 말씀드린 적이 한 번도 없습니다. 부모님께서 돈을 주셔서 그 돈을 고맙게 받아 잘 썼을 따름입니다.

그런 식으로 주어지는 돈에 대해 저는 상당한 관심을 보일 수밖에 없습니다. 헤돈 가街에서 살았던 지난 여섯 달 동안에 보내 주신 돈에 대해서는 특히 그럴 수 있습니다. 물론 그 관심은 어머니께서 생각하시는 것과는 다릅니다. 하지만 제게는 대단히 소중한 관심입니다. 사실 오늘날 이처럼 풍파가 몰아치게 된 이유는 돈 문제 말고 또 무엇이 있겠습니까. 이것이 아니었더라면 저는 조용히 제 운명에 순응하였을 것이며, 지금과 같은 슬픈 일은 벌어지지도 않았을 것입니다. 하지만 분명히 말씀드리건대 어머니와 아버지께 그리고 저에게는 현재와 같은 상황이 더 낫습니다.

어머니께서 저에 관해 마음을 놓으실 날이 언젠가는 올 것입니다. 물론 지금은 아닙니다. 그때가 되면 저도 나름대로 제 돈을 지니게 될 것입니다. 만약 그리 되지 않으면 족쇄에 묶인 가련한 신세가 되지 않겠습니까.

그러므로 차라리 지금 시련을 겪는 것이 낫습니다. 그래야만 미래의 고통을 면제받을 수 있으리라 생각합니다.

정도는 좀 덜합니다만 법률가가 되는 것과 교사가 되는 것에 대해서도 같은 말씀을 드릴 수 있습니다. 제가 그런 직업을 택하면 어머니께서는 결코 제게서 진정한 평화와 평온을 느끼실 수 없을 것입니다. 하지만 제가 진정으로 하고 싶은 분야에서 성공했을 때는 어떻겠습니까. 저는 반드시 성공해야만 하고 또 성공할 것입니다. 그때가 되면 어머니께서는 기꺼이 저를 다시 받아들이실 것은 물론이고 제가 진정으로 기뻐하고 평안해하는 것을 보시게 될 것입니다.

제가 고집을 꺾지 않으면 어머니께서 저를 달래시리라고 믿고 응석을 부리는 것은 절대 아닙니다. 그런 것은 바라지도 않습니다. 지금도 그렇지만 아버지가 돌아가실 때까지 저는 단한 푼도 기대하지 않습니다. 물론 저는 아버지께서 오래 오래 사시기를 바랍니다. 하지만 이 말만은 해두고 싶군요. 제가 성공할 수 있는 분야의 직업을 선택할 자유를 포기하기보다는 차라리 아버지로부터 지금까지 받아 온 돈을 포기하렵니다.

1859년 5월 10일 캠브리지에서
언제나 사랑스러운 어머니의 아들 버틀러 드림

마크 트웨인-새뮤얼 랭혼 클레멘스
Mark Twain-Samuel Langhorne Clemens, 1835-1910
미국 작가 · 유머작가 · 강연자

"이 지역에서 저는 일급 문필가에 속합니다"

마크 트웨인은 필명이다. 본명은 새뮤얼 랭혼 클레멘스로, 그가 미시시피 강에서 수로안내인으로 일할 때, 증기선이 안전하게 지나갈 수 있는 물의 깊이(2 fathoms, 3.7m)를 재는 측심수가 외치던 구령이 '마크 트웨인!' 이었다. 그는 「허클베리 핀의 모험 *The Adventure of Huckleberry Finn*」으로 유럽문학과 구별되는 미국 고유의 인문, 사회상을 보여 준 작가였다. 이 작품은 미시시피 강을 배경으로 작가의 자전적 요소와 더불어 당시의 개척기를 사실적으로 그리며 인간성을 통찰하고 있다. 윌리엄 포크너는 그에게 "진정한 최초의 미국작가이며, 우리 모두는 그의 상속자다"라는 찬사를 보냈다. 아버지가 일찍 돌아가시자 그는 공식적 학업을 포기하고 다양한 직업을 갖게 된다. 인쇄공으로 시작해서 형이 발행하는 신문에 글을 기고하기도 했고, 인쇄업을 하다가 미시시피 강에서 수로안내인으로도 일했으며, 의용군으로 복무하다가 어느 의원의 비서로 일한 적도 있다. 또한 광부가 되어 은광채굴을 하기도 했다. 그 후 신문기자가 되어 필명 마크 트웨인으로 잡지에 발표한 단편 「뛰어오르는 개구리 *The Celebrated Jumping Frog*」로 유명해지자 다양한 문학적 토양을 제공했던 떠돌이생활을 접고 전혀 다른 삶, 즉 유명인으로 살기 시작한다. 유럽을 여행하고 와서 신세계 미국인의 입장에서 본 구세계 유럽의 문화를 비판한 편지글인 「해외여행기 *The Innocent Abroad*」가 엄청난 성공을 거두고 이어서 수십 편의 작품을 발표하면서 강연자로도 활동하기 시작했다. 초기에 그의 낙천적이고 유머러스한 작품성향은 「금박시대 *The Gilded Age*」에서 점차 사회비판적 풍자성을 띠다가 후기에는 염세주의적 경향으로 기울게 된다. 그의 말년은 불행했다. 투자를 잘못해 재산을 날리고 출판사를 운영하다 적자를 보는 바람에 파산선고를 받았다. 빚을 갚기 위해 세계일주 강연을 다녀야 했고 3명의 아이들 중 2명을 잃는 고통을 겪었으며 아내 올리비아Olivia마저 먼저 세상을 떠났다. 그는 1910년 75세에 뉴욕에서 숨을 거두었다.

사랑하는 어머니와 누이께

그 '못 믿을 사람'과 저는 여전히 이곳에 있으며 재미나게 지내고 있습니다. 제가 아는 이곳 사람들이 적어도 천 명은 되는 것 같습니다. 그 중 많은 사람들이 샌프란시스코 주민들이지만 대부분은 와슈 사람들입니다. 몽고메리 가街에서 사람들을 만나 악수하다 보면 마치 한니발의 중심가에서 낯익은 얼굴들과 만나고 있다는 착각이 들 정도입니다.

와슈로 돌아가기 싫습니다. 우리는 매일 힘을 전부 써 버리고는 밤이면 쓰러져 뒤척임도 없이 곤하게 잡니다. 우리는 외식도 하고 점심도 바깥에서 먹으며 즐겁게 지냅니다, 옛날에도 그랬듯이. 아침을 먹고 나면 자주 호텔을 벗어나 한밤중까지 바깥에서 지냅니다. 때로는 자정이 넘어서 들어오기도 합니다.

우리는 이 마을을 떠나기 전까지 이곳 주민들보다 이 마을에 대해 더 많이 알아내고 싶어요. 우리는 만灣을 건너 오클랜드로 가서는 산 레안드로, 알라메다까지 내려갑니다. 그리고 윌로우즈, 헤이스 공원, 포트 포인트, 그리고 위로 거슬러 베니시아까지 가기도 해요. 어제 우리는 요트여행에 초대받았습니다. 태평양 연안에서 요트를 타고 빠른 속도로 항해를 즐겼습니다.

라이스를 릭 하우스 저녁식사에 초대했는데, 집주인이 우리에게 샴페인과 보르도 산産 적포도주를 보내 주었습니다. 그런데 술냄새가 어찌나 고약하던지. 라이스는 우리가 아직 술을 평가하는 안목이 낮아서 그렇다나요.

그 신사와 함께 오션 하우스로 건너가 해마海馬를 보고 파도

소리에 귀 기울이고, 배들이 여기저기서 그리고 먼 바다에서 흔들거리는 것을 보았습니다. 해변에 서서 파도가 제 발목을 휘감는 것을 느끼고 있노라면 대서양 해변에서도 똑같은 경험을 했던 것이 떠오릅니다. 그럴 때면 우리나라가 정말 넓기는 넓구나 하고 새삼 감탄하게 된답니다. 대륙을 횡단해 대서양에서 태평양까지 가 보았으니까요.

1863년 6월 1일 샌프란시스코 릭 하우스에서

사랑하는 어머니와 누이께

어머니, 어쩌면 제 허영심에 그토록 크게 한 방 먹이실 수 있나요? 저는 태평양 연안에서 잡지 편집자로서 가장 높은 명성을 누리고 있다고 자부하는데 어머니께서 이런 말씀을 하셨잖아요. "만약 네가 열심히 노력하고 네 직분에 충실하다면 너는 언젠가 샌프란시스코의 큰 신문사에서 높은 자리를 차지할 수도 있을 게다." 이건 저를 우습게 보고 하시는 말씀이에요. 저는 마음만 먹으면 언제든 그런 자리를 차지할 수 있다니까요. 하지만 제가 원하지 않습니다. 미국에 있는 어떤 신문사도 제가 지금 〈엔터프라이즈〉에서 받는 만큼의 대우를 제게 해줄 능력이 없습니다. 게으르고 쓸모없는 방랑자가 아닌 다음에야 저는 연봉 2만 달러는 거뜬히 받을 수 있습니다. 하지만 저는 애면글면하지 않습니다. 모두가 저를 잘 알아요. 저는 어디를 가든 왕자처럼 대접받으면서 지냅니다. 자랑삼아 말씀드리는

데 저는 미국을 통틀어 가장 자만심이 강한 녀석이랍니다.

어머니는 그 사진 속의 제가 나이 들어 보인다고 생각하세요? 저는 그렇게 보지 않는데요. 실제로 저는 지금도 18세 때나 다름없어요.

지독한 감기가 든 지 한 주가 넘었습니다. 그래서 저는 윌슨(미주리 출신 총각으로 〈데일리 유니언〉신문의 기자)을 꼬드겨 일을 빼먹게 하고는 그와 함께 비글러 호수로 놀러갔습니다. 하지만 그래도 감기는 낫지 않았습니다. 호숫가에 지어 놓은 집에는 부자들이 와글거렸습니다. 집은 버지니아 풍으로 장식되어 있었고요. 흥청거리는 그곳 분위기에 자연스레 휩쓸리게 되었습니다. 그 버지니아 사람들은 매력적이었습니다. 저 사람들과 한번 어울려 보는 것도 괜찮겠다 싶어서 그제 그들과 함께 호수 여행을 떠났다가 돌아왔습니다. 그들 가운데 많은 사람들이 호반에 택지를 구입해 두었더군요. 그리고 그들이 제게도 택지 한 필지를 주었습니다. 어머니께서 이곳으로 오시면 제가 호반에 집을 지어 드리겠습니다. 호수는 지금 이전보다 더한 초자연적인 아름다움을 풍깁니다. 신의 걸작 같아요.

이곳 스프링스 호의 호텔은 평소처럼 붐비지 않습니다. 그래서 지내기가 아주 좋습니다. 온천 지대에서는 땅이 갈라진 데서 증기가 피어오릅니다. 마치 증기선 굴뚝에서 피어오르는 증기와 같습니다. 게다가 증기선의 기적소리와 비슷하게 땅에서도 '쉭, 쉭' 하고 소리가 납니다. 손수건에 달걀을 싸서 온천물에 담그면 2분 만에 반숙이 되고 4분이 지나면 딱딱한 완숙이 됩니다. 이런 노천 온천이 수백 미터 길게 이어지는데 정말 장관이에요. 노천 온천들 가운데 한 곳에 목욕탕 건물이 서 있는데 그곳에 들어가 참을 수 있을 만큼 오래 증기탕을 하고 는 밖으로 나와 차가운 물로 샤워를 했습니다. 한 주 내내 온천장을 이용하는 데 드는 요금이 고작 25달러랍니다.

1863년 8월 19일 증기선 스프링스 호號에서
마크 올림

사랑하는 어머니와 누이께

무슨 말을 써야 할지 모르겠어요. 생활이 너무 무미건조합니다. 그곳에 돌아가 배를 타고 강을 오르내렸으면 좋겠어요. 정말이지 보트놀이 말고는 모든 게 시들해요.

다음은 샌프란시스코 〈알타〉신문의 뉴욕 주재기자가 쓴 기사입니다.

"11월 18일자 〈토요신문〉에 실린 마크 트웨인의 작품 「짐 스마일리와 그의 뛰어오르는 개구리」는 뉴욕에서 일대 환호를 불러일으켰다. 그가 표적을 명중시켰다고 말해도 좋을 것이다. 그 작품과 작자에 대해 나는 50번도 넘게 질문을 받았다. 여러 신문이 이 작품을 전재轉載하고 있다. 이 작품은 그날의 최우수작으로 선정되었다. 캘리포니아는 트웨인을 붙잡을 능력이 없는가? 캘리포니아는 그가 캘리포니아 언론에서 먼저 검증받기도 전에 다른 지역에서 그토록 널리 활약하도록 내버려 두어서는 안 될 것이다."

이 지역에서 저는 일급 문필가 대열에 속합니다. 하지만 제가 보기에 그 대열의 선두에는 누가 뭐래도 브레트 하르트가 서야 한다고 생각해요. 물론 본인은 그것을 부인하고 있습니다. 자기 작품과 제 작품들을 합쳐 책을 내자고 제게 제의했습니다. 제가 싫다고 했더니 하르트 자신이 출판에 필요한 온갖 궂은일을 다 떠맡겠다고 했어요. 저로서는 출판 자체가 중요한 것이 아니라 제대로 된 책을 내는 것이 중요하다는 입장이었지요. 하지만 그는 뉴욕의 출판사에 편지를 보냈습니다. 만약 그 출판사에서 적당한 고료를 제시해 오면 원고를 준비해 출판에 들어갈 작정입니다.

1866년 1월 20일 샌프란시스코에서

어머니의 아들 샘 올림

사랑하는 가족들에게

어머니 쓰시라고 20달러를 동봉했습니다. 어머니께서는 한 달에 35달러가 필요하다고 하셨는데 제가 보내 드리는 돈은 그 액수에 미치지 못합니다. 더 보내 드리고 싶지만 사정이 여의치 않네요. 어머니께서도 잘 아시듯이 결혼을 준비 중인 사람은 다소 인색해지게 마련이고, 언제 돈이 필요해질지 알 수 없기 때문에 앞날을 위해 돈을 저축할 수밖에 없어요. 저는 특히 결혼준비를 제 힘으로 하고 싶다는 강박증을 갖고 있습니다. 너무도 오랫동안 제 앞가림을 스스로 해왔기 때문에 남들이 나를 도와준다는 것이 조금도 반갑지 않습니다.

장인이 되실 분은 참으로 호방한 성격이어서 제가 새 인생을 시작하는 것을 돕고 싶어하십니다. 하지만 저는 그것을 원치 않습니다. 저는 제 일도 외부 지원 없이 제 힘만으로 꾸려나갈 수 있습니다. 그리고 저는 제 아내 역시 든든한 정신적 후원자가 되어 제 곁을 지켜 주기를 바랍니다. 저는 그녀에게 그저 밋밋한 금반지를 약혼예물로 주었을 뿐입니다. 요즘 세태에 따르자면 2백 달러짜리 다이아몬드 반지를 주었어야 맞지요. 금반지를 주면서 저는 그녀에게 소박한 생활에 만족해 주기를 바란다고 말했어요. 그녀 역시 사치스런 것과는 거리가 먼 사람입니다. 그녀는 멋있는 여자예요. 절대 돈을 허투루 쓰지 않으며 한 푼을 쓰더라도 같은 값이면 남을 위해 쓰려고 노력하지요. 그녀는 사려 깊고 훌륭한 아내가 될 것입니다. 그녀에 대해 이러쿵저러쿵 자랑을 늘어놓으면서 어머니께 미리부터 그녀를 예뻐해 주십사고 부탁드리고 싶은 생각은 없어요. 그게 모두 다 소용없다는 것을 잘 아니까요. 사람을 예뻐한다는 것이 직접 그 사람을 겪어 보지 않고는 불가능한 일이 아니겠습니까.

한 가지 덧붙이고 싶습니다. 그녀의 아름다운 성품이 갖는 피할 수 없는 영향력에 휘말리는 사람이라면 누구든 영원히 자진해서 그녀의 노예가 되고 말아요. 이 말에 대해서는 진술에 거짓이 없음을 선서합니다. 그녀 아버지, 어머니, 그리고 오빠는 그녀를 끊임없이 포옹합니다. 그런데 그것은 혈육간의 포옹이 아니라 그녀를 마치 연인으로 여기는 것 같은 포옹이에요. 그녀는 아버지의 마음을 움직이는 힘을 지니고 있습니다. 하지만 그녀는 남을 돕는 일에만 그 힘을 사용합니다.

 제 신부가 될 사람에 대해 공정하게 이야기하자면 한도 끝도 없을 것 같군요. 그래서 이쯤에서 그만두렵니다. 한 주 전쯤 엘미라에 갔습니다. 그곳에서 나흘간 머문 뒤 일 때문에 뉴욕에 가야만 했습니다.

1869년 2월 27일 록포트에서

폴 세잔
Paul Cézanne, 1839-1906
프랑스 화가

"부자들이 지갑을 열려 하지 않아요"

피카소는 세잔을 일컬어 "나의 유일한 스승 세잔은 우리 모두의 아버지"라는 찬사를
보냈다. 그들의 아버지 세잔은 "사과로 파리를 정복하고 싶다"라는 말과 함께 200점
이 넘는 정물을 그렸다. 그의 사과는 다양한 빛과 색과 형태로 오늘 우리에게 전해졌
다. 이처럼 정물화로 유명한 세잔은 어린 시절에 에밀 졸라(Émile Zola, 1840~1902)
를 만나 40년 동안 가까운 친구로 지냈다. 법과대학을 떠나 파리에서 그림을 그리기
시작할 때 만난 9세 연상의 피사로Pissarro는 그에게 아버지 같은 스승이자 친구로
예술적 전개에도 중요한 역할을 했다. 피사로는 세잔에게 인상주의 화가 마네와 드가
등을 소개했고 세잔은 인상파 운동에 동참하게 된다. 여기 그가 편지를 썼던 1874년,
세잔의 그림이 제1회 인상파전에 출품되었을 때만 해도 그는 인상파 작가에 접근해
있었다. 그러나 후에 구성이 빈약하다는 생각을 하게 되면서 구도와 형상에서 고흐,
고갱, 쇠라 등 후기인상파 화가들과 같은 화풍을 보이게 된다. 풍경화에서 세잔은 오
랜 시간 같은 풍경을 바라보면서 색의 변화를 관찰하는 가운데 '모든 자연은 구형,
원통형, 원추형에서 비롯된다'는 결론을 내렸다. 그 견해대로 자연 속에 내재된 구성
을 찾아 단순화된 입체로 표현하려는 일관된 자세는 큐비즘(Cubisme, 입체파)과 추
상파에 영향을 주었고, 피카소를 중심으로 한 큐비즘은 세잔 예술의 직접적인 전개라
고 볼 수 있다. 1886년 한 해에 그의 인생에 중대한 세 가지 사건이 일어난다. 1872
년부터 함께 살며 그의 아들을 낳은 여인 오르땅스와 결혼했고, 아버지의 별세로 많
은 유산을 물려받았으며, 에밀 졸라가 실패한 화가를 주인공으로 소설을 쓰자 그 주
인공이 자기를 닮았다고 생각하고는 상처를 받아 에밀 졸라와의 우정이 파탄에 이른
다. 말년에 집과 작업실을 오가며 매일 그림 작업을 하던 그는 비를 맞고 폐렴에 걸
려 숨을 거두었다.

사랑하는 어머니 보세요.

우선 제 걱정을 해주셔서 감사합니다. 지난 며칠 동안 날씨가 무척 추웠지만 저는 아픈 데 없이 따뜻하게 잘 지내고 있답니다. 그리고 약속해 주신 건 이 주소로 보내 주시면 좋겠어요. 1월 말까지는 여기 머물 거예요.

피사로는 한 달 반 정도 파리에 없을 거예요. 지금은 영국에 있어요. 저도 제 자신을 좋게 생각하고 또 그 친구도 이런 저를 좋게 생각하고 있는 것 같아요. 요즘 저는 주위 사람들보다 제가 더 강하다고 생각하기 시작했어요. 그리고 어머니도 제가 오래 신중히 생각하고 나서부터 제가 자신을 좋게 평가하고 있다는 것을 아실 거예요. 저는 그림을 계속 그려야만 해요. 물론 그 일은 문외한들이 제 그림을 보고 찬탄하게 만들기 위해서 덧칠을 하는 게 아니에요. 그리고 흔히 칭송 받는 작품은 단순히 수공업을 통한 실체일 뿐이에요. 그리고 그런 작품은 모든 것을 비예술적이고 평범한 것으로 만들어 버리죠. 하지만 제가 완벽함을 추구하는 이유는 바로 진실을 보여 주고 또 배우는 즐거움 때문이에요. 그리고 제가 깊은 감동을 주고, 공허한 외형에 즐거워하는 사람들이 아니라 진실로 열정적이고 확신에 차서 저를 칭찬하는 사람들이 생기는 때가 반드시 올 거예요. 저를 믿어 주세요.

지금은 그림을 팔기에 시기가 좋지 않아요. 부자들이 지갑을 열려 하지 않아요. 그렇지만 이런 시기도 곧 지나갈 거예요.

사랑하는 어머니, 동생들에게 안부 전해 주세요.

1874년 9월 26일 파리에서
어머니의 사랑하는 아들 폴 세잔 올림

헨리 제임스
Henry James, 1843-1916
미국 소설가 · 극작가 · 비평가

'속되고 속되고 속된'

헨리 제임스는 미국 작가였지만 주로 유럽에서 지냈고 세상을 뜨기 8개월 전에 영국으로 귀화했다. 그러나 그의 유해는 미국으로 운반되어 제임스 일가의 묘지에 묻혔다. '대서양 양편의 한 세대를 해석해 낸 사람'이라는 그의 묘비명처럼 그는 대서양 횡단 문화의 중요한 인물이었다. 그가 다룬 주제는 구세계 유럽과 신세계 미국의 대비와 충돌이었다. 그러나 그는 기록자이기보다 방관자이며 분석가였다. 이방인의 입장으로 국제적 상황과 문제 등을 다루며 객관적 시각으로 당대 상황을 분석했던 것이다. 미국 뉴잉글랜드를 떠나 유럽에 가서 파리 등지에서 지내면서 투르게네프, 플로베르, 모파상, 졸라 등과 교류했다. 런던에 정착해 본격적으로 작품 활동을 시작하면서 첫 장편 「로더릭 허드슨 *Roderick Hudson*」에 이어 「미국인 *The American*」을 발표하고, '영어로 쓴 가장 뛰어난 소설' 가운데 하나로 평가받는 장편 「어느 부인의 초상 *The Portrait of a Lady*」에서 양대륙의 문제를 다루며 미국인의 '누추함'을 비판했다. 후기 작품 「비둘기의 날개 *The Wings of the Dove*」, 「사자들 *The Ambassadors*」에서는 극히 정밀한 심리분석과 실험을 하고 있다. 이로서 사실주의 문학의 일인자로 인정받게 되었고, 내적 삶에 대한 이러한 묘사는 그를 20세기 '의식의 흐름stream of consciousness' 경향의 선구자로 만들었다. 제임스 조이스, 그레엄 그린, 버지니아 울프 같은 작가들은 서로 성격이 달랐음에도 불구하고 모두 그의 영향을 받았다.

내 사랑 어머니 보세요.

이탈리아에서 머문 지 6주가 지났습니다. 어제 오늘은 예외였습니다만, 그간 호텔 종업원이나 교회 직원들과 말고는 제가 5분간이라도 대화를 나눈 사람은 거의 없었어요. 사람 만나는 일과 관련해서, 저는 아직 유럽에서는 이렇다할 기록을 세우지 못한 셈이죠.

어제는 뉴포트에서 온 안나 버논 양, 그리고 그녀의 친구 카터 여사를 만났습니다. 그리고 역시 어제 아침 다소 가냘프게 생긴 미국인을 만났는데, 그는 화랑을 운영하고 있는 것 같았습니다. 얘기 끝에 그는 제가 있는 곳으로 한번 찾아오겠다고 했습니다. 오늘 아침 그가 왔더군요. 조금 전 돌아갔습니다. 그가 어찌나 연약하고 기운 없어 보이는지 그 친구와는 사귀어 보아야 별로 즐겁지 않을 것 같습니다.

이 편지 첫 문장에서 제가 '거의'라는 부사를 쓴 것은 서너 시간 정도 이야기를 나누어 본 영국인이 두어 명 있기는 했다는 뜻입니다. 그 중 한 사람과는 베로나에서 만났는데 둘이서 급속히 친해졌습니다. 그래서 헤어질 때가 되니 대단히 섭섭하더군요. 하지만 그는 심지어 이름조차 가르쳐 주지 않은 채 좋은 인상만을 남기고 홀연히 사라졌습니다. 나이는 38세정도였으며 영국인답게 예의바른 사람이었습니다.

윌리가 얼마 전 제게 보낸 편지에서 영국인에 대한 제 '느낌'을 묻더군요. 아직 그 질문에 대답할 시간이 없었는데, 그 주제는 한번 본격적으로 다루어 볼 만하다고 생각합니다. 하지만 사실 저로서는 아직 그 문제에 관해 언급할 만한 자격이 없다고 생각합니다. 표본이 될 만한 사람들을 만났다고는 해도 그 수가 극히 적은데다, 그나마 만나 본 사람들도 피상적으로 관찰하는 데 그쳤거든요. 한 가지 확실한 것은 제가 영국인들을 좋아한다는 사실입니다. 진정으로 좋아해요.

월리는 영국인 개개인이 미국인들을 '능가' 하더냐고 물었습니다. 이 질문에 대해 저는, 제가 만나 본 영국인들은 제가 만나 본 미국인들을 능가할 뿐만 아니라, 가늠하기 어려울 정도의 깊이로 미국인들을 압도한다고 대답하고 싶습니다. 미국인들만큼 자만심으로 우쭐대는 부류의 인간들이 또 있다고는 상상하기 어렵습니다. 그들에게 딱 어울리는 단어가 있지요. 그건 바로 '속되고 속되며 속되다' 는 형용사입니다. 그들의 무지함, 즉 유럽 것에 대해서는 무조건 인색하고, 도도하고, 헐뜯는 태도, 자기들끼리의 허풍 속에서만 존재하는 미국식 기준 또는 선례에 대한 장황한 언급, 그리고 목소리, 화술, 인상학의 빈곤 등이 우리를 추악하게 보이도록 만들지요.

그런가 하면 우리 미국인들은 또 성격이 뚜렷한 사람으로 보이기도 하고 에너지, 역량, 지적 소양이 풍부한 사람으로 보이기도 합니다. 제가 우리의 악덕으로 지목한 것들은 '문화' 가 상당히 결핍된 현대인의 요소들입니다. 미국인들을 겪다 보면 그들 사이에 공통적으로, 절대적으로 그리고 믿기 어려울 정도로 문화가 결핍되어 있음을 알 수 있습니다. 반면에 영국인들에게서 발견할 수 있는 부드러움은, 상당 부분 그들 각자가 시련의 세월을 견디며 살아 왔다는 사실에서 유래함을 알 수 있습니다. 이러한 사실은 그들에게 일종의 아름다운 니스칠을 제공합니다. 그들은 구성원 상호간의 마찰에 의해 부드러워지고 세련된 것입니다. 그들은 예의와 언어를 갖고 있습니다. 그런데 우리에게는 둘 다 없어요. 특히 후자의 결핍이 심하지요. 물론 '형편없는' 영국인들을 보지 않은 것은 아닙니다. 하지만 전반적으로 그들은 상대방의 마음을 자신들 쪽으로 끌어당기는 매력을 지니고 있습니다.

16일 일요일에 저는 멋진 미국인들을 보았습니다. 그들을 보고 그래도 역시 우리나라가 좋다는 생각이 들었습니다.

1869년 10월 13일 피렌체 유럽호텔에서
어머니의 외로운 망명객, H.J. 2세 올림

사랑하는 어머니 보세요.

지금 제 책상 위에 어머니께서 보내 주신 12월 30일자 편지가 있습니다. 크리스마스 축제 이야기와 식구들끼리 나눈 다정한 대화의 내용이 담긴 그 편지 말입니다. 저는 지금 '혹독한' 겨울밤, 석탄난로 곁에서 제 자신을 가족들 품으로 보내고자 안간힘을 씁니다.

켐블 여사가 겨울을 나려고 마을로 돌아왔습니다. 그녀는 분명 제가 대단히 좋아하는 사람이기 때문에 그녀의 귀환은 언제나 제게 기쁨을 줍니다. 고백하건대, 저는 사람들이란 대체적으로 매우 무례하고 천박하다고 보는 편입니다. 제가 사람들을 그나마 나은 인물로 그리는 데 성공하는 것은 종교소설에서 등장인물들을 묘사할 때뿐입니다. 사정이 이렇다 보니, 어떤 상스러움과도 무관하게 깊은 교양미와 풍부한 인간미를 풍기는 여성을 만난다는 것은 제게는 일종의 위안이자 청량제가 되는 셈입니다.

이 세상 사람들은 제가 보기에 대부분 껍데기일 뿐입니다. 그런데 쾜블 여사에게는 그런 조직적인 껍데기가 전혀 없습니다. 그녀는 깊은 저수조 같은 사람입니다. 그런데 그 저수조에는 뚜껑이 없으며 심지어 두레박조차 없어요. 그래서 그녀와 교류하려는 사람은 반드시 저수조 안에서 물을 튀기며 텀벙거려야만 합니다. 그녀를 겉모습만으로 판단해서는 오산입니다. 그것은 그녀의 극히 일부에 지나지 않습니다.

윌리엄과 앨리스에게 내게 친절하게 지적해 주었지만 곧바로 응답할 시간이 없었다고 말씀해 주세요. 두 사람은 뉴포트로 떠나기 전날 밤 「국제적 삽화 *International Episode*挿話」 1부를 읽고 소감을 써 주면서 제게 칭찬을 하더군요. 지금쯤 어머니께서 그 책의 2부를 읽으셨겠네요. 어머니께서는 제발 여기 있는 친구들처럼 제가 '영국인 흥행사'들에게 반감을 가지고 있다고 보지 말아 주셨으면 합니다. 제가 보더라도 제 자신은 너무 남들의 반응에 민감한 것 같습니다. 앞으로는 좀더 과감해질 겁니다. 미국적 시각에 근거해 자신들이 비꼼과 풍자의 대상이 된다는 것은 이곳 사람들에게는 전적으로 새로운 현상이어서 그들은 그것을 제대로 음미하지 못합니다. 그러한 관계설정과 관련해 그들은, 풍자를 하더라도 미국인들보다 자기들이 낫다는 식으로 풍자를 하는 것을 정상이라고 봅니다. 이런 풍자를 조금만 더 심하게 하면 그들은 극도로 민감해질 것이라는 생각이 듭니다. 하지만 저는 그들을 대단히 좋아하며, 그들에게 너무도 다정한 감정을 지니고 있기 때문에 그들에게 상처를 주는 한이 있더라도 풍자 작업을 계속하려 합니다.

맥밀란출판사는 「데이지 밀러 *Daisy Miller*」, 「국제적 삽화」, 그리고 「만남 네 차례 *Four Meetings*」를 「유럽 사람들 *The Europeans*」과 마찬가지로 두 권짜리 책으로 곧 출간할 것입니다. 출판사로서는 틀림없는 히트를 예상하고 있습니다. 지난번 말씀드렸듯이 「데이지 밀러」는 보기 드문 히트작이었거든요. 책이 나오면 보내 드리겠습니다.

안녕히 계세요, 어머니. 아버님께도 자식으로서 안부를 전합니다. 올 겨울을 편안하게 보내시기 바랍니다(어머니께서 지난번 제게 편지를 보내신 이후 날씨가 엄청나게 추워졌다니 두 분 건강이 걱정됩니다). 편지 기다리겠습니다.

1879년 1월 18일 볼튼 가街 3번지에서

H. 제임스 2세 올림

프리드리히 빌헬름 니체
Friedrich Wilhelm Nietzsche, 1844-1900
독일 문헌학자 · 시인 · 철학자

"다시는 이런 일이 없도록 하겠습니다"

망치를 든 철학자, 니체.

그가 19세기에 망치를 들고 두들겨부순 것은 서구적 망상과 기존의 가치관, 도덕적이라 알고 있던 모든 것들이었다. 기독교적 기득권층이 부정하면서도 지녀왔던 그 위선을 부순 것이었다.

니체의 집안은 루터의 경건주의를 신봉했다. 친할아버지는 프로테스탄트를 옹호하는 책을 썼고, 외할아버지는 시골 목사였으며, 아버지 또한 목사였다. 여기 그의 편지 두 편은 그가 프로테스탄트 학교에서 고전 등의 교육을 받던 때였다. 라이프치히 대학에서 공부하던 시기에 니체는 쇼펜하우어의 철학을 알게 되었고, 고전문학자 에르빈 로데와 교유했으며, 스위스 바젤에서 고전문헌학 교수로 재직하며 바그너를 만났다.

그의 첫 번째 저서 「음악의 정신에서 비극의 탄생 *Die Geburt der Tragödie aus dem Geiste der Musik*」은 그가 전공한 고전학의 굴레를 벗어난 것을 의미한다. 이 저서는 미학사美學史의 고전으로 꼽힌다. 니체는 편두통과 시력 약화로 건강이 나빠지자 35세에 교수직을 그만두지만, 작품 활동은 활발하게 진행되어 그 유명한 「차라투스트라는 이렇게 말했다 *Also Sprach Zarathustra*」는 그 스스로 가장 성공한 시기로 여긴 1883~1885년에 쓰였다. 니체는 악화된 건강과 우울증에 시달리면서도 끊임없이 글을 썼고 전통적 서구문명을 통렬하게 비판했다.

니체 없이는 20세기 철학과 신학, 심리학의 역사를 생각할 수 없다. 야스퍼스 · 하이데거 · 카뮈 · 미셸 푸코로부터 시작해서 프로이트 · 칼 융 · 헤르만 헤세 · 앙드레 말로 · 버나드 쇼 · 릴케 · 예이츠 등 헤아릴 수 없을 정도다. 20세기의 철학자 마르틴 부버는 니체가 그의 삶에 가장 큰 영향을 미친 세 사람 가운데 한 사람이라고 했다.

사랑하는 어머니께

제가 오늘 어머니께 편지를 쓴다면 아마 제 인생에서 가장 슬프고 불쾌한 일에 대한 이야기일 겁니다. 제가 그동안 못나게 굴었고, 어머니가 그것을 용서해 주실 수 있을지 잘 모르겠습니다. 저는 어쩔 수 없이 무거운 마음으로 어머니께 글을 쓰기 위해 펜을 들었습니다. 특히 부활절 연휴의 평온하고 행복했던 시간을 생각하면 더욱 그렇습니다.

지난 일요일 저는 술을 마셨고 제가 얼마나 버틸 수 있을지 모르고 마신 탓에 다소 흥분한 상태였습니다. 그런 상태에서 돌아왔다가 케른 선생님과 마주쳤죠. 선생님은 화요일 회의에 절 부르셨고, 전 저희 반에서 3급으로 강등되고 일요일에 있을 한 시간 동안의 산책에서 제외됐습니다. 제가 얼마나 낙담하고 비참해할지 잘 아시겠죠. 특히 이런 불명예로 어머니께 슬픔을 안겨 드리다니 말입니다. 다시는 이런 일이 없도록 하겠습니다. 또 제게 뜻밖의 믿음을 주셨던 클레츠케 목사님께도 죄송스럽습니다. 이번 실수로 지난 학기에 쌓아놓은 좋은 평판이 다 무너지게 되었습니다. 제 자신에게 너무 화가 나서 공부도 못 하겠고, 가만히 앉아 있을 수조차 없습니다. 곧 제게 답장을 보내서 절 질책해 주세요. 당해도 싸다는 사실을 누구보다도 제 자신이 잘 알고 있으니까요.

앞으로 제가 얼마나 열심히 할지에 대해서는 어머니께 더 이상 확신을 드릴 수가 없을 정도입니다. 그동안 제가 갖고 있던 엄청난 자부심이 불쾌한 방식으로 완전히 뒤틀렸습니다.

오늘 클레츠케 목사님을 뵈러 가서 말씀을 드려야겠습니다. 그런데 아직 아무도 이 사실을 모른다면 비밀로 해주세요. 또

가능한 한 빨리 제 목도리를 좀 보내 주시겠어요? 목이 쉬고 기침이 계속 납니다. 제가 말씀드렸던 빗도 함께 보내 주세요. 이제 그만 쓰겠습니다. 곧 제게 답장을 보내 주세요. 제게 너무 엄하게 하시지는 않았으면 좋겠네요, 어머니.

1863년 4월 목요일 아침 포르타에서
슬픔에 잠긴 아들 프리츠 올림

사랑하는 어머니께

어제 앨름리히에서 어머니께 가지 못해 죄송합니다. 하지만 방에 갇혀 갈 수가 없었고, 그 이유는 지금 말씀드릴게요.

매주 6학년 신입생 중 한 명이 기숙사 반장 임무를 맡고 있는데, 하는 일은 주로 기숙사 방과 벽장, 강의실에 있는 물건들 가운데 수리가 필요한 것들을 기록해서 그 목록을 사감실로 보내는 것입니다. 지난 주에는 제 차례였는데, 갑자기 약간의 유머감각을 발휘해 지루함을 덜어보자는 생각이 들었어요. 그래서 목록을 작성할 때 농담을 섞어 보았습니다. 엄격한 선생님들은 당장 토요일 회의에 저를 불러 다음과 같이 지나친 벌을 내리셨습니다. 방과 후 세 시간 동안 학교에 남아 있어야 하며 두어 번의 산책을 금지한다는 것이었습니다. 제가 생각 없이 군 것 외에 다른 잘못이 있다면 저 자신에게 화가 났겠지만, 저는 이번 일을 후회하지 않습니다. 다만 앞으로는 농담에 대해 좀더 주의하자는 교훈을 얻었을 뿐이죠.

오늘은 성 마르틴 축일이고, 우리는 저녁 때 성 마르틴 거위 요리를 (물론 열두 조각으로 나눠서) 먹었죠. 곧 성 니콜라스 축일도 다가옵니다. 가을에서 겨울로 옮겨가는 이 기간은 즐거워요. 제가 너무나도 좋아하는 크리스마스 준비 기간이기 때문이죠. 이번에는 다 같이 최대한 즐기도록 해요. 답장 써 주세요. 그리고 삼촌과 리지에게 제 안부를 전해 주십시오.

1862년 11월 10일 포르타에서

프리츠 올림

사랑하는 어머니께

보내 주신 음식과 생활용품은 다 잘 받았습니다. 하지만 불행하게도 어머니 편지를 읽고 전 무척 상처를 받았습니다. 정말이지, 기독교에 대한 이런 논문들과 그 사람의 의견, 그리고 거기에 대한 제 의견을 더 이상 제게 묻지 마십시오. 도저히 견딜 수가 없거든요! 종종 편파적이고 뻔뻔한 '독실한 기독교인들' 가운데 살고 계신 어머니의 환경은 제 생각이나 목표와는 정반대의 것입니다. 거기에 대해서는 아무 말도 하지 않겠지만, 어머니와 누이를 포함한 이런 사람들은 제 목표가 어떤 것인지에 대한 아주 약간의 힌트만 있어도 제 적이 되려고 하거든요. 이건 어쩔 수가 없습니다. 그 이유는 사람들에게 있고, 나움버그의 (이곳에 살지 않는 많은 친척들을 포함하여) 이런 독실한 신자들에게 일일이 반응을 보이지 않기 위해서 저는 엄청난 절제를 연습하고 있습니다.

사랑하는 어머니, 지금까지 해온 것처럼 진지한 질문들은 편지에 쓰지 말기로 하시죠. 더욱이 리지가 어머니의 편지를 읽을 수나 있었을지 궁금하군요.

제 정신과 건강은 작년의 소름끼치는 사건이 되풀이되고 있다는 사실에 다시 나빠지고 있고, 걱정도 계속되고 있습니다. 그에 관한 최종 결과에 대해서 저는 지난 8월 이후 나쁜 느낌을 받고 있습니다. 저는 지금 '떠나기 전 집을 정리하는 사람'처럼 일하고 있습니다. 이제 더 이상 아무 말씀도 말아주세요. 저도 그럴 겁니다. 이 편지가 너무 어두웠다면 용서해 주십시오.

1883년 8월 실스 마리아에서
어머니의 아들 프리츠 올림

사랑하는 연로하신 어머니,
… 이곳도 안개가 자욱합니다. 하지만 아직 제가 불을 켤 정도는 아닙니다. 안개가 며칠 동안 계속된 후에는 곧 태양이 뜨고 맑은 하늘이 보이겠지요. 이곳에서는 왕의 사촌인 왕자들 중한 명의 장례식이 있었습니다. 이탈리아가 매우 아끼는 존재였고, 해군에서도 마찬가지였다는군요. 해군 함대의 대장이었다고 합니다.

가장 좋은 소식은 많은 경험을 한 제 친구 가스트로부터 전해들은 것입니다. 요아힘이나 데안나같이 냉혹하고 철저한, 베를린 최고의 예술가들이 제 친구의 작품에 관심이 있다고 합니다. 더욱 놀라운 소식은 가스트가 베를린에서 가장 부유하고 유명한 집단의 일원이라는 것입니다. 어쩌면 그의 오페라가 베를린에서는 처음으로 무대에 올려질지도 모르겠습니다. 호흐버그 백작이 그 집단과 가깝거든요.

대체적으로, 어머니의 아들도 매우 유명해졌습니다. 비록 독일 사람들이 제 영혼의 고귀함을 알아줄 만큼 똑똑하거나 고상하지 않고, 늘 제가 염려하는 대로 행동하기 때문에 독일에서는 별로 유명하지 않지만, 다른 곳에서는 매우 유명합니다. 저의 찬양자들은 상트페테르부르크나 파리, 스톡홀름, 비엔나, 뉴욕 등지에서 영향력 있는 위치의 상류계급 사람들입니다. 전 세계에서 내로라하는 인물들이 저에게 경의를 표한다는 것을 어머니가 아신다면 얼마나 좋을까요. 그 중 한 사람은 매력적인 테니체프 부인이랍니다. 제 찬양자들 가운데는 진짜 천재들도 많아요. 오늘날 제 이름처럼 존경받고 유명한 것도 없는 것 같습니다. 그건 마치 이름도 없고 작위도 없고 돈도 없는 사람의 묘기와도 같죠. 전 여기서 과일장수 아주머니를 포함해 모든 사람들에게 거의 왕자 같은 대우를 받습니다. 과일장수 아주머니는 항상 제게 가장 싱싱한 포도송이를 골라주어야만 만족해한답니다.

다행히 저는 일이 많은 만큼 잘 지내고 있습니다. 제 건강도 더 없이 좋은 상태이고요. 세상 그 어떤 사람이라도 감당하지 못했을 분량의 일이 제게는 가볍게만 느껴집니다.

사랑하는 연로하신 어머니, 일년이 저물어감에 따라 저는 어

머니가 잘 계시길 진심으로 바랍니다. 제가 하는 모든 일이 다
성공을 이루는 새해를 빌어 주세요.

1888년 12월 21일 토리노에서
어머니의 늙은 아들 올림

기 드 **모파상**
Guy de Maupassant, 1850-1893
프랑스 소설가

"저는 아직도 재채기를 합니다"

모파상은 당대 문학의 거장이었고, 그보다 29세가 많은 플로베르에게 문학수업을 받았다. 모파상의 어머니와 오랜 친구였던 플로베르는 그를 문하생으로 받아 에밀 졸라, 투르게네프 등과 교유할 수 있도록 했고 저널과 문학계에 등단할 수 있도록 도왔다. 모파상은 잠시 신학교에 다녔고 전쟁에도 나갔으며 파리에서 해군서기로 10년 동안 일하기도 했다.

1880년, 졸라가 편집한 문집에 첫 작품 「비곗덩어리 *Boule de Suif*」를 발표해서 모든 이의 호평을 받았고 스승 플로베르는 걸작이라고 일컬었다.

10년 정도의 차이를 두고 20대와 30대에 쓴 여기 두 편지에서 모파상은 어머니에게 추위와 고독과 우울함을 토로하고 있다. 40대에는 결국 페이퍼 나이프로 자살을 시도했고 정신병원에서 숨을 거두었다. 「비곗덩어리」에서 드러나듯 초기 작품은 풍자적 경향이 강했고 이는 감상과 연민으로 이어지다 마지막에는 개인적인 불안과 공포, 그리고 구원없는 페시미즘이 드러나는 작품을 썼다. 그는 30대부터 많은 작품을 써냈고 「여자의 일생 *Une Vie*」은 그에게 확고한 문학적 지위와 명성을 가져다 주었다. 안질과 불면에 시달리면서 고뇌하고 불안해하던 영혼은 "어둡다, 어둡다"라고 중얼거리며 생을 마쳤다.

어머니께서는 제가 참 신속하게 답장을 보낸다고 생각하시겠지만, 사실은 제 자신이 조급증이 나서 글을 쓰지 않고는 견딜 수 없습니다. 너무 외롭고 두렵고 우울해 어머니에게 편지라도 몇 장 보내 주십사고 애원하지 않을 수 없군요. 다가오는 겨울이 두려워요. 쓸쓸함이 밀려올 테고, 고독해서 때로는 끔찍하기까지 한 겨울밤이 이어질 테니까요. 우수憂愁의 남포에 불을 밝히고 책상 앞에 앉노라면 종종 슬픔이 너무도 깊어 누구에게 하소연해야 좋을지 모른답니다. 지난 겨울에는 그런 순간이 찾아들면 스스로에게 중얼거리곤 했어요. 너 또한 길고도 차가운 12월과 1월 밤의 끔찍하리만치 우울한 시간들을 헤쳐 왔음이 분명하구나. 단조로운 일상이 다시 시작되었습니다. 이런 상태가 앞으로 석 달쯤 지속될 테지요. L. F.는 오늘 밤 저와 함께 식사할 수 없다고 합니다. 바깥에서 저녁을 먹는대요. 그와 함께 이야기를 나눌 수 없게 되어 화가 납니다.

  얼마 전 기분전환을 할 겸 「월요일 이야기 *Monday Tales*」(알퐁스 도데) 식의 작품을 한 편 써 보았습니다. 그것을 보내 드릴게요. 물론 저는 그 작품에 어떤 중요한 의미도 부여하지 않습니다. 그 작품은 15분 만에 후닥닥 써 내려간 것이에요. 그렇지만 다 읽고 나신 뒤 제게 그것을 돌려보내 주세요. 그것을 가지고 뭔가를 할지 모르니까요. 그 작품을 다 쓰고 나니 문법적으로 틀린 곳이 몇 군데 발견되더라구요. 2주만 있으면 돌아갈 수 있을 것 같습니다. 정말 돌아갈 날이 얼마 남지 않았네요! 어머니와 제가 다시 만나 이야기를 나눌 수 있게 되는 날이 정말 가까웠어요! 휴일이 지나가고 나면 사람들은 스스로에게 이렇게 말하죠. "어쩌면 이럴 수가 있나? 이제 막 여기

도착했을 뿐인데. 아직 누구와 이야기도 채 나누지 못했는데." 기쁨의 시간은 언제나 짧죠.

사랑하는 어머니, 그럼 안녕히 계세요. 제 사랑을 보냅니다. 헤르베에게도요.

1872년 9월 24일

거실 작은 책상 앞에 앉아 편지를 씁니다. 개 두 마리는 비실거리기는 해도 명랑하게 잘 뛰놉니다. 두 녀석은 지금 모두 제 발치에 누워 있습니다. 마토는 제 다리에다 대고 제 몸을 쉴 새 없이 비벼 댑니다. 다프네는 아픈 것이 완전히 나았고요. 저는 아직도 재채기를 합니다. 영하 5도의 날씨에 밤새 여행을 하다 지독한 감기에 걸렸습니다. 게다가 얼음골 같은 이 집에서는 몸을 녹일 수도 없어요. 차가운 바람이 여기저기 문틈으로 소리를 내며 들어옵니다. 남폿불은 사위어 가고 있는데, 활활 타오르는 벽난로 불빛이 저를 환하게 비춥니다. 방안을 데우지는 않고 제 얼굴에만 열기를 전해 줍니다. 오래된 물건들은 죄다 저와 관련된 것들이에요. 겨울 담요에 싸인 죽은 마을에서는 아무 소리도 들려오지 않습니다. 바다 소리도 들리지 않습니다.

추위는 이 집의 고적함보다는 제 삶의 고적함에서 더 많이 기인하는 것 같습니다. 온 세상이 길을 잃었고, 제가 거주하는 공허空虛가 저를 무겁게 짓누르기 시작하고 있다는 느낌이 듭니다. 하지만 그런 가운데서도 제 두뇌는 투명하고 정확하게 작동하여 영원한 무無로 저를 어지럽힙니다. 이렇게 써 놓고 보니 옛날 작가 위고Hugo의 글처럼 보입니다만, 제가 제 생각을 좀더 명징하고 간결한 언어로 표현하자면 오랜 시간이 걸릴 것입니다. 로맨틱한 호언장담이란 단순히 글쓰기의 게으름에서 비롯된다는 것을 다시금 확인하게 되는군요.

창녀들과 첫영성체에 관한 작품을 거의 끝냈습니다. 「비곗덩어리」만큼 괜찮은 작품이라는 생각이 듭니다.

1881년 1월 화요일

빈센트 반 고흐
Vincent Van Gogh, 1853-1890
네덜란드 후기 인상파 화가

"화가보다 농부가 더 쓸모 있죠"

고흐의 그림 몇 점은 세상에서 가장 비싼 가격에 경매된다. 그것은 아마 그림이 지닌 가치보다 한 예술가의 영혼에 대해 경의를 표하는 우리의 방법이 아닐까. 우리는 그의 삶을 비극적이라 말하지만 여기 그의 편지를 보면 그림을 그릴 수 있고 그나마 살아 있을 때 그림이 팔리는 화가가 된 것을 그는 운이 좋다고 말한다. 고흐는 죽기 전 10년 동안 9백여 점의 그림과 천 점이 넘는 습작을 전부 그려냈다. 그의 초기 대표작 「감자 먹는 사람들 *Aardappeleters*」은 그가 광산촌에서 가난한 노동자들과 생활하며 그들의 삶을 생생하고 경건하게 그려낸 것이다. 고흐는 1880년부터 동생 테오의 제안에 따라 본격적으로 그림을 그리기 시작했다. 이후 인상파 화가들을 접하면서 어둡고 거친 분위기는 강렬하고 밝은 색채를 띠게 된다. 그는 더 강렬한 태양을 찾아 남프랑스 아를로 갔고, 걸작 「해바라기」와 「아를의 도개교」를 그렸다. 그러나 고갱과 잠시 생활하다 큰 다툼으로 그가 자신의 귀를 자르는 자해행위를 저질러 생 레미의 요양소로 보내신다. 여기 그의 편지는 그곳에서 쓴 것이다. 환청, 환각, 발작증세를 보이면서도 그림에 몰두했던 고흐는 오베르로 가서 그림을 그리던 어느 날 권총으로 자살을 시도하고 병원으로 실려가 결국 숨을 거둔다. 그리고 6개월 후, 고흐와 평생 깊은 우애를 나누었던 동생 테오도 발작증세를 보이다 형을 따랐다.

사랑하는 어머니 보세요.

어머니가 옛집을 떠나시기 전에 보내 주신 편지에 대해, 그리고 코르의 여행 소식을 전해 주셔서 감사하다고 편지를 쓰고 싶었습니다.

저도 테오가 거기서도 일 잘하고 행복하게 지내고 있을 거라고 생각해요. 테오가 어머니께 보낸 편지를 보면 제 친구인 고갱이 파나마와 브라질에 대해서 말해 주었던 것들이 생각나요. 전 이작슨이 트란스발 지방으로 떠난 줄 몰랐어요. 어머니도 아시다시피 제가 한 번도 이작슨을 만난 적이 없잖아요. 그냥 최근에 그에게 자주 편지를 썼을 뿐이에요. 그 친구가 네덜란드 잡지에 제 그림에 대한 기사를 쓰고 싶다고 하기에 제가 그러지 말라고 했어요. 그리고 그의 관심에 감사한다고 했어요. 처음부터 우리는 서로의 그림에 관심을 가지고 있었고 둘다 네덜란드 초기와 현대 화가들에 대해 같은 생각을 가지고 있어요.

그리고 드 한의 작품도 정말 좋아요.

그리고 제가 어머니께 약속드렸던 풍경화 몇 점, 제 초상화 그리고 실내 장식 연구 등이 다 준비됐어요. 그런데 어머니가 그걸 보고 실망하시지 않을까 걱정입니다. 혹시 부분적으로 시시하다거나 심지어는 추하다고 생각하실까 진짜 걱정이네요. 만약 여동생들한테 주고 싶으시다면 그러셔도 괜찮아요. 그래서 대여섯 작품을 더 보내 드려요.

그게 중요한 건 아니고요, 제가 바라는 건 그 작품들을 같이 보관해 주셨으면 하는 거예요. 후일에 그 작품들이 하나의 묶음으로 있어야 더 가치가 있을 것 같다는 생각이 듭니다. 그런데 참 어머니는 그것들을 다 보관할 만한 장소가 없으시겠죠. 그러면 그냥 어머니가 적당하다고 생각하시는 대로 해주세요. 하지만 적어도 한동안은 같이 좀 보관해 주세요. 한동안 어머니가 보관하고 계시다 보면 어떤 것이 그중 나은지 아마 아시게 될 거예요.

그래요. 테오의 새로운 환경이 그 전보다 훨씬 더 낫다는 어머니 생각에 저도 동의합니다. 그리고 저도 조의 배달 사업이 잘 되길 바랍니다. 곧 장사가 다시 전처럼 잘 될 거예요. 항상 인간이 어떻게 이 세상에 왔는지 경험하면서 배우는 게 가장 좋은 방법이죠. 그러면서 경험이 많은 사람들에게 진실과 평온함에 대해 가르쳐 줄 거예요.

여기 시골에서는 나뭇잎들이 노랗게 변하는 가을의 풍경이 참 아름답답니다. 한 가지 아쉬운 것은 포도원이 많지 않다는 것입니다. 한두 시간 그림을 그리러 나가면 널따란 들판이 보라색, 금색으로 변해서 덩굴 식물이 우리를 둘러싸고 있고, 노란 원이 있고, 그 주위엔 아직도 녹색이 남아 있는 것을 보게 돼요.

모든 것이 눈부신 파란 하늘 아래 펼쳐져 있고 지평선 위 절벽에는 라일락이 가득해요.

지난 해에는 이런 풍경을 그릴 기회가 지금보다 더 많았어요. 이럴 줄 알았더라면 어머니께 보내는 그림에 그 풍경화들을 더 넣을 걸 그랬네요. 내년까지는 다 보내 드릴게요.

지금 제가 보내는 초상화를 보시면, 제가 파리나 런던 같은 멋진 도시에서 수년 간 살았지만 여전히 시골 농사꾼과 닮았단 것을 발견하실 겁니다. 가끔씩 저 역시도 제가 농사꾼인 것처럼 느껴질 때가 있어요. 사실 저보다는 농부가 이 세상에 더 필요한 사람이겠지요. 특히나 사람들에게 그림이나 책보다 더 절실한 필수품을 만들어 줄 때는 더 그렇겠지요. 제가 판단해 봐도 전 아무래도 농부보다 못한 존재예요.

그렇지만 그들이 들판에서 열심히 일하는 만큼 저도 제 그림에 열중하고 있어요.

어떤 경우든 제 일들은 잘 돌아가지 않습니다. 사실대로 말씀드리자면, 항상 그랬어요. 그러나 요즘엔 특히 더 그래요. 그렇지만, 요즘만큼 또 그림이 잘 팔리는 적도 없어요.

게다가 어머니께서 붓 다루는 법을 배우는 어려움을 생각해 보신다면, 세상에서 그림 그리는 일만큼 사람이 못할 일도 없어요. 다른 사람들과 비교해 보면, 저는 그나마 행운아라고 생각해요. 화가라는 직업을 선택했다가 성공해 보지도 못하고 그만 둔 사람들의 운명을 생각해 보건대, 그런 사람들이 세상엔 너무 많거든요. 어머니, 그림 그리는 걸 배우는 데 10년이 걸린다고 치면, 한 6년 동안 죽어라고 그림 그리는 데에 온갖 노력을 집중했는데 어느 순간 그것을 그만 두어야 한다면 그 심정이 얼마나 괴롭겠어요. 그런데 그런 상황에 있는 사람들이 정말 많아요.

어머니도 아시겠지만 화가는 죽어야지 그림이 잘 팔리지, 그렇지 않고 생존해 있는 화가의 그림은 몇 푼 받지도 못해요. 그림을 사고파는 사업이라는 게 튤립 시장처럼 한때 유행 같아서 생존한 화가들은 정말 곤궁한 처지랍니다. 정말로 튤립 시장처럼 그림 시장도 위험해요.

그러나 튤립 유행이 다 끝나고 오래 전에 잊혀졌어도 여전히 그리고 앞으로도 계속 원예가들이 있잖아요. 제 생각엔 그림도 마찬가지예요. 그림도 꽃 문명처럼 언제나 살아 있을 거예요. 사실 전 제 스스로 화가가 된 것이 아주 운 좋았다고 생각한답니다. 그런데 다른 사람들은 그렇지 못하죠. 지금까지 어머니께 말씀드린 전부는 바로 사람이 환각에 빠져서는 안 된다는 거예요. 이 편지는 꼭 부쳐야겠어요. 지금은 여기 정신병원에서 친하게 지내는 사람의 초상화를 그리고 있거든요. 그런데 이상한 건요, 여기서 이들과 오래 같이 있다 보면 이 사람들에게 익숙해져서 이들이 전혀 미치지 않는 것처럼 느껴지는 거예요. 어머니께 키스를 보내요.

사랑하는 아들 빈센트 올림

지아코모 **푸치니**
Giacomo Puccini, 1858-1924
이탈리아 오페라 작곡가

"콩 요리가 먹고 싶어요"

푸치니는 G. 베르디의 「아이다 *Aida*」를 듣고 작곡가가 되기로 결심했다고 한다. 물론 작곡가였던 아버지로부터 이어받은 재능을 그의 어머니가 키워줬기에 그가 후대에 이름을 남긴 음악가가 될 수 있었다. 남편을 일찍 잃은 그의 어머니는 아들의 재능이 묻히지 않도록 적극적이고 대담한 모성을 발휘했다. 그것은 푸치니가 22세 때 밀라노의 음악학교에서 공부할 수 있도록 그 어머니가 마르게리타 여왕에게 이런 편지를 쓴 것이었다.

"여왕 폐하! 당신은 여왕이시며 가난한 자의 어머니시며 예술가들의 후원자이십니다. 저는 두 아이를 기르고 있는 미망인입니다. 제 아이들은 둘 다 음악공부를 하고 있는데, 큰아들 지아코모는 장래가 아주 유망한 아이입니다. 저희 푸치니 가는 5대가 모두 음악가였습니다. 지아코모는 음악학교에서 수업을 받고 싶어합니다만 저는 그렇게 해줄 여유가 없습니다. 여왕폐하께서 한없는 자비심을 베푸시어 도움이 필요한 어머니와 야망에 찬 소년을 도와주실 수는 없으신지요?"

이 편지를 보낸 후 몇 주가 지나 푸치니에게는 장학금이 주어졌고, 그 밀라노 음악학교에서 폰치엘리Ponchielli의 제자가 되어 훌륭한 음악교육을 받을 수 있었다. 오페라 카르멘을 보려고 극장에 몰래 들어가기도 했던 가난한 학생 푸치니는 오페라 작곡에 전력을 다했고, 마침내 25세에 「마농 레스코 *Manon Lescaut*」로 큰 성공을 거두며 세상에 이름을 알리게 되었다. 이어서 「라 보엠 *La Bohème*」, 「토스카 *Tosca*」, 「나비부인 *Madame Butterfly*」으로 찬사를 받으며 바그너와 함께 유명한 오페라 작곡가가 되었다. 푸치니의 음악은 곡조가 매우 아름답고 사랑스러운 것으로 유명하다. 「투란도트 *Turandot*」를 제외한 그의 오페라는 주로 서민적이고 비극적인 여주인공이 등장하며 미미, 토스카, 나비부인, 안젤리카의 아리아는 슬프고도 아름다운 감동을 준다.

사랑하는 어머니께

어제는 바치니 선생님께 두 번째 레슨을 받았고 수업은 아주 잘 되고 있어요. 물론 그게 지금까지 받은 유일한 수업이지만 금요일에는 미학 수업을 받을 것입니다. 그리고 다음과 같이 제 시간표를 짰어요. 우선 아침 8시 반에 일어나서 수업을 받으러 갑니다. 수업이 없는 날에는 피아노 연습을 하고요. 연습을 많이 할 필요는 없지만 그래도 조금은 하려고요. 그리고 안젤레리의 「방도 *Methods*」란 책을 사려고요. 혼자서 공부할 수 있는 좋은 책이거든요. 10시 반까지 공부를 하고 점심을 먹고 밖으로 나가요. 1시엔 다시 집으로 돌아와서 바치니 선생님과의 레슨을 준비하기 위해 두 시간 가량 공부를 해요. 그리고 나선 3시부터 5시까지 피아노를 치면서 고전 악보를 다시 봐요. 악보를 좀 구독하고 싶은데 돈이 여유가 없네요. 지금은 보이토의 메피스토펠레를 보고 있는데 팔레르모에서 온 파바라라는 친구한테 빌렸어요. 5시가 되면 정말로 간소한 식사를 하는데요, 밀라노 스프는 사실대로 말하면 그런대로 먹을 만은 해요. 저는 고르곤졸라 치즈를 먹고 와인을 조금 마셔요. 그리고 담배를 한 대 피우고 갤러리아 거리를 왔다 갔다 하며 산책을 해요. 거기서 9시까지 있다가 집에 오면 아주 피곤하지요. 대위법 공부는 조금 하고 있는데 연주하지는 않아요. 그리고 밤엔 연주를 못 하게 되어 있어요. 마침내 잠자리에 들어서 소설책을 일고여덟 페이지 정도 읽어요. 이게 제 요즘 생활이에요.

제가 어머니께 말씀드리고 싶기는 한데 망설여지는 게 하나 있어요. 왜냐하면 저도 어머니께서 여유가 없으시다는 것을 아니까요. 그런데 어머니, 그렇게 돈이 많이 들지 않아요. 저 정말 콩이 먹고 싶어요. 지난번에 한번 먹어봤는데 여기서는 참기름이나 아마기름을 써서 제가 먹을 수가 없었어요. 그래서 조금 신선한 기름이 있었으면 좋겠어요. 그리고 작은 피클 보내 주실 수 있으세요? 아주 조금이라도 좋아요. 여기 집에 같이 사는 친구들한테 피클 맛을 보여 주겠다고 약속했거든요. 그래서 만약 제 슬픈 이야기가 열매를 맺는다면 어머니 친절을 발휘하셔서 제발 저한테 작은 깡통 하나만 보내 주세요. 저 지금 어머니한테 기름칠 하는 거예요. 그거 4리르밖에 안 하거든요. 유지니오 오톨리니도 테너 피치에게 하나 보내줬대요. 여기는 모두가 할 수 있는 대로 빨리 오페라를 쓰고 있어요. 그런데 전 아직 아무것도 하지 않고 있어요. 전 그저 화가 나서 제 손을 괴롭히고 있을 뿐이에요.

그저께 저녁엔 구노의 오라토리오 「속죄 *Redemption*」를 들으러 갔어요. 근데 정말 지루하더라고요. 어젯밤엔 카탈라니의 새 오페라를 보러 갔는데 사람들이 별로 열광하는 것 같지 않았지만 제가 보기엔 정말 매우 훌륭했답니다. 그래서 다시 공연하면 한 번 더 보러 가려고 합니다. 지금 연극이론 수업시간에 어머니께 편지를 쓰고 있는데 수업이 정말 지루해요. 정말이지 집에 가고 싶어요. 왜냐하면 바치니 선생님 레슨 시간에 현을 위한 4중주를 작곡해야만 하거든요. 오늘 밤에 「미뇽 *Mignon*」과 베르디의 「시몬 보카네그라 *Simon Boccanegra*」(개정판이에요!)를 연주한다고 해요. 그런데 예약석이 50리라나 하다니, 그리고 벌써 다 팔렸다니 놀라울 뿐이에요. 밀라노 사람들 정말 돈이 많나 봐요. 어제는 전차를 타고 몬차에 다녀왔어요.

축제와 사순절 기간 동안 스칼라 극장의 시즌 티켓 값이 130리라나 하더군요. 정말 어마어마하지 않아요? 입장료를 제하고 예약석 티켓을 사려면 200리라나 내야 한다니, 전부 합쳐 330리라나 되다니, 정말 무서워요. 이놈의 지긋지긋한 가난! 그래서 어제 전 카르멘을 듣기 위해서 몰래 들어갔어요. 카르멘은 정말 아름다운 곡이랍니다. 사람은 어찌나 많던지. 오늘 밤에는 마르치 식당에 콩 요리를 먹으러 갈 거예요.

1881년 목요일 오전 11시 밀라노에서

안톤 파블로비치 체호프
Anton Pavlovich Chekhov, 1860-1904
러시아 극작가·소설가

"호수는 잔잔하고 하늘은 쾌청했습니다"

체호프는 러시아의 모든 계층 사람들이 사랑한 작가였다. 그는 초기에 자신뿐만 아니라 온가족의 생계를 위해 글 쓰는 작업을 해야 했다. 가난에서 벗어나는 길로 선택한 의과대학에 진학해서 졸업할 때까지 체호프는 낮에는 수업을 받고 밤에는 글을 썼다. 그렇게 해서 받은 고료는 가족의 생활비로 쓰였다. 모스크바 사람들의 일상생활 등을 디테일하게 묘사한 극히 짧은 단편과 수필에서 몇 편의 소설까지 그는 매년 백여 편을 끊임없이 써내려 갔다. 의과대학을 졸업할 무렵 그는 모스크바에서 가장 인기 있는 작가 가운데 한 사람이 되어 있었고, 그로써 그는 자신의 천직이 무엇인지 알게 되었다. 첫 작품집을 출간한 뒤 첫 희곡 「이바노프 *Ivanov*」는 성공적이었으나 후에 「바냐 아저씨 *Dyadya Vanya*」로 다시 태어난 「숲의 요정 *Leshy*」이 혹평을 받자 낙담해서 절필을 결심하고 시베리아를 횡단해 사할린 섬으로 갔다. 여기 실린 편지는 그때 쓴 것이다. 찾아가는 이들이 거의 없는 이 시베리아 변경은 악명 높은 유배의 땅이었고, 체호프는 그곳 주민들의 열악한 환경과 죄수들의 가혹한 삶을 기록한 「사할린 섬 *Sakhalin Island*」에서 그 실상을 고발했다. 이 경험으로 그는 일상적인 테마에서 벗어나 인간에 대한 새롭고 폭넓은 시각을 갖게 되었다. '인물과 자연의 묘사가 객관적일수록 그것이 주는 인상은 오히려 강렬해진다'고 말했던 그는 객관성을 가장 중요시했던 사실주의 작가였다. 그리고 이 사실주의에 익살과 비애를 동시에 담았던 체호프의 장례식은 그의 경향을 존중했다. 독일에서 숨진 그의 유해는 모스크바로 운구되어 성대한 장례식을 치르게 되었는데, 그의 장례행렬이 다른 곳으로 가는 남의 장례행렬을 따라갔던 것이다. 아마 체호프도 관속에 누워 무척 웃었을 것이다.

안녕, 사랑하는 가족들!

진흙이 잔뜩 묻은 무거운 장화, 펄렁거리는 반바지, 땀과 때에
절어 번들거리던 푸른색 셔츠를 마침내 벗어던질 수 있게 되
었습니다. 이제는 세수를 하고 인간답게 차려 입을 수 있답니
다.

지금 내가 앉아 있는 곳은 역마차가 아니라 증기선 예르막
호號의 일등 선실입니다. 열흘 전 이런 변화가 생겼습니다. 어
떻게 해서 그리 되었는지 말씀드리죠.

지난번 리스트베니치나야에서 보낸 편지에서 바이칼 호수를
운행하는 증기선을 타기에는 늦었으니 화요일이 아니라 금요
일에 바이칼 호수를 건너야만 하게 되었다고 말씀드렸지요.
그러면서 이 때문에 아무르 강을 운행하는 증기선을 타는 것
은 30일이 되어야 가능할 것이라고 말했지 않습니까.

그런데 사람 일이란 참 묘하더군요. 예상치 않았던 일이 왕
왕 일어나니까요. 목요일 아침 바이칼 호반으로 산책을 나갔
지요. 그런데 자그마한 증기선 굴뚝에서 연기가 솔솔 피어오
르고 있지 뭡니까! 그래서 어디로 가는 배냐고 물었더니 '바
다를 건너' 클루예보로 간다고 했어요. 어느 상인이 호수 건
너편으로 화물을 실어 나르려고 그 배를 세냈다고 했어요. 우
리 역시 '바다'를 건너 보야르스카야 역으로 갈 참이었어요.
클루예보에서 보야르스카야까지 거리가 얼마나 되느냐고 물
었어요. 그랬더니 그들 말이 27베르스타(역주: 러시아의 옛 거리
단위로 1베르스타는 1,067km)라고 했어요. 그 말을 듣고 동료들에
게 돌아가서 클루예보로 돌아가는 모험을 해보자고 설득했습
니다. 동료들에게 '모험'이라는 표현을 쓴 것은, 클루예보로

건너가 보았자 그곳에는 선창과 감시초소밖에 없고 말을 구할 길도 없어서 꼼짝없이 클루예보에 머물러야 할 것이고, 그러다 보면 금요일에 떠나는 증기선을 놓칠 수도 있기 때문이었어요.

하지만 동료들은 그러자고 동의해 주었어요. 우리는 황급히 짐을 꾸려 증기선에 올랐습니다. 배에 오르자마자 식당에 갔더니 반갑게도 수프가 있는 거였어요. 하느님 감사합니다! 수프 한 접시를 먹으니 어찌나 좋던지요! 식당은 참으로 지저분했습니다. 하지만 베로네즈에서 집지기를 했다는 그리고리 이바니치라는 요리사는 음식솜씨가 정말 그만이었어요.

호수는 잔잔하고 하늘을 쾌청했습니다. 바이칼 호수의 물빛은 청록색이고 흑해보다 더 투명합니다. 선원들 말이 수심이 깊은 곳에서는 1베르스타 아래 바닥까지 훤히 들여다보인다고 했습니다. 저도 봤는데 호수 밑바닥을 보니까 등골이 서늘하더군요.

바이칼 호수를 가로지르는 여행은 정말 멋진 것이었어요. 죽을 때까지 그때의 감동을 잊지 못할 겁니다. 하지만 어머니께 좋지 않았던 일을 말씀드려야 할 것 같습니다. 우리는 삼등칸을 이용했습니다. 그런데 선실에는 수레를 끄는 말들이 가득했는데 이놈들은 말 그대로 고삐 풀린 망아지들이었어요. 정신이 하나도 없더라니까요.

클루예보에 도착하니 안내원이 나와서 우리 짐을 챙겨 역까지 날라다 주었습니다. 우리는 짐을 그 사람에게 맡긴 채 그림 같은 호반을 구경하면서 걸었습니다. 길은 숲을 가로질러 나 있었는데, 길 오른편으로는 숲이 언덕을 이루고 있었고, 왼편으로는 호수면을 향해 경사져 있었습니다. 경치가 정말 좋았습니다! 8베르스타 가량 걸으니 미스칸 역이 나오더군요. 그곳에서 우리는 보야르스카야까지 타고 갈 말들을 구했습니다. 그래서 우리는 금요일 대신 목요일에 출발할 수 있게 된 것입니다.

우리는 최대한 서둘렀어요. 잘하면 스리예텐스크에 20일이면 도착할 수 있겠더라구요. 이제 우리가 셀렝가의 둑을 따라가다가 트란스바이칼리아를 가로지른 이야기를 해드릴게요. 셀렝가는 고적했습니다. 그런데 트란스바이칼에서는 원하던 모든 것을 발견했습니다. 코카서스, 프시욜 계곡, 즈베니고로드 지구, 그리고 돈Don이 그곳에 있었습니다. 낮에는 빨리 달려 코카서스를 가로지르고, 밤에는 돈의 초원지대를 따라 움직였습니다. 아침에는 눈을 비비며 일어나 끝없이 펼쳐진 폴타바 주를 바라보았지요. 베르후네우딘스크는 작고 멋진 마을이에요. 치타는 황폐한 곳이고요. 수미와 비슷해요. 숙박이나 식사에 대해 미처 생각할 겨를도 없었습니다. 다음 역에서 혹시 말을 구하지 못하면 어떡하나, 그래서 또 대여섯 시간을 꼼짝없이 발이 묶이는 것은 아닌가 싶은 불안감에 부지런히 달렸지요.

24시간 만에 200베르스타를 주파했습니다. 여름에 이만한 거리를 달리기란 불가능에 가깝지요. 머리가 다 멍해질 지경이었습니다. 낮에는 살인적으로 더웠지만 밤이면 기온이 뚝 떨어져 가죽점퍼를 꺼내 입어야 할 정도였습니다. 어느 날 밤에는 심지어 양털 담요까지 꺼내 덮어야 했습니다. 어쨌든 우리는 달리고 또 달렸고, 마침내 증기선 출발을 한 시간 앞두고 오늘 아침 스르예텐스크에 도착했습니다. 우리를 마차에 태우고 온 두 역의 마부들에게는 각각 1루블씩 주었습니다.

이렇게 해서 말을 타고 한 여행은 끝이 났습니다. 두 달이 걸린 것입니다(저는 4월 21일에 출발했습니다). 열차 안에서 보낸 시간과 증기선 안에서 보낸 시간을 빼고도, 에카테린부르그에서 사흘, 톰스크에서 일주일, 크라스노야르스크에서 하루, 이르쿠츠크에서 일주일, 바이칼 호반에서 이틀, 그리고 배를 기다리느라 여러 날을 각각 보낸 것이지요. 이러니 제가 어느 정도 속도로 달려 왔는지 짐작하실 수 있을 겁니다. 여행은 전반적으로 성공적이었습니다. 여행 도중 한 차례도 아프지 않았고, 잃어버린 물건이라고는 작은 주머니칼, 가방끈, 작은 항아리 정도가 고작이었어요. 돈은 잘 간수했고요. 1,000베르스타나 되는 먼 거리를 이토록 성공적으로 여행하는 경우도 흔치 않거든요.

마차를 어찌나 오래 탔던지 지금도 정신이 혼미합니다. 마차가 흔들리는 소리와 마차 벨소리가 지금도 들리는 듯해요. 침대에 누워 사지를 끝까지 뻗을 수 있고 얼굴에 먼지가 앉지 않는다는 것이 비현실적으로 느껴질 정도입니다. 한 가지 신기한 것은 쿠프쉬니코프가 제게 준 브랜디 병이 깨지지 않아 브랜디가 병 속에 온전하게 보존되어 있다는 사실입니다. 태평양 연안에 도착하기 전까지는 그 브랜디 병을 따지 않을 작정입니다.

현재 배를 타고 쉴카 강을 따라 내려가고 있습니다. 쉴카 강은 포크로프스카야 스타니스타에서 아무르 강과 합류합니다. 이 강은 프시욜 강보다 폭이 좁습니다. 강안江岸은 암벽이에

176

요. 낭떠러지도 많고 숲도 많습니다. 완전한 원시의 모습입니다. 우리는 좌초하지 않으려고 조심조심 항해를 합니다. 우리는 조금 전 우스트-카라에 정박했습니다. 이곳에 죄수 여섯 명을 내려놓았습니다. 여기에는 광산 여러 곳과 교도소가 있습니다.

어제 우리는 네르크친스크에 있었습니다. 아무것도 내세울 것이 없는 작은 마을이더군요. 하지만 그곳에도 사람은 살고 있었습니다.

식구들은 잘 지내고 계신가요? 어머니 소식을 들을 길이 없군요. 소상하게 적은 전보를 제게 보내 주세요.

증기선은 오늘밤 고르비스타에 정박할 겁니다. 이곳에서는 밤이 되면 안개가 짙어져 항해가 위험합니다. 이 편지는 고르비스타에서 부치려고 합니다.

동료들이 2등 선실에 머무르고 있으므로 저는 1등 선실로 옮기려 합니다. 그간 좁은 마차 속에서 함께 부대꼈더니 이젠 서로 같이 지내는 것이 지겨워서요. 특히 제가 지겨워서 더 이상 함께 지내기 싫을 정도예요.

　　　　　　……

제 글씨가 엉망이죠. 증기선이 흔들리기 때문입니다. 배 안에서는 글쓰기가 힘들어요.

내일 어머니께서 사할린으로 보내실 전보의 양식을 만들어 그것을 어머니께 전보로 보내려 합니다. 제가 알고 싶은 내용을 30단어로 압축해 보낼 테니 어머니께서도 그 양식에 딱 들어맞게 전보를 작성하세요.

쇠파리들이 달려드네요.

사랑하는 어머니, 안녕하세요?

러시아로 출발하기 전날 밤이 되어서야 이 편지를 쓰네요. 우리는 매일같이 '자원自願함대'의 증기선을 기다려 왔습니다. 그러면서 이 배가 10월 10일 이전에는 오리라는 희망을 품었어요. 저는 이 편지를 일본으로 부칠 겁니다. 그러면 이 편지는 상하이나 미국을 거쳐 배달될 것입니다. 저는 지금 코르사코보 역에 머무르고 있는데 이곳에는 전보도 우편도 없어요. 게다가 선박도 두 주에 한 차례만 들른답니다. 어제 증기선 한 척이 들어와 제게 북쪽에서 온 전보와 편지를 한 보따리 안겨 주었습니다. 편지를 통해 마샤가 크리미아를 좋아한다는 것을 알았습니다. 제 생각에 그녀는 코카서스를 더 좋아할 것 같습니다만….

......

이상하게도 어머니와 함께 있을 때는 날씨가 춥고 비가 내리더니만, 이곳 사할린에서는 도착하던 날부터 지금까지 줄곧 청명하고 따뜻한 날들이 이어지고 있습니다. 아침이면 서리가 살짝 끼면서 약간 춥기도 하고, 산꼭대기에는 눈이 내려 있는 것이 보이지만, 평지에는 여전히 녹음이 남아 있고, 아직 낙엽은 지지 않았으며, 여름별장에는 푸성귀가 싱싱합니다. 그런 곳이 바로 사할린이에요!

......

어제 한밤중에 증기선 엔진소리가 들렸습니다. 그래서 모두들 자다 말고 일어났지요. '브라보, 배가 왔다!' 우리는 옷을 꿰어 입고 등잔을 든 채 부두로 나갔습니다. 멀리서 어렴풋이 배가 보였습니다. 진짜 증기선이었어요. 사람들 대다수가 그 배는 '페테르부르그' 호가 틀림없다고 말했습니다. 저는 그 배를 타고 러시아로 가게 되어 있었기에 너무나 기뻤습니다. 우리는 보트를 타고 그 증기선을 향해 노를 저었지요. 한참을 그렇게 노 저어 간 끝에 마침내 안개 속에 흐릿하게 떠 있는 증기선을 볼 수 있었습니다. 우리 중 한 사람이 그 배 이름이 뭐냐고 큰 소리로 물었습니다. 그런데 돌아온 대답은 "바이칼 호입니다"였어요. 아! 이렇게 실망스러울 수가! 저는 향수병에 걸렸어요. 사할린은 이제 신물이 납니다. 이곳에 머무는 지난 석 달 동안 사람구경이라고는 죄수 몇 명, 그리고 강제노역, 바지선船, 죄수 따위만을 화제로 삼는 지겨운 사람들이 고작이었습니다. 갑갑하기 그지없어요. 어떤 사람은 재빨리 일본으로 건너가 그곳에서 인도로 가고 싶어합니다.

요즘 제 눈에 섬광 같은 것이 자주 보입니다. 그런 현상 뒤에는 반드시 두통이 따라오지요. 어제도 그리고 오늘도 시야가 번쩍거렸는데, 그래서 저는 지금 지끈거리는 머리를 감싸 안고 이 글을 쓰고 있습니다.

역에는 일본인 장군 쿠세 씨가 서기 두 사람과 함께 살고 있습니다. 서기들은 제게 좋은 친구들입니다. 그들은 마치 유럽 사람들처럼 생활해요. 오늘 현지 관리들이 훈장을 수여하려고 그들을 방문했습니다. 그런데 저는 두통이 가라앉지 않아서 샴페인을 약간 마셨습니다.

남쪽 지방에 머무르는 동안 세 차례 '네이 레이스' 라는 곳을 둘러보았습니다. 그곳은 말 그대로 대양의 파도가 부서지는 곳이에요. 지도를 보시면 남쪽해안에서 네이 레이스를 발견하실 수 있습니다. 네이 레이스 인근에서 고래잡이를 하던 어부 여섯 명이 파도에 배가 난파되는 바람에 조난을 당했어요. 그 어부들은 지금 역에서 생활하고 있는데 가끔 조심스레 산책을 하기도 합니다. 그들은 페테르부르그 호를 타고 나와 함께 떠나려고 기다리고 있습니다.

모피를 좀 보내 드리려 했지만 사할린에서는 전혀 구할 길이 없네요.

다른 선물은 죄다 가지고 갑니다. 블라디보스토크와 일본에는 콜레라가 지나갔다고 합니다.

......

결과가 어떻게 나타날지는 모르지만 그간 작업은 참 많이 했습니다. 논문 세 편을 쓰기에 충분할 자료를 모았어요. 매일 아침 5시 기상했고 밤늦게 잠자리에 들었어요. 낮시간에는 아직도 할일이 많이 남았다는 식으로 긴장한 가운데 일을 했습니다. 행형行刑제도에 대한 연구를 마치고 나니 많은 것을 보았다는 느낌이 듭니다. 하지만 아직도 코끼리 몸통은 구경하지 못했습니다.

저는 인내심을 가지고 사할린의 전체 인구를 조사하는 작업을 진행해 왔습니다. 그래서 모든 정착촌을 죄다 방문해 가가호호 돌며 주민들과 이야기를 나누었습니다. 인구조사를 하는 과정에서 카드시스템을 활용했습니다. 그 덕분에 벌써 약 1만 명에 달하는 죄수들과 정착민들을 파악했습니다. 달리 말하면, 사할린의 죄수와 정착민 가운데 저와 이야기를 나눠 보지 않은 사람은 한 명도 없다는 것입니다. 어린이 인구조사는 특히 성공적이었어요. 이 과제에 대해 저는 큰 희망을 품고 있습니다.

란드스베르그 집에서 식사를 했습니다. 전前 남작부인 쳄브룩의 부엌에서 자리를 함께 했죠. 모든 유명인사를 방문했습니다. 태형장笞刑場에도 참석했는데, 그 일이 있고 나서 사나흘 밤에 걸쳐 꿈에 태형 집행관과 태형기구가 나타나더군요. 트럭에 쇠사슬로 묶인 남자와 이야기한 적도 있습니다. 한번은 보로다브킨에 있는 어느 광산에서 차를 마시고 있었습니다. 그랬는데 방화 혐의로 잡혀 온 페테르부르그 출신의 상인이 호주머니에서 찻숟가락을 꺼내 제게 건네더군요. 그 일을 겪고 나자 앞으로 다시는 사할린에 오지 말아야겠다는 생각이 들더군요.

이야기를 좀더 전해 드리고 싶은데 옆자리에서 웬 여자가 쉴 새 없이 키득거리면서 떠드는군요. 가뜩이나 기운이 없는 터에 그 여자마저 어제 저녁 이래 계속해서 웃고 떠들면서 제 신경을 거스르는군요.

이 편지는 미국을 거쳐 갈 것입니다. 하지만 저는 미국을 둘러가지 않을 것 같아요. 다들 하는 이야기가, 미국을 거쳐 가는 항로는 지루한데다 뱃삯이 더 비싸다는군요.

내일 저는 일본을 보게 될 것입니다. 마츠마이 섬에 닿을 것입니다. 이제 자정이군요. 바다는 암흑 속에 잠겨 있고 바람이 불고 있습니다. 이토록 칠흑 같은 밤에 증기선이 어떻게 항로를 이탈하지 않고 제대로 운항하는지 신기합니다.

집에서 1만 베르스타나 떨어져 있다고 생각하니 갑자기 멍해
지는군요. 백년이 지나도 집에 갈 수 없는 것은 아닌가 하는
생각이 들기도 하고요. 신께서 어머니의 건강을 돌보아 주시
고 행운을 주시기를 빌어요. 처량하다는 생각이 드는군요.

1890년 10월 6일 사할린에서

리처드 하딩 데이비스
Richard Harding Davis, 1864-1916
미국 언론인 겸 저술가

"더러운 것은 인간뿐입니다"

리처드 하딩 데이비스는 종군기자였고 당대 뛰어난 언론인이었다. 사실 그는 종군기자라는 직업영역을 창시한 인물이라고도 할 수 있다. 그는 쿠바에서 발생한 스페인전쟁, 그리스-터키전쟁, 미서전쟁, 러일전쟁, 그리고 제1차 세계대전을 취재했다. 러일전쟁 때는 다른 나라 외신기자들과 함께 한국에 와서 취재한 기록이 사진으로 남아있다. 데이비스는 전쟁 기사를 쓰면서 인간중심의 드라마에 초점을 맞추었고 이 점이 대중에게 감동을 주었다. 종군기자 경력과 세계 여러 곳을 여행한 경험을 바탕으로 많은 저서를 남겼는데, 그중에서도 가장 유명한 그의 소설 「용병 *Soldier of Fortune*」은 연극과 영화로 만들어졌다. 제1차 세계대전에 쓴 「브뤼셀로 진격하는 독일군 *German Army Marching into Bruessels*」은 독일군들이 전쟁으로 피폐해지고 기계화되는 모습을 묘사한 글로 20세기 전생기사의 표본으로 남아 있다.

다른 종군기자들과 마찬가지로 그 역시 전쟁을 증오했다. 만약에 세상 사람들이 그들 생애에 한 번이라도 전쟁을 취재하는 경험을 갖는다면 다시는 전쟁이 일어나지 않으리라.

사랑하는 어머니 보세요.

다음 잠자리가 어디가 될지 알지 못한 채 지낸다는 것은 정말이지 재미나는 일입니다. 하지만 여기서는 그런 것쯤은 보통입니다. 유럽에서라면 잠은 어디서 자고 어디서 무얼 하리라는 것을 언제나 예측할 수 있습니다. 관광 안내서가 있기 때문입니다. 하지만 이곳에서는 모든 것이 운에 좌우됩니다.

마탄자스는 아름다운 도시지만 그곳 사람들은 정말이지 끔찍했습니다. 저는 스페인 식 호텔에 묵었는데 주인이 정말 무례하더군요. 모든 장교들이 일주일 간 쓰는 것보다 더 많은 돈을 제가 회사 공금으로 쓰고 있었는데도 말입니다.

영사領事는 영어도 스페인어도 못하는 사람이었습니다. 그는 스페인어를 배우기 위해 여기 온 것이 아니라면서, 지난 3년 간 스페인어를 전혀 몰라도 잘만 살아 왔다고 오히려 자랑스러워하더군요. 부영사라는 사람은 영사보다 더한 사람이었습니다.

모든 것이 뒤죽박죽 엉망이었습니다. 찌는 듯한 더위 속에 사탕수수밭을 가로질러 6시간이나 자동차를 탄 끝에 오늘밤 이곳에 도착했습니다. 호텔로 가는 길에 잠시 영사에게 들러 사쿠아 라 그란데로 가는 다음 배가 언제 있느냐고 물어 보았습니다. 마탄자스에서는 영사에게 소개장을 내보였는데 여기서는 영사에게 보여 줄 소개장이 없었습니다. 하지만 그는 제 기자증을 보더니 의자에서 벌떡 일어나 악수를 청하더군요. 그리고는 저를 매우 따뜻하게 맞아 주었습니다. 게다가 그는 이런저런 저의 물음에 대답을 해주는 대가로 돈을 요구하지도 않았습니다. 그는 제게 내일 떠나는 열차편을 알아봐 주겠다고 했습니다. 하지만 저는 내일 떠나지 않을 것입니다.

제가 묵은 호텔은 광장을 내려다보고 있는데 주인과 종업원 모두 대단히 친절했습니다. 어쩌면 이렇게 다를 수 있는지 모르겠습니다. 제가 데리고 다니는 통역은 자기 스스로를 저의 '시종侍從'이라고 부릅니다. 하지만 저는 그에게 셔츠 두 벌과 깃 한 다스가 준비되어 있다고 하더라도 비옷을 아무렇게나 쑤셔 박아 놓으면 옷장이 제대로 갖춰져 있다고 할 수 없다며 면박을 줍니다. 그래도 그는 저를 대단한 손님으로 여기고 제가 하자는 대로 흔쾌히 행동합니다. 이러니 저로서도 사사건건 반대만 할 수야 없지요. 제가 초대를 받아서 쿠바에 왔다는 사실을 상기하니 지금 '시종'을 거느린 채 차창을 통해 쿠바를 지켜보고 있다는 사실이 당연하게 여겨지더군요. 제가 이러고 다니는 것을 신세대 언론인들이 보면 뭐라고 할지 궁금합니다.

부모님 두 분 모두 저와 함께 계시다면 좋을텐데 라는 생각을 이번에 처음 해보았습니다. 하지만 그런 생각도 오늘밤뿐이에요. 주변을 아무리 둘러보아도 정말 아름다운 광경이라고는 없습니다. 하지만 그런데도 갑자기 제가 이기적이 되어 부모님을 곁에 모시고 싶다는 생각이 드는 것입니다. 부모님도 저와 함께 호텔 발코니에서 이 광경을 보시면 좋지 않을까 싶어서요.

이 마을은 경사면이 바다까지 죽 이어지는 지형을 하고 있습니다. 이 경사면의 한복판에 광장이 있고 광장에 바로 이 호텔이 있습니다. 제가 묵은 방에는 멋진 발코니가 달려 있는데, 이 호텔 주인 말로는 고위 관리들을 위해 아껴 두는 객실이라는군요. 제가 쓴 소설에 보면 주인공 클레이와 앨리스가 레스토랑 발코니에 앉아 있는 모습이 나오는데, 소설 속에 묘사된 발코니가 호텔 발코니와 흡사합니다.

달빛은 은은하게 비치고, 문이 열린 교회가 눈에 들어오고, 광장 한복판에는 동상이 서 있고, 바다에서 곧바로 불어오는 미풍에 야자나무 잎사귀들이 살랑살랑 흔들립니다. 그리고 아래를 내려다보면 마을사람들이 광장 주변에서 여기저기 거닐고 있습니다. 만약 오늘밤처럼 아름다운 밤이었더라면 클레이와 앨리스는 그날 밤으로 자기들만의 이야기를 끝냈을 겁니다.

오늘 편지를 엄청나게 많이 받았습니다. 제 통역이 아바나에 갔다가 가지고 왔더군요. 이제 어머니께서는 한결 가벼운 마음으로 편지를 쓰고 계신 것이 분명한 것 같네요. 처음 어머니께서 제 걱정을 많이 하셨던 것도 무리는 아닙니다. 하지만 지금 저는 제가 말만 하면 회사에서 온갖 편의를 봐주는 가운데 민간인 신분으로 여행하고 있으니 어머니께서는 안심하셔도 됩니다. 마음 푹 놓으시고 제가 여행을 탈 없이 마치고 집으로 돌아갈 날만 기다려 주세요.

저와 대단히 오랫동안 헤어져 있을 것이기 때문에 친구들도 저를 만나면 참 반가워할 것입니다. 러셀, 다나, 이레네가 제게 보낸 편지를 읽어 보면 그것을 알 수 있습니다. 그 친구들은 제가 한가로이 열차를 타고 해안선을 따라 여행한 줄로만 생각할 것입니다. 그런데 사실 제가 지금까지 파헤쳐 온 일은 엄청나게 큰 사안이었고, 진실을 캐내기도 참 어렵습니다.

물론 어머니께서 생각하시는 것처럼 저 또한 그림 같은 풍경과 재미나는 일들만 믿고 싶습니다. 하지만 현실은 그렇지가 않습니다. 그리고 제 스스로가 갈수록 반란군에 대해 적대적인 태도를 취하고 있음을 느낍니다. 양 진영 모두에서 참으로 많은 것을 목격하게 됩니다. 하지만 저는 제가 듣는 것 가운데 반밖에 믿지 않습니다.

"그것은 역사에 반하는 일이야." 대학에서 저희들은 흔히 이렇게 말하곤 했지요. 그런데 여기 와서 그들이 하고 있는 짓을 보니 그것이 바로 역사에 반하는 행동이었습니다.

그들은 제게 요새화된 마을들 주변에서 팽개쳐진 듯 살아가는 인디언들을 보여 주었습니다. 인디언들은 야자수 잎으로 얼기설기 엮은 움막에 살고 있습니다. 저는 인디언들이 언제나 그런 식으로 살아왔음을 압니다. 하지만 애송이 기자들은 그게 무엇을 의미하는지도 모르고 그런 광경에 대해 아무런 생각도 없어요. 그러면서 사람들의 주거환경이 참으로 열악하다거나 덮을 것이라고는 나무 잎사귀밖에 없다거나 하는 식으로 무책임한 말만 쏟아 놓습니다. 그런 그들의 말이 제 귀에는 참 거슬립니다. 이것은 한 가지 사례에 지나지 않습니다.

크게 보아 이곳에서 현재 진행되고 있는 일은 분명 일종의 절멸이자 황폐화입니다. 2년 전만 하더라도 마탄자스 항에서 미국으로 실어 날랐던 설탕의 물량은 한 해에 1,100만 달러어치였습니다. 그랬던 것이 지난해에는 고작 80만 달러어치에 불과했습니다. 1894년의 경우 미국행 선박 154척이 마탄자스에 기항했습니다. 그것이 1895년에는 80척으로 줄었고, 1896년에는 16척으로 더 줄었습니다.

전쟁 중에 가옥들이 파괴된 것은 전투 와중에 포탄에 맞았거나 아니면 적군에게 은신처가 될까봐 일부러 불태웠기 때문일 것이라고 저는 늘 추측해 왔습니다. 그런데 실제는 그것이 아니었습니다. 이곳의 가옥들이 파괴된 것은 전쟁을 더욱 참혹한 것으로 만듦으로써 전쟁 종식을 앞당기고자 하는 의도에서였습니다.

반군들은 설탕공장부터 파괴하기 시작했습니다. 이들이 파괴한 일부 공장에는 수백만 달러에 해당하는 장비들이 설치되어 있었습니다. 그런데 이제는 스페인 군대가 나서서 가옥들을 태우고 있습니다. 이들 가옥에 살던 주민들은 마을 밖으로 소개 疏開되었습니다. 스페인 군대가 마을을 초토화하는 것은 반군의 식량 보급 통로를 차단하기 위해서입니다. 그 바람에 집이 타면서 나는 시커먼 연기가 하루 종일 아름다운 야자나무 위로 솟아올라 맑은 하늘을 더럽히고 있습니다.

이곳은 제가 방문한 곳 가운데 가장 아름다운 나라입니다. 이토록 아름다운 나라를 본 적이 없습니다. 웅장한 폭포, 이끼 낀 바위, 드넓은 평원, 살랑거리는 깃털을 머리에 인 하얀 나무 둥치들로 가득한 숲으로 이루어진 이 나라는 다른 어떤 나라와도 비교할 수 없을 정도로 아름답습니다.

이곳에서 더러운 것은 오직 인간뿐입니다. 벽이 시커멓게 그을고, 지붕은 날아가고 없으며, 정원이 불타버린 집을 보는 것은 참으로 가슴 아픕니다. 교회란 교회는 죄다 요새로 변해 버렸습니다. 제단에는 그물침대가 걸려 있고 복도에는 바리케이드가 흉하게 쳐져 있습니다.

만약 이것이 전쟁이라면 그 전쟁은 군인과 연인, 그리고 기자를 위해 각각 다른 이유에서 만들어진 제도가 아닌가 하는 생각이 듭니다. 이들 말고 다른 사람들을 위한 것이 아니라면, 이 소수의 사람들을 즐겁게 해주기 위해 전쟁을 계속 수행한다는 것은 나머지 다른 사람들에게는 너무 비싼 대가를 치르는 일이 될 것입니다.

저는 아직 전쟁의 진면목을 보지 못했고 아마 앞으로도 볼 수 없을지 모르지만, 제가 원하는 것은 모두 보았습니다. 붉은 훈장을 단 남자들에 대해 저는 별로 측은함을 느끼지 않습니다. 왜냐하면 이 사람들은 전투에서 부상해 붕대를 칭칭 감고 있는 데 대한 보상을 받기 때문입니다. 하지만 무고한 사람들이 부상하거나 열병에 걸려 돌아오는 것을 보면 이 싸움질이 그토록 역겨울 수가 없습니다.

불쌍한 농부나 어린이는 쿠바나 쿠바에 대해 권리를 주장하는 사람들에게 아무런 관심도 없습니다. 이들 농부나 어린이는 전선으로 보내져서 소총 잡는 법도 배우기 전에 몰살당합니다. 개중에는 야전병원에 입원해 있는 동안 구레나룻이 시커멓게 자라고 눈이 퀭하게 들어가고 너무 허약해져서 움직이지도 말을 하지도 못하게 되어 돌아오는 사람들도 있습니다.

제가 하로코에 있을 때 이들 부상병들 가운데 여섯 명이 죽었습니다. 하로코는 마리온만한 읍邑인데, 이곳에서 지난 두 달, 즉 7월과 8월에 걸쳐 매일 하루 평균 여섯 명이 죽었습니다.

여기 있는 동안 어머니를 기쁘게 해드릴 편지보다는 전쟁의 참상을 전하는 기사를 줄곧 써 왔습니다. 하지만 저는 제가 한 일이 옳다고 생각합니다. 전쟁의 참상을 좀더 관찰하고 그것을 〈저널 *The Journal*〉에 싣겠습니다. 종군기자가 직접 몸으로 부딪히면서 느끼는 것이 신문에 실린 글보다 훨씬 흥미진진합니다. 저는 남들처럼 이름을 바꾸지도 않았고 눈썹을 면도로 밀어버리지도 않았습니다. 하지만 저는 진실에 좀더 가까이 다가가고 있다고 믿습니다.

그들은 마을에 식량이 드나들지 못하도록 수송로를 차단했으며, 주민 수백 명을 억류했습니다. 그런데 이제 얼마 지나지 않으면 비가 내리기 시작할 것이고, 그러면 황열黃熱과 천연두가 창궐할 것입니다. 쿠바항구를 떠나는 모든 선박에는 검역이 실시될 것이며, 이 섬나라는 거대한 역병지대가 될 것입니다. 들판에 있는 반군들은 살아남을 것이며, 군인들은 죽을 것입니다. 왜냐하면 장교들은 위생에 대해 아무것도 알지 못하기 때문입니다. 게다가 장교들은 병사들의 건강에 대해 아무런 신경도 쓰지 않을 것이기 때문입니다.

키가 자그마한 영사가 방금 저를 만나러 왔습니다. 그래서 저는 그와 오랫동안 이야기를 나누었습니다. 이런저런 이야기를 나누던 중 그가 자신도 〈트리뷴 *The Tribune*〉 기자로 불독佛獨 전쟁을 지켜보았다고 하더군요. 그래서 제가 그 영사에게, 그러면 당시 〈트리뷴〉 소속으로 활동했던 다른 종군기자를 만난 적이 있느냐고 물어 보았죠. 그러면서 그 기자는 한스Hans라는 이름을 가진 독일 대학생인데 그라벨로 전투에 관한 기사를 전보로 송고했고, 아치발드 포브스에 따르면 그가 바로 전보를 처음 사용한 종군기자였다고 부연해 주었습니다.

그러자 그 영사는 껄껄 웃더니 이렇게 말하는 것이었습니다. "당신이 말하는 사람이 바로 나인 것 같습니다. 하지만 나는 독일 학생은 아니었어요. 나는 필라델피아에서 태어나 그곳에서 자랐지요. 포브스가 내 이름을 잘못 알았던 게지요. 내 이름은 핸스Hance입니다."

그 말을 듣고 저는 벌떡 일어나 그에게 악수를 청하면서 당신이야말로 내가 늘 만나고 싶었던 사람이라고 말했습니다. 그 사람을 쿠바 해안 카르데나스에서 만날 줄은 몰랐습니다.

어머니께서 보내 주시는 편지에 늘 감사드려요. 사랑합니다.

1897년 1월 16일 쿠바 북쪽해안 카르데나스에서
딕 올림

니콜라이 2세
Nicholas II , 1868-1918
러시아제국 마지막 황제

"정말 짜증나요!"

그는 황제로서 부족한 인물이었고 결국 실패했다. 그의 부모는 아들을 20세기 황제로
키우려고 특별히 신경을 썼지만 전제군주로서 정치적 지식과 자질이 부족해서 우유
부단했고 때론 고집스러웠다. 그가 첫눈에 반해 결혼한 황후 알릭스Alix는 강인한 성
격의 여인이었고 니콜라이는 그녀에게 의지하고 휘둘렸다. 국가 경제의 몰락과 러일
전쟁, 제1차 세계대전 등 내우외환의 와중에 혁명이 일어났고 군주로서 확고한 역할
을 해내지 못한 그의 말로는 비극적인 죽음이었다. 로마노프 왕조의 마지막 황제 가
족은 볼셰비키 당원들에게 체포되어 1918년 총살형을 당했고 시신은 모두 불태워져
폐광에 던져졌다. 역사학자들은 볼셰비키 통치 하에 수백만 러시아인들의 목숨을 잔
인하게 앗아간 공포의 테러정치는 바로 이날 니콜라이 2세의 처형을 신호로 시작되
었다고 말한다. 니콜라이의 첫 번째 편지가 쓰일 당시, 카잔대 법대를 졸업한 레닌
Lenin은 이미 마르크스주의자가 되어 있었다.

소련이 해체되고 러시아 연방공화국이 들어서면서 1981년 니콜라이 2세와 그의 직계
가족은 순교자로서 러시아 정교회의 성인으로 시성되었다. 1991년 러시아 정부는 그
들이 처형당했던 예카테린부르크Ekaterinberg 근처 숲에서 발견된 시신을 DNA검사로
확인했고 황제 가족의 시신을 찾았다고 공식 발표했다. 1998년에는 새로운 러시아가
이들의 유해안장식을 국장으로 치렀고 옐친 대통령은 "차르(Czar, 황제)와 그 가족의
처형은 러시아 역사에서 가장 부끄러운 장들 가운데 하나다"라고 말하며 그 시신 앞
에 머리를 숙였다.

사랑하는 어머니,

오랫동안 편지 보내 드리지 못해 죄송해요. 어머니, 화나지 않으셨죠? 알릭스와 함께 있어서 저는 무척 행복하답니다. 그녀와 함께 보내는 매시간이 너무나도 소중해요. 그녀 방에서 어머니께 편지를 쓰려고 애썼지만 그녀와 함께 있다 보면 자꾸 그녀를 포옹하게 돼서 도무지 편지를 쓸 수가 없어요. 그래서 지금 전 제 방에 있고 대신 야니쉐프가 그녀와 같이 있어요.

어제는 야니쉐프도 저희와 함께 일요예배에 참석했습니다. 예배가 끝나고 제가 그를 할머니께 소개해 드렸어요. 그도 영국에 오게 돼서 아주 좋아해요. 그리고 런던까지 길을 잃지 않고 한 번에 잘 찾아왔다고 조금 우쭐해하기도 했어요. 그는 내일 옥스퍼드에 가서 그를 기다리고 있는 많은 신학자들을 만날 예정이에요. 저도 산드린엄에서 이틀 동안 머무르게 돼서 좋지만 알릭스가 함께 가지 못해서 굉장히 슬퍼요.

제가 일정을 마치고 돌아오던 날 버티 삼촌의 말 사육장에서 경매가 있었는데 말이 50마리나 팔렸어요. 그래서 저도 암컷 두 마리와 망아지를 샀어요. 알릭스도 매우 좋아했어요. 그런데 거기에서 열린 하우스 파티는 조금 이상했어요. 대부분의 사람들이 경주마 중매인이었는데, 허쉬 남작도 있었어요. 사촌들은 다들 그 파티에서 즐겁게 시간을 보냈는데 저만 그렇지 못해서 다들 절 계속 놀렸죠. 그렇지만 저는 가능한 한 거리를 두려고 애쓰고 될 수 있으면 말도 삼가려고 했어요. 알릭스도 처음 만나는 사람들이 많았대요. 그리고 우리는 말보로 하우스에서 또 이틀 간 머물렀는데 다행히 빅토리아 생일 하루 전에 거기 도착했어요. 알릭스랑 저만 가게 해서 처음엔 좀 이상했어요.

저녁엔 제가 너무나 좋아하는 「왈가닥 부인 *Madame Sans-Gene*」을 보러 갔어요. 프랑스 사람들은 정말 연기를 잘하고 그 연극은 감탄할 만했어요. 낮엔 루이즈와 맥더프를 보러 가서 차를 마시며 그 집의 어린 딸들도 봤어요. 조지와 메이의 아들은 7월 16일에 세례를 받을 거래요. 아이는 얼마나 예쁘고 건강한지 몰라요.

지난주에 여기 윈저 성에서 저는 기마대와 막사를 방문했어요. 근위 기병대가 저를 위해 아름다운 노래를 연주해 줬어요. 또 보병 부대는 소총으로 훈련을 하고 음악에 맞춰 행진하는 모습도 보여줬는데 정말 장관이었어요. 그들이 저를 저녁식사에 초대했지만 할머니와 함께 저녁을 먹기 위해 사양했죠. 할머니는 제가 식사 때 없으면 참 서운해 하시거든요. 알릭스도 마찬가지고요.

그리고 어제는 유제니 황후를 뵈었는데 저는 그분이 참 좋아요. 황후께서는 어찌나 친절하시고 다정하신지요. 그분과 동행해서 나폴레옹 전하도 오셨는데, 그분은 이미 지난 겨울에 뵈었죠. 그래서 두 분 폐하께서는 저희와 저녁식사를 하시고 그날 밤 여기서 머무르셨어요.

지난 금요일에는 워터루 챔버에서 오페라 공연이 두 개나 있었는데 하나는 「필레몬과 바우키스 *Philemon and Baucis*」이고 다른 하나는 마스네의 「라 나바레즈 *La Navarraise*」라는 새로운 작품이었어요. 이 작품은 너무나 아름답고도 너무 슬펐어요. 그리고 전날엔 제이콥 이바노비치 샤코브스키가 여기서 같이 저녁식사를 했어요. 저는 또 히쓰 씨를 만나고 반가워서

할머니께 소개시켜드렸어요. 그랬더니 할머니께서 이틀 정도 더 있다 가시라고 했는데, 그분은 늘 그렇듯이 영국의 어디론가 사라져 버리셨답니다. 아마 우리가 떠날 때까지 다시 나타나지 않으시겠죠.

그리고 어머니, 저 오즈본에 가게 돼서 정말 좋아요. 아마 9일에 출발할 거 같아요, 할머니께서 그때까지 여기 있으라고 하셨고요. 그때면 여기 영국에 머문 지도 정확히 한 달 하고 하루째 되겠네요. 오늘은 여기까지만 써야겠어요. 이제 점심 먹을 시간이거든요. 어머니 계신 곳의 날씨도 그렇고 모든 것이 별 탈 없길 바랄게요. 어머니, 아버지, 그리고 다른 식구들에게 키스를 보내요. 알릭스의 사랑도 보내요. 신의 가호가 어머니와 함께 하시길….

1894년 6월 27일 윈저 성에서
당신의 사랑하는 아들 니키 올림

사랑하는 어머니,
어머니께 빌헬름을 해군 제독에 임명한다는 소식을 전하게 돼서 유감이에요. 알렉세이 삼촌이 제게 일깨워 주셨는데 물론 불쾌한 일이지만 그래도 어쩔 수 없이 그를 계속 해군에 남아 있도록 해야만 해요. 특히 지난 해 그가 저를 해군 장교로 임명했고 설상가상으로 크론스타트에서 제가 그를 맞이해야 해요.

그 생각만 하면 정말 짜증나요!

사랑하는 어머니,

이 편지를 어떻게 시작해야 할지 잘 모르겠어요. 지난번에 마지막으로 어머니께 편지를 드린 이후 너무나 슬프고 유례없는 사건들을 겪다 보니 어머니께 편지를 쓴 게 마치 1년 전인 것처럼 느껴지네요. 어머니도 기억하시겠죠. 1월에 우리가 같이 차르스코에서 보낸 시간은 정말 끔찍했어요. 그런데 그때는 지금과 비교해 보면 정말 아무것도 아니었어요.

어머니께 지금 현재 제 상황을 간략하게 말씀드릴게요. 한 달 전 우리는 트랜선드에서 돌아왔는데 처음 2주 동안은 아무 일 없이 조용했죠.

모스크바에서는 이런저런 회의들이 잔뜩 열리고 있어요. 드러노보가 그런 것들을 다 허락해 준 것 같은데 저는 도대체 이유를 모르겠어요. 그리고 결국 철도 노조가 파업을 했지요. 첫 번째 파업은 모스크바 근처에서 발생했고 그리고 나선 순식간에 러시아 전역으로 퍼져나갔어요.

페테르부르크와 모스크바는 내륙으로부터 완전히 봉쇄되었고 정확히 일주일 전 발트 해 연안의 철도 운행이 중단되었어요. 그래서 내륙으로 갈 수 있는 유일한 길은 바다를 통한 길밖에 없었어요. 이렇게 추운 겨울에 바다라니, 참 편리한 길이죠! 철도부터 시작해서 이제는 공장과 작업장까지 모두들 파업을 하고 나섰어요. 심지어 지방자치단체와 건설 교통국까지 파업을 선언한 지경이에요. 정말 생각할수록 수치스러울 뿐이에요.

불쌍한 리우코프는 지금 정말 절망적이에요. 어떻게 이 사태에 대처해야 할지 몰라 쩔쩔매고 있거든요.

대학들의 상황도 말이 아니죠. 불량 학생들이 다 결집해서 폭동을 선언하고 있지만 아무도 어떻게 하지 못하고 있어요. 대학 당국들은 자치권이 있지만 그걸 어떻게 쓸지 모른답니다. 그래서 심지어 그 극악무도한 폭도들이 몰아닥칠 때 문을 닫지도 못한 채 경찰이 도와주지 않았다고 불평만 하고 있어요. 그런데 어머니도 그들이 불과 일 년 전에 뭐라고 했는지 기억하시죠?

요즘은 신문 읽기가 두려워요. 매일 학교와 공장에서 새롭게 파업을 하고 나서고 경찰을 죽이고 군인들도 반란을 일으킨다는 소식밖에 없으니…. 그런데도 장관들은 신속하게 결단을 내리지 않고 겁먹은 닭처럼 의회에 모여 통합된 행정권을 내세워야 한다는 둥 헛소리나 하고 있으니 걱정이 이만저만이 아니에요.

요즘은 무슨 '미팅'이라는 말이 유행인가 봐요. (혁명세력들이 영어 단어 '미팅'이라는 말을 가져다 쓰고 있는데, 그건 주로 혁명을 위한 모임에만 사용하고 있어요.) 무장 봉기를 선언하기로 결정난 후에 제가 페테르부르크의 모든 군대에게 트레포프에게 가라고 명령했어요. 그리고 그 도시 전체를 두 구역으로 나누고 각각에 책임지를 한 명씩 배징했어요. 그래서 공격을 받으면 군대는 즉시 무기를 사용하도록 명령을 내렸죠. 이것만이 혁명이든 운동이든 뭐든 중지시킬 수 있는 유일한 방법이거든요. 그랬더니 불길한 기운이 도시를 뒤덮었죠. 거리마다 무섭게 규율이 잡히고 있었거든요. 그와 동시에 모든 사람들이 뭔가 일어날 것 같음을 느끼고 있었어요. 군대는 신호를 기다리고 있었고 반대편에서는 아직 기척이 없었거든요. 그건 마치 여름에 번개가 치기를 기다리는 심정과 같았어요. 모두가 신경을 바짝 곤두세우고 있었죠.

이 모든 끔찍한 날들이 지나고 저는 드디어 위트를 만났어요. 우리는 종종 아침에 보곤 했는데 이번엔 저녁에 만났어요. 결국 방법은 두 가지밖에 없더군요. 열의 넘치는 군인을 찾아서 폭도들을 진압하는 방법밖에 도리가 없었어요. 그렇게만 되면 잠깐 숨을 돌릴 수 있을 거예요. 그러고 나면 몇 달 후에 다시 권력을 이용해 진압하면 처음으로 돌아갈 수 있을 거예요. 그래서 드리는 말씀인데 정부는 명예를 회복할 수 있지만, 긍정적인 결과만을 기대할 수는 없으니….

또 다른 방법은 백성들에게 권리를 주는 것이에요. 언론의 자유 등 뒤마 주에 의해 부여된 모든 권리를 인정해 주고 헌법화하는 방법이에요. 위트는 이 방법을 지지하고 있어요. 그가 말하길 물론 위험요소가 없는 것은 아니지만, 이 방법만이 현재 상황에서 벗어날 수 있는 유일한 길이라고 하더군요. 저와 상의를 한 모든 사람들은 이 방법에 동의해요. 그리고 위트는 저에게 자신이 대통령직을 수락할 것이고 그의 행보에 어떤 방해도 받지 않게 할 것이라고 분명하게 의사를 밝혔어요. 그와 알렉세이 오보렌스키가 성명서를 작성했어요. 우리는 이틀 동안 논의를 거쳤고 결국엔 신의 가호를 기대하면서 제가 서명을 했어요.

사랑하는 어머니, 제가 그런 결정을 내리기까지 얼마나 고통스러웠는지 아마 짐작 못 하실 거예요. 전보로는 제가 그런 끔찍한 결정을 내린 과정을 일일이 말씀드릴 수 없었어요. 지금 러시아 전역에서는 그 성명서를 원하고 있고 그것을 위해 백성들이 울부짖고 있어요. 그리고 제 주위에 있는 많은 이들도 같은 견해를 가지고 있답니다. 제 주위엔 정직한 트레포프밖에 믿고 의지할 사람이 없어요. 그나마 유일한 위안은 이제는 이 비통한 제 결정이 러시아를 반년 동안 견딜 수 없는 혼란에서 벗어나게 해줄 것이란 기대뿐이에요.

물론 저에게 매우 충성스럽고 감동적인 감사의 선언문을 보내오지만 아직 상황은 심각해요. 백성들은 마치 미쳐가고 있는 거 같아요. 일부는 기뻐서 또 다른 일부는 그에 대한 불만으로 그러는 거 같아요. 지방 정부는 이 새로운 제도에 어떻게 대처해야 할지 잘 모르고 있어요. 아직 확정된 건 없고 모든 것이 그저 신사들의 합의에 의해 이루어진 것일 뿐이죠.

선언문을 발표한 바로 다음 날 위트는 자신의 내각의 인물들을 임명했어요. 늙은 포비도노체프는 사임을 했고 대신 그 자리에 알렉세이 오보렌스키가 들어갔어요. 글라조프도 사임했으나 아직 그 자리를 누가 맡을지는 모르고 있어요. 모든 장관들이 사임을 하고 우리는 새로운 인물들을 찾고 있어요. 또 동시에 각 도시마다 질서를 새롭게 세우는 일이 시급해요. 아직도 많은 시위가 일어나고 있고 그런 와중에 유혈사태도 발생하고 있어요. 그렇지만 신께서 우리를 도와주시리라 믿어요. 저는 신께서 저를 지탱해 주시고 저에게 힘을 주시고 있다고 느껴요. 덕분에 저는 많은 용기를 얻고 굳건히 버티고 있답니다. 어머니도 아시겠지만 이런 고통과 의심과 불확실성 속에서 우리는 수년째 살고 있잖아요.

이스볼스키와 함께 어머니의 사랑이 담긴 편지가 방금 도착했어요. 어머니께서 불쌍한 아들을 위해 기도해 주고 계신다니 감사해요. 신께서 우리와 함께하실 거예요. 신께서 우리 조국 러시아에 구원과 평화를 내리시길….

어머니께 제 사랑을 전해요.

1905년 10월 19일 페테로프의 황궁에서

니키 올림

블라디미르 일리치 울리야노프-니콜라이 레닌
Vladimir Ilyich Ulyanov-Nokolai Lenin, 1870-1924
러시아 혁명가 · 정치인

"양말 몇 켤레 보내 주세요"

본명은 블라디미르 일리치 율리야노프로, 레닌은 가명이며 서방에는 '니콜라이 레닌'
으로 알려져 있다. 그의 54년 생애는 유배, 망명, 도피를 거듭하며 끈질기게 프롤레
타리아 혁명 완수에 의지를 불태운 것이었다. '레닌주의'라고 불리는 그의 사상이 마
르크스주의에 창조적 발전을 가져온 것으로 평가될 만큼 그는 이론에 정통한 인물이
었고 동시에 실천적이고 현실적이었다. 그는 지성을 갖춘 부모에게서 태어났다. 아버
지는 교육자였고 어머니는 의사의 딸이었다. 카잔대 법대를 졸업하고 잠시 변호사 일
을 하기도 했다. 여기 그의 편지는 노동계급 해방투쟁 활동을 하다 체포되어 시베리
아 슈센스코예Shushenskoye에서 유배중일 때 어머니에게 보낸 편지로, 그는 그곳까
지 따라온 약혼녀 나데주다 크루프스카야Nadezhda Konstantinovna Krupskaya와 그곳
에서 결혼식을 올렸다.
1924년 그가 죽은 후 스탈린은 레닌의 자리를 계승했다. 레닌의 묘는 지금도 붉은 광
장에 안치되어 있다.

사랑하는 어머니께

어제 어머니와 친척들로부터 편지를 받아서 정말 기뻤어요.
그래서 모든 분께 저의 감사를 보내요. 물론 저는 어머니께서
나데주다 콘스탄티노브나에게 편지를 쓰셔서 가는 길에 어머
니를 만나러 오라고 하실 줄 알았답니다. 그리고 그녀가 그럴
수 있기를 바랍니다. 지금까지 저는 슈사로 옮기는 것밖에 몰
랐어요. 그녀는 계속 글을 쓰고 있는데 조만간 결정이 날 거
같아요. 그런데 문제는 아직 해결되지 않고 있고요. 그러나 저
희는 최종 결정이 내려질 때까지 오래 기다릴 수 없을 거예요.
　N.K.(나데주다 콘스탄티노브나)를 통해 편지를 보내는 이유는—
그녀가 요즘 공부할 책이 엄청나게 많다는 것을 알고 있어
요—제가 이번 여름엔 도통 기회가 없을 거 같아서 그래요. 어
머니와 미탸가 코쿠슈키노에 계실 동안에 마냐샤는 해외로 나
갈 생각을 하고 있어요. (물론 그게 슈샤나 시베리아의 모기보
단 훨씬 흥미 있지만 말이죠.) 그리고 겨우 두 달 반 만에 미
탸가 부풀어 오르는 증거를 보여줘야 한다는 것도 안됐지만
요. 무엇보다도 우선 그는 감옥에서 식단 조절을 하고 있나
요? 물론 그렇지 않을 거 같지만요. 그렇지만 제 생각엔 거기
에서 한 가지를 유지하는 게 아주 중요해요. 두 번째로, 그가
운동을 하고 있나요? 그것도 아니겠죠. 운동도 역시 중요해
요. 제 경험에 비추어 보면 매일 잠들기 전 운동하는 것이 즐
거움을 줄 뿐만 아니라 효과도 크답니다. 운동을 하면 관절이
부드러워져서 추운 날에도 온기를 느낄 수 있고 쉽게 잠들 수
있어요. 그에게 쉬운 운동, 즉 쉬지 않고 50번 정도 팔굽혀펴
기를 하고 무릎을 굽히지 말고 바닥에 닿는 운동을 하는 것이

좋겠다고 말해 주세요. 그에게 편지를 보내 이런 방법을 제가 적극 권하더라고 꼭 좀 말씀해 주세요. 어머니도 아시겠지만 의사들이란 고작 위생 문제에만 신경을 쓰거든요.

　그리고 전에 어머니께 말씀드렸듯이 옷에 관해선데요, 양말 몇 켤레 보내 주세요. 이 지방 재단사들은 정말 믿을 수가 없어서요. 미뉴신스크에서 만든 옷은 참 불편해요. 여기도 재단사가 있긴 한데 그가 모든 사람들의 옷을 만든대요. 늙은 유배자들의 옷도 바느질하고 성직자들의 옷도 만들죠. 그 사람 신나서 자랑을 했어요. 그래서 말인데요. 모스크바에서 기성복을 사서 미탸나 마크한테 주시면 될 거 같아요. 지난번 사격에 나갔을 때 옷이 다 찢어졌거든요. 그리고 제 밀짚모자가 아직 있으면 그것도 보내 주세요. 그거 파리에서 온 거잖아요. 여기서도 프로민스키가 모자를 만들긴 하는데 그가 만든 모자는 봄이나 가을에만 쓸 수 있지 여름에는 쓸모가 없어요. 그리고 한 가지 더 부탁드릴게요. 어린이용 장갑 한 켤레요. 전에 페테르부르크나 파리에 있을 땐 쓰지 않았는데 여기 슈슈슈에서는 모기 때문에 써 보려고요. 모자를 써서 얼굴은 망으로 가릴 수 있지만 손은 항상 모기한테 물리거든요. 글렙은 여기 모기는 장갑을 뚫고 문다고 겁을 주지만 안 믿어요. 춤출 때 쓰는 장갑이 아니라 꼭 모기 때문에 쓰는 장갑이라고 말해 주세요. 네모반듯한 종이도 좀 보내 주세요. 미뉴신스크에도 그런 종이가 있는지 모르겠지만요. 꼭 종이가 필요한 건 아니지만 작은 것부터 큰 것까지 다양한 크기의 네모반듯한 종이면 좋겠어요.

　그리고 아뉴투가 언제가 결혼식이고 누구를 초대하는지 물어보네요. 물론 N.K.가 먼저 도착하고 나서 혼인신고서를 제출해야 하겠죠. 어쨌든 우리는 권리가 없는 사람이네요. 우리는 열 명만 초대할 생각이에요.

보그다노프의 「경제학 강의」를 보내 주셔서 감사해요. 벌써 거의 절반 이상 읽었어요. 매우 흥미롭고 분별있는 책이더라고요. 이 책에 대한 감상을 쓸까 생각 중이에요.

마냐샤가 글렙의 목소리는 어떠냐고 물었던 거에 대해선 글쎄 바리톤 같다고 할까요. 확실하진 않지만, 그도 마크와 우리가 비명을 질렀던 것(간호사가 그렇게 말했죠) 같은 노래를 부른답니다.

또 파리에 가면 미칠까 라고 물었던 것에 대해선 그럴 가능성이 꽤 있다고 말할 수 있겠어요. 그렇지만 그녀는 이미 해외에 나가 본 경험이 있고 또 자신을 판단할 수 있을 테니까요. 전 겨우 한 달 동안 파리에 있었고 거기서 공부는 거의 안 하고 관광만 했거든요. 그리고 마냐샤가 공부를 하러 갈 생각인지 아니면 여름만 보내고 올 생각인지 저는 잘 모르니깐요.

마크가 편지 보내줘서 고마웠어요. 고골의 역할인 이반 안드레히를 잊지 말라고 해주세요. 러시아에서 어떻게 발전되고 있는지는 모르지만 여기선 아주 잘 되고 있어요. 군인들이 질주하는 것뿐만 아니라 젊은 아가씨들이 뛰어 다니는 것에도 무척 관심 있어요.

그럼 다음에 다시 편지 쓸게요. 어머니의 V.U.

추신. 여긴 정말 서리가 많이 내려서 저희는 사냥을 그만 두었어요. 그저 숲으로 산책이나 나가요. 그러나 제 방과 옷은 아직 따뜻합니다.

마냐샤를 시켜서 N.K.에게 제가 좋아하는 책 목록을 보내세요. 아마도 그녀가 상트페테르부르크에서 그 책들을 찾아 볼 거예요.

그리고 그림 있는 어린이 책이 있으면 프로민스키의 어린아이들을 위해 N.K. 보고 가져오라고 해주세요.

그럼 여기 러시아 경제에 관한 책 목록도 적어 둘게요.

1898년 2월 7일, 19일 슈셴스코예에서

헬렌 애덤스 **켈러**
Helen Adams Keller, 1880-1968
미국 작가

"아름다움은 선함의 한 형태"

보고 듣고 말하는 것이 정상인 사람이 헬렌 켈러만큼 배움의 욕구와 의지를 가졌다
면 과연 어떤 인물이 되었을까? 아마 그녀 이상의 인물이 되지는 못했을 것이다. 설
리번 선생은 인내심이 강하고 애정이 깊은 사람이었다. 헬렌 켈러의 내재한 욕구가
실현될 수 있도록 끝없이 인내하며 땅속에 묻힌 씨앗이 발아해 꽃을 피울 때까지 그
녀는 어린 장애아에게 헌신했다. 우는 것과 소리 지르는 것으로 의사를 표현해 왔던
헬렌은 설리번의 엄격한 교육에 온몸으로 반항하며 야수처럼 날뛰곤 했다. 그러나 설
리번은 헬렌에게 단 하나 남아 있는 인식의 창구인 촉각을 통해 암흑에 갇힌 영혼을
자극했다. 헬렌의 손가락을 가져다 자신의 입술에 대고 소리 내 말하면서 그 진동을
느끼게 하고 그 말의 철자를 헬렌의 손바닥에 써주는 것이었다. 이렇게 세상 모든 사
물에 이름이 있다는 것을 알았을 때 그 놀라움은 헬렌의 몸을 쇠약하게 할 정도였다.
아는 기쁨, 그것이 암흑에서 세상 밖으로 그녀를 끌어냈던 것이다. 세상을 알고 느끼
는 방법은 이렇게 시작되었고 헬렌은 지화법과 점자, 발성을 배워 정상인 이상의 지
식세계를 갖게 되었다. 불어, 독어, 그리스어, 라틴어를 점자로 읽을 수 있게 된 헬렌
은 하버드대학의 레드클리프 칼리지를 졸업했을 때 대학을 졸업한 최초의 맹인이자
농아였다. 이후 그녀는 맹인들의 권익증진과 사회적 대의명분을 위해 일생을 바쳤다.
세계적으로 유명한 작가이자 연설가가 되었고, 사회당원이 되어 노동자들을 위한 활
동을 했고 글을 썼다. 그녀는 "나는 노동자를 착취하는 공장과 업소, 사람 많은 빈민
가를 가 보았다. 볼 수는 없었지만 냄새로 그들 삶을 알 수 있었다"고 했다. 그녀는
1968년 88세에 세상을 떠났지만, 그녀의 고향에서는 매년 헬렌 켈러를 추모하는 축제
가 열린다.

헬렌이 엄마한테 편지를 써요. 아빠가 헬렌에게 약을 주셨고 밀드레드는 그네에 앉아서 뽀뽀를 해요. 헬렌의 선생님이 헬렌에게 복숭아를 주시고 조지는 아파서 침대에 누워 있어요. 조지는 팔이 아파요. 애나가 헬렌에게 레모네이드를 줬어요. 강아지가 일어섰어요. 기차 역무원이 표에 구멍을 뚫어줬어요. 아빠는 헬렌에게 차 안에서 마시라며 물을 주셨어요.

칼로타가 헬렌에게 꽃을 줬어요. 애나는 헬렌에게 예쁜 새 모자를 사줄 거예요. 헬렌은 엄마를 안고 뽀뽀할 거예요. 헬렌은 집에 올 거예요. 할머니는 헬렌을 사랑해요.

안녕.

1887년 7월 12일 앨라배마 주 헌츠빌에서

선생님과 프랫 부인과 저는 벨 박사님과 여행을 하기로 갑자기 결정했답니다. 아버지가 워싱턴에서 만났던 웨스터벨트 씨가 로체스터에서 청각 장애인들을 위한 학교를 운영하고 계신대요. 그래서 우리는 우선 그곳에 왔어요.

웨스터벨트 씨는 오후에 우리를 위한 환영파티를 열어 주셨어요. 훌륭한 사람들이 많이 참석했어요. 물론 몇몇은 이상한 질문을 하기도 했지만요. 한 숙녀 분은 제가 꽃을 보지도 못하면서 꽃을 사랑한다는 사실에 놀라시는 것 같았어요. 그래서 제가 그분에게 정말로 꽃을 좋아한다고 다시 한번 말해 드렸더니 그분이 이렇게 말씀하셨어요. "정말 손가락으로 꽃의 색

깔을 느낄 수 있군요." 우리가 아름다운 꽃빛깔 때문에 꽃을 사랑하는 건 아니잖아요.

어떤 신사 분은 또 제가 생각하는 아름다움은 뭐냐고 물으셨어요. 처음에는 그 물음에 당황했지만 잠시 생각한 후 아름다움이란 선함의 한 형태라고 대답했어요. 그랬더니 그분은 그만 가 버리시더군요.

파티가 끝나고 우리는 호텔로 돌아왔어요. 선생님은 피곤하셨는지 바로 잠드셨고 저랑 벨 박사님이 나머지 계획을 다 짰어요. 정말 재미있었어요. 선생님께 나이아가라 폭포를 보여 드릴 생각을 하니 얼마나 기뻤는지 몰라요.

우리가 머물렀던 호텔은 강 가까이 있었어요. 그래서 전 창가에 손을 얹어 놓기만 해도 강물이 흘러가는 걸 느낄 수 있었죠. 다음 날 해가 환하게 비추자 우리는 얼른 일어났어요. 우리 모두는 기분 좋은 기대감으로 가슴이 부풀어 있었어요. 아마 제가 나이아가라 폭포 앞에서 느낀 기분을 어머니는 상상도 못 하실 거예요. 그 속에 제 발을 담그고 그 맹렬함을 느끼기 전까지 저는 그걸 물이라고는 전혀 생각하지 못했어요. 그것은 마치 살아 있는 무언가가 끔찍한 운명을 향해 돌진하는 것 같았어요. 그 폭포, 아름다움과 경외심이 들게 하는 장엄함, 또 두렵고 거부할 수 없는 절벽으로 떨어지는 물의 느낌을 있는 그대로 전할 수 있으면 참 좋을 텐데요. 인간이란 그처럼 광대한 힘 앞에서 무기력하고 압도당할 수밖에 없는 존재인가 봐요. 예전에 바다에 가서 해변으로 몰아치는 파도를 처음 느꼈을 때와 비슷한 감정을 느꼈어요. 어머니도 고요한 밤의 정적 속에서 밤하늘의 별을 바라보실 때면 이와 비슷한 감정을 느끼실 거예요. 우리는 엘리베이터를 타고 120피트 아래로 내려갔고, 그 아래 폭포에서 깊은 골짜기로 떨어지는 격한 소용돌이를 봤어요. 폭포에서 2마일 떨어진 곳에는 아주 멋진 현수교가 있어요. 그 다리는 수면에서 258피트 높이로 골짜기를 가로질러 놓여 있고 800피트 떨어진 양쪽 둑의 견고한 바위 기둥에 의해 지탱되고 있죠. 우리 일행이 캐나다 국경 쪽으로 넘어갔을 때 저는 "신이시여, 여왕을 지켜주소서!"라고 외쳤어요. 그랬더니 선생님께서 제가 꼬마 반역자라고 하시더라고요. 그렇지만 전 그렇게 생각 안 해요. 전 그저 캐나다에 있으니 그들이 하는 대로 했을 뿐이었어요. 그리고 저는 영국의 훌륭한 여왕을 존경해요.

그리고 미스 후커라는 친절한 분이 저의 말하기를 개선시켜 주시기 위해 애쓰고 계신다는 소식을 들으시면 어머니도 좋아하실 거예요. 저도 언젠가는 제가 말을 잘 할 수 있기를 바라고 또 기도해요.

지난 일요일 저녁에 우리는 문셀 씨와 함께 보냈어요. 어머니도 문셀 씨가 말해 주는 베니스 얘기를 들으셨으면 참 좋아하셨을 거예요. 그분은 정말 그림을 보는 것처럼 말씀을 잘 해 주셔서 우리는 마치 산마르코 성당의 그늘에 앉아 있는 것처럼 또는 달빛어린 수로 위에서 배를 타고 있는 것처럼 생각되었어요.

언젠가 제가 베니스에 가게 되면 꼭 문셀 씨랑 같이 가고 싶어요. 정말 제 꿈이에요. 어머니도 아시겠지만, 지금까지 제 친구 중 누구도 그분만큼 생생하고 아름답게 묘사해 주신 적이 없거든요.

1893년 4월 13일 사우스 보스턴에서

선생님과 저는 오후에 허튼 씨 댁에 가서 아주 즐거운 시간을 보냈어요. 거기서 클레멘스 씨와 하웰 씨를 만났죠. 물론 오래 전부터 알고 있는 분들이었지만, 직접 보고 대화를 나누게 될 줄은 정말 몰랐어요. 그런 기쁨을 제가 누렸다는 게 지금도 실감이 안 나요. 겨우 열네 살짜리 소녀가 그렇게 훌륭하신 분들을 만나다니, 전 정말 행복한 아이인 것 같아요. 그리고 제가 지금 누리는 이 특권을 감사하게 생각해요. 두 분 모두 매우 친절하시고 따뜻하셔서 두 분 중 누구를 더 좋아한다고 꼬집어 말할 수 없을 정도예요. 클레멘스 씨는 아주 재미있는 이야기를 많이 해주셨어요. 그래서 정말 배꼽 빠지게 웃었어요. 어머니도 함께 오셔서 그분을 만나고 그분의 이야기를 들어보셨더라면 좋았을 텐데요. 클레멘스 씨는 며칠 후 유럽으로 가서 부인과 딸 진을 데리고 오실 거래요. 따님인 진은 지금 파리에서 공부하고 있는데 삼 년 반 만에 너무 많은 걸 배워서 아마 거기 더 있다가는 아빠보다 더 많은 것을 알게 될 거라는 농담도 하셨어요. 제 생각엔 마크 트웨인이 클레멘스 씨한테 가장 잘 어울리는 필명일 거 같아요. 왜냐하면 클레멘스 씨의 즐거운 작품에 마크 트웨인이라는 우습고 기이한 음흉이 잘 어울리거든요. 클레멘스 씨는 아마 아주 미남이실 거예요. 선생님은 그분이 프라두스키를 닮았을 거라고 생각하셨대요.

하웰 씨는 자신이 좋아하는 도시 중 하나인 베니스에 대해서 말씀해 주셨어요. 그리고 지금은 하늘나라에 있는 사랑하는 딸 위니프레드에 대해서도 말씀해 주셨죠. 그분에게는 밀드레드라는 딸이 하나 더 있는데 캐리를 안대요. 전 또 「새들의 크리스마스 캐롤 *Birds' Christmas Carol*」을 쓰신 위긴 부인과 만날 뻔했는데, 심한 기침 감기에 걸려서 못 오셨어요. 부인을 뵙지 못해서 많이 실망하긴 했지만 다음 기회에 뵐 수 있을 거라 생각해요. 허튼 씨께서 제게 엉겅퀴 꽃 모양의 예쁜 유리잔을 하나 주셨어요. 원래는 허튼 씨 어머니의 것이었는데 저에게 방문 선물로 주셨답니다. 그리고 우리는 로저스 씨도 만났는데 친절하게도 그분은 우리를 마차로 집까지 데려다 주셨어요.

1895년 3월 31일 뉴욕에서

해리 **트루먼**
Harry S. Truman, 1884-1972
미국 정치가·제33대 대통령

'대통령 유고有故'

1945년 4월 12일, 미국의 32대 대통령 프랭클린 D. 루즈벨트가 급서하자, 지난 몇 주
동안 부통령으로 지내며 대통령을 별로 보지도 못했던 트루먼은 전시상황과 정치적
난국 등 국가의 모든 문제를 떠맡게 되었다. 그는 "달과 별, 우주의 모든 행성이 내
게로 떨어지는 것 같은 느낌이었다"고 말했다. 여기 실린 첫 번째 편지에서 그는 어
머니와 누이에게 그때 상황을 자세히 보고하고 있다. 그는 항복을 거절한 일본에 핵
폭탄 투하를 결정한 대통령으로 기록되었고, 트루먼 독트린, 마샬플랜, 북대서양 조
약기구 결성, 그리고 한국전쟁과 맥아더 해임 등 국제적 사건과 함께 언급되는 대통
령이 되었다. 트루먼은 이렇게 말했다.
"나는 자주 엄마Mama에게 편지를 썼고, 주말이면 엄마와 메리누나에게 전화를 했
다. 누나는 엄마와 함께 살았다. 엄마는 훌륭한 분이셨다. 92세 고령에도 예리하고
기민하셨으며, 현재와 같은 판국에서도 상황을 제대로 꿰뚫어 보셨다. 한번은 기자가
우리 엄마를 찾아와 아들이 대통령이 된 것에 대한 생각을 말해 달라고 청하자, 엄마
는 이렇게 말씀하셨다. '나는 내 아들이 대통령이 된 것을 진심으로 기뻐할 수가 없
습니다. 왜냐하면 저는 루즈벨트 대통령이 돌아가신 것을 안타까워하고 있으니까요.
그 아이가 선거를 통해서 대통령이 되었더라면 나는 뛰어나가서 깃발이라도 흔들었
을 겁니다. 하지만 지금은 기뻐하며 깃발을 흔드는 것은 도리가 아닙니다.'"

사랑하는 엄마와 매리누나에게

4월 12일 목요일 이후로 저는 제 생애 가장 중요하고 힘든 시기를 보내고 있어요.

아마 자세히 알고 싶으실 거예요. 의회에서 아주 긴 토론을 하고 나서 결국 오후 5시에, 4월 13일 금요일까지 휴회하도록 결정했어요. 사무실로 돌아오니까 하원의장인 샘 래이번의 전화가 기다리고 있었어요. 샘이 저보고 국회 의사당으로 와서 정책과 의사진행에 대해 이야기를 나누자고 하더라고요. 그런데 방에 들어오자마자 샘이 대통령 언론 담당비서인 스티브 얼리가 저와 얘기를 나누고 싶어한다는 거였어요. 백악관에 전화하니까 스티브가 '가능한 한 빨리, 그리고 조용히' 백악관으로 오라고 하더군요. 샘에게는 제가 특별한 요청으로 백악관에 가게 됐다고 하면서 그것에 대해서 아무에게도 말하지 말라고 했어요.

펜실베이니아 의사당에 도착했을 때, 두어 명의 수행원이 저를 2층에 있는 루즈벨트 여사의 서재로 데려갔어요.

루즈벨트 여사와 보티거 부인, 그리고 그녀의 딸과 남편, 스티브 얼리가 그곳에 있었어요. 루즈벨트 여사가 제 어깨에 손을 얹고는 말씀하셨어요. "해리, 대통령께서 돌아가셨어요."

제 인생에서 그토록 충격을 받았던 순간은 없었던 것 같아요. 저는 대통령을 보려고 백악관으로 서둘러 갔어요. 그리고 도착했을 때, 제가 대통령이 됐다는 사실을 알았어요. 우리나라 역사상 그 어느 누구도 이런 식의 경험을 해보지는 못했을 거예요.

우리는 베스와 마거릿이 도착하기를 기다렸어요. 그리고 제 손을 올려놓고 선서를 하기 위한 성경책을 찾아 종종 걸음으로 돌아다녔어요. 결국 하나를 찾았어요. 제가 어떤 일이 발생할 것인지를 미리 알았다면, 제 사무실 책장에 있는 할아버지의 성경책을 사용했을 거예요.

엄마도 신문을 보셔서 무슨 일이 있어났고 그 이후로 무슨 일이 있었는지 다 아셨을 거예요. 토요일 오후의 백악관 장례식에서, 그리고 일요일 아침 하이드 파크에서 있을 입관식에서 의회를 상대로 제가 연설을 하기로 되어 있었어요.

오늘 오후 루즈벨트 가족들이 백악관에서 나가는 것을 기다렸다가 그곳에서 펜실베이니아 거리를 가로질러 여기 의회로 왔어요. 우리는 아파트에 있으려고 했지만 그럴 수가 없었어요. 경호원 10명, 그리고 정치인 20명과 함께 있어야 했기 때문이에요. 우리 아파트 주민들은 허락 없이는 출입할 수가 없었어요. 그래서 우리는 여행용 가방을 들고 나왔어요. 우리 가구는 아직 아파트에 있고 당분간은 그곳에 둘 거예요. 그런데 이번 달 아파트 임차료를 냈고, 백악관 단장을 제시간에 끝내지 못하면 다음 달에도 내야 할 거예요.

저에게 가장 어려운 관문은 오늘 의회에서의 연설이었어요. 만장의 박수를 받았으니 잘 해낸 것 같아요. 모든 일이 너무 잘 처리되고 있어서 목요일에 루즈벨트 여사가 무슨 일이 일어났는지를 말씀하셨던 때만큼 두려워요.

우리가 백악관에 자리 잡게 되는대로 두 분을 여기로 초대할 거예요. 두 분이 늘 염려하시는 아들과 동생이 사랑을 담아서.

1945년 4월

해리 올림

214

사랑하는 엄마와 누나에게

어제 아침 〈워싱턴포스트〉 지에서 두 분의 사진과, 두 분과 비비안이 진술하신 내용을 봤어요. 저의 언론 담당직원들이 세상에서 제일 뛰어난 홍보담당도 이보다 더 훌륭하게 진술할 수는 없겠다고 말했어요. 그래서 제가 우리 가족은 항상 진실만을 말하고 홍보요원이 필요 없다고 그들에게 말해줬어요.

지난 6일 동안 저는 가장 바쁜 시간을 보냈어요. 4월 12일 오후 7시 9분에 선서를 했고 지금은 4월 18일 오후 9시, 미국 대통령의 6일! 믿기 어려울 정도예요.

선서하기 전에 저는 전쟁을 진행시키는 것과 샌프란시스코에서 강화회담을 열도록 하는, 국제적으로 중요한 결정 두 가지를 내려야 했어요. 토요일과 일요일에는 전 대통령을 위한 마지막 의식이 있었어요. 월요일에는 제가 앞으로 해야 할 일에 대해 의회가 말해줬어요. 일요일 오후, 그리고 월요일 새벽부터 오전 11시까지는 연설을 준비하는 데 시간을 보냈어요. 화요일 오전에는 시의 모든 기자들 앞에서 회견을 가졌어요. 그들과 다소 힘든 15분을 보냈지만, 그것까지도 성공적으로 해낸 것 같아요.

오후와 저녁에는 전투 부대원들을 위해 라디오 방송에서 내보낼 5분짜리 연설을 준비하느라 시간을 보냈어요. 다 끝내고 보니 새벽 1시가 넘었더군요. 지금 막 잠자리에 들려고 하다가 두 분께 짧게나마 편지를 쓰는 게 좋을 것 같아서요.

모두 건강하시길 바라며. 사랑을 듬뿍 담아서….

1945년 4월
해리 올림

사랑하는 엄마와 누나에게

그레엄 박사님의 편지가 동봉된 편지를 잘 받았어요. 엄마와 누나를 귀찮게 하고 있는 게 아니었으면 좋겠어요. 정말 끔찍해요. 그러니까 제 말은 미국 대통령의 가족들에게 폐를 끼치고 있으니 끔찍하다고요. 기자들은 항상 저의 모든 가족과 제가 이름만 아는 친지들까지 다 조사해서 엄마와 형제들의 생활을 엉망으로 만들어 놓는군요. 죄송하게 생각하지만 저로서도 어쩔 수 없는 것 같아요.

베스와 마거릿은 가는 곳마다 경호원들이 따라다녀서 무척 싫어해요. 두 녀석 모두 어떻게 하면 경호원들을 따돌릴까 생각하지만 늘 잘 안되나 봐요. 미국처럼 큰 나라에는 특이한 생각을 가진 바보들이 있게 마련이고 그 사람들은 오직 백악관과 대통령의 친척들에게만 관심을 가지는 듯해요. 이것 때문에 너무 속상해하지 않으셨으면 합니다.

언론과 바보들이 루즈벨트 가족의 생활을 끔찍하게 만들어 놨을 거예요. 지금쯤 그들은 평화를 되찾았겠죠. 그랬으면 좋겠네요.

두 분 모두 건강 조심하시길 바래요. 병균에 감염되지 않도록 주의하세요. 다른 사람들이 일어나기 전에 쓰려고 아침 식사 전에 몇 자 적었어요.

사랑을 담아서….

1945년 4월 29일
해리 올림

사랑하는 엄마와 누나에게

저는 오늘 아침 예순한 살이 되었고, 지난밤에는 백악관의 대통령 침실에서 잤어요. 페인트칠도 끝났고 몇 가지 가구들도 들어왔어요. 엄마와 누나가 오는 금요일까지 모든 준비를 끝냈으면 좋겠어요. 저의 비싼 금장펜이 잘 나오질 않네요.

오늘은 역사적인 날이 될 거예요. 오전 9시에 독일의 항복을 알리는 전국 방송을 해야 해요. 신문은 어제 아침에 배포되었고, 교전은 오늘 자정에 중단될 거예요. 이쯤 되면 생일 선물 아닌가요?

영국 수상과 곤혹스런 시간을 보냈어요. 스탈린과 미국 대통령은 모든 뉴스를 서로에게 편한 시간에 동시 발표하기로 동의했어요. 우리는 워싱턴 시간으로 오전 9시, 런던 시간 오후 3시, 그리고 모스크바 시간 오후 4시에 발표하기로 했어요.

낮에 처칠 수상은 우리가 러시아 사람들을 고려하지 않고 뉴스를 발표하면 안 되는지 묻고자 전화를 해대기 시작했어요. 제가 거절하자 그는 스탈린과 이야기해 보라고 저에게 압력을 넣어 댔어요. 결국 그는 동의했던 계획을 따르기로 했지만 마치 비에 홀딱 젖은 암탉처럼 성질을 냈어요.

4월 12일 이후로 모든 것들이 엄청난 속도로 진행됐어요. 지금까지는 저에게 행운이 따라줬어요. 지금처럼 계속되길 바라고 있어요. 언제까지나 행운이 따라주지는 않겠지만, 제가 저지른 실수가 회복될 수 없을 정도만 아니라면 좋겠어요.

저는 두 분의 방문을 학수고대하고 있어요. 제가 직접 모셔 올 수는 없겠지만 가장 안전한 비행기를 보내 드리고 편의를 봐 드릴 것이니 저에게 너무 실망하지 않으셨으면 해요.

사랑을 담아서….

사랑하는 엄마와 누나에게

양도 증서가 엊그제 왔어요. 이것으로 두 분의 여생 동안 아파트 임차료를 지불하고 두 분을 위해 쓸 생각이에요. 그러니 두 분 건강 잘 돌보시고 오래오래 영원히 사셔야 해요.

저는 요즘 열심히 살고 있어요. 매일 저명인사를 만나고 세계적으로 중요한 결정들을 하고 있어요. 지난 1월 이후로 12파운드나 살이 쪘어요. 앞으로 은퇴 말고는 기대할 게 별로 없어서 그런가 봐요.

어제 저녁에는 12명이 넘는 사람들과 식사를 했어요. 육군장병과 그들의 아내와 아이들, 그리고 해군 부부들과 하사들, 존과 그의 아내와 귀여운 딸과 함께 했어요. 그녀는 마지 또래였어요. 보한의 딸은 열여섯 살 정도 되었고 아들은 열 살 정도 되었어요. 모두 13명이었네요.

세 명의 장군이 어제 저를 만나러 왔어요. 패치 장군이 헤르괴링의 지휘봉을 선물로 줬어요.

월요일에는 아이젠하워를 접대합니다. 화요일에는 워싱턴 올림피아에 가고, 앞으로 일주일 후인 토요일에는 샌프란시스코에 가고, 일요일에는 이곳으로 돌아오죠. 6월 25일 월요일

에는 의회에 나가야 해요. 그런 후 며칠 간은 가족과 함께 보
낼 생각입니다. 7월 3일에는 매키낙에서 주지사 회의가 있고
베를린에 갈 준비를 해야 해요. 정말 지옥 같은 생활이에요.
　사랑을 담아서….

1945년 6월 16일
해리 올림

사랑하는 엄마와 누나에게

엄마의 16번째 편지가 어제 왔고, 17번째 편지하고 19번째 편
지는 오늘 아침에 왔어요. 엄마에게서 소식을 들어서 기뻐요.
제 활동들에 대해서는 라디오를 통해서 잘 아실 수 있을 거예
요.

　17일 이후로 회의가 매일 있어요. 많은 일들을 성공적으로
처리했고 앞으로 더 많은 일들을 계속 처리해야 해요. 그렇지
만 아직 시간이 많이 있어요.

　그저께 저녁 스탈린이 정상 만찬을 베풀었는데, 정말 근사했
어요. 상어알과 보드카로 시작된 저녁식사는 수박과 샴페인으
로 끝났는데 그 사이에 훈제 생선, 신선한 생선, 사슴고기, 닭
고기, 오리고기와 각종 야채가 등장했답니다. 사람들이 취할
때까지 5분마다 건배를 외쳐댔고 적어도 25명쯤이 취한 후에
야 멈추었죠. 저는 음식을 조금 먹고, 술도 거의 마시지 않았
지만 어쨌든 매우 화려한 만찬이었어요.

　제가 여기서 스탈린, 처칠 수상과 저녁식사를 했을 때, 리스

트라는 필라델피아 출신의 피아노를 연주하는 젊은 하사와 메트로폴리탄 오케스트라 출신으로 바이올린을 연주하는 친구가 있었다고 엄마께 말씀드렸죠. 그들은 최고로 훌륭한 연주가들이었어요. 스탈린이 모스크바에 가서 두 명의 피아니스트와 두 명의 바이올리니스트를 데려왔어요. 그들은 정말 훌륭했어요. 나는 그들의 능력을 칭찬했어요. 정말 멋진 저녁이었어요.

1945년 7월 23일 베를린에서

이키조 하야시
Ichizo Hayashi, 1921-1945
일본 가미가제 특공대원

"제 영혼은 늘 어머니 곁에 있습니다"

그는 전쟁 전 동경대학의 정치경제학과 학생이었다. '특수공격' 부대의 비행기 조종
사로 전쟁을 수행하다가 오키나와 상공에서 어느 미군의 총격으로 추락, 전사했다.
전장에서 적군을 죽이는 것은 당연한 것이지만, 이 특공대원이 어떤 심정인지 알았다
면 그 미군이 방아쇠를 당기기는 어렵지 않았을까. 다음의 편지는 한국의 원산에서
그의 어머니에게 보낸 마지막 편지다. 하야시는 가톨릭 신자였다.

어머니!

슬픈 소식을 알려드려야 하는 시간이 다가오고야 말았습니다.

어머니는 제가 어머니를 사랑할 수 있는 것보다 언제나 저를 더 사랑하셨습니다. 어머니가 이 편지를 어떻게 생각하실까요? 그저 죄송한 마음뿐입니다.

저는 제가 '특수공격' 부대의 일원으로 선택된 것을 기쁘게 생각합니다. 하지만 어머니를 떠올릴 때면 흘러내리는 눈물을 주체할 수 없습니다.

어머니께서는 저를 교육시켜 미래에 대비토록 하기 위해 당신께서 하실 수 있는 모든 일들을 하셨습니다. 저는 이런 어머니께 아무것도 해드리지 못하고 죽어야만 한다는 사실에 슬픈 마음뿐입니다.

어머니께서 저와 결혼하도록 주선하신 그 젊은 여성을 거절할 마음은 전혀 없었습니다. 저는 어머니의 사랑을 잃기 싫었고, 어머니의 편지를 받아 매우 기뻤습니다.

다시 한번 어머니의 사랑을 받고 어머니 품안에 잠들고 싶습니다. 하지만 제가 어머니를 만날 수 있는 유일한 곳은 이 편지일 뿐입니다. 내일모레 저는 떠나야만 하고, 그날 저는 죽어야만 합니다.

제가 하카타 상공을 날아갈 가능성도 있습니다. 그러면 구름 위에서 어머니께 조용히 평안을 빌어 드립니다. 어머니, 어머니는 종종 저의 앞날이 성공으로 가득할 것이라고 말씀하였지요. 저는 이제 어머니를 실망시켜 드릴 수밖에 없군요. 제가 시험을 치를 때 걱정하시던 모습이 눈에 선합니다. 어머니의 반대를 무릅쓰고 저는 특수공격 부대에 합류하였지요. 어머니의 충고를 따랐더라면 더 좋았을 것을….

저는 매우 훌륭한 비행기 조종사였고, 저만큼 비행시간이 짧은 조종사가 이처럼 중요한 임무를 맡게 된 것은 드물다는 사실이 어머니에게 다소나마 위안이 되었으면 좋겠습니다.

제가 죽어도 어머니에게는 아직 마키오가 있습니다. 어머니는 제가 맏이라는 이유로 저를 더 위하셨지요. 하지만 마키오는 저보다 훨씬 낫답니다. 그 아이는 집안일을 돌보는 데 저보다 더 능숙하답니다. 그리고 어머니에게는 여전히 여동생 치요코와 리로코, 그리고 손자 손녀들도 남아 있을 겁니다.

기운내세요. 제 영혼은 언제나 어머니 곁에 있을 겁니다. 어머니의 기쁨은 저의 기쁨이고, 어머니께서 슬퍼하실 때에는 저도 슬플 것입니다.

때로 저는 어머니께 돌아갔으면 하고 바란답니다. 하지만 그것은 비겁한 짓이겠지요.

제가 세례를 받을 때 사제가 저에게 '네 자신을 끊어 버려라'라고 말했던 것을 생생히 기억합니다. 저는 미군의 총탄에 맞아 죽기 전에 제 영혼을 우리 구세주에게 바치려 합니다. 모든 것은 하느님의 손에 있기 때문입니다. 하느님 안에 살고 있는 이에게 삶과 죽음은 의미가 없습니다.

저는 성경을 매일 읽습니다. 그러면 어머니가 매우 가까이 계신 것처럼 느껴집니다. 죽음이 임박할 때 저는 성경과 성가책을 저의 비행기 안에 두려 합니다.

아마도 저는 결혼 문제를 심각하게 고민하지 않은 것 같습니다. 제가 약혼자와 그녀 가족들을 존중하는 마음이 부족하다는 인상을 남기고 싶지 않았기 때문입니다. 이렇게 끝내는 것이 더 낫다고 그녀를 이해시켜 주세요. 저는 그녀와 결혼하기를 진실로 바랐고 그것으로 어머니를 기쁘게 해드리고 싶었습니다. 그러나 저에게 허락된 시간은 없었습니다.

어머니께 단 한 가지만 청합니다. 어머니, 저를 용서하세요. 어머니께서 언제나 절 용서하셨다는 걸 알기에 제 마음은 평화로울 수 있습니다.

어머니! 제가 얼마나 어머니를 존경하는지요! 어머니는 언제나 저보다 용감하셨습니다. 어머니는 어렵고 험한 모든 일들을 해내셨습니다.

제가 적을 향해 돌진해 갈 때 어머니의 모든 소망이 이루어지기를 기도하겠습니다. 편지를 어머니께 전해 드리라고 우에노에게 부탁해 두었습니다. 어머니께 부탁드립니다. 이 편지를 아무에게도 보여 주지 마세요. 만약 보여 주신다면 제가 부끄러울 것 같습니다. 어머니를 다시는 보지 못한다는 생각이 날 때마다 저는 한없는 슬픔에 잠깁니다.

무명의 영국 공군 조종사

"저 때문에 슬퍼하지 마세요"

이 편지는 제2차 세계대전 중 실종되어 전사한 것으로 추측되는 영국 공군 폭격대원의 개인 사물私物에서 발견된 것이다. 이 편지의 수신인은 그의 어머니이고, 그가 죽은 것으로 확인될 경우 그의 어머니에게 보내질 것이었다.

사랑하는 어머니,

무슨 특별한 징조를 느낀 것은 전혀 아니지만, 상황이 너무 급박하게 돌아가고 있습니다. 제가 만일 조만간 실시될 공습에서 돌아오지 못할 경우 이 편지를 어머니께 보내 달라고 부탁해 두었습니다. 편지가 발송된 후 한 달간은 제가 살아 있을 수 있다는 희망을 가지셔도 되겠지만, 그 시간이 지나면 제 임무를 영국 공군의 훌륭한 다른 동료가 대신 맡으리라는 것을 어머니께서는 인정하셔야 될 겁니다.

제가 이 편지를 쓰는 이유는 첫째, 이 전쟁에서 제 역할이 아주 중요했다는 것을 알려 드리기 위해서입니다. 우리는 북해까지 정찰활동을 펼쳐 우리의 수송선과 보급선이 교역 통로를 안전하게 운항하도록 돕고 있습니다. 저는 제 모든 능력을 다해 임무를 완수하도록 노력했습니다. 이보다 많은 일을 하기는 불가능할 것입니다. 하지만 그렇다고 해도 남자라면 이 정도는 해야 할 것입니다.

저는 늘 지속되는 어려움에도 굴하지 않는 어머니의 놀라운 용기를 존경해 왔습니다. 어머니는 저에게 이 나라 누구에게도 뒤지지 않을 좋은 교육을 베풀어 주시고 안식처를 제공해 주셨습니다. 그리고 언제나 미래에 대한 믿음을 잃지 않으셨습니다. 비록 제가 죽는다 하더라도 그것 때문에 어머니의 이러한 노력이 허사가 되는 것은 결코 아닐 것입니다. 어머니의 희생은 제가 치를 희생만큼이나 고귀한 것입니다. 우리는 조국에 어떠한 것을 기대해서는 안 됩니다. 우리가 우리의 조국을 단순히 먹고 잠자는 장소로 여기는 것은 스스로를 폄하하는 것입니다.

226

대영 제국의 역사는 자신을 희생하여 조국에 바친 수많은 이름들로 가득 차 있습니다. 이로 인해 우리 조국은 평화와 정의의 표본이 되어 왔고, 더 높은 문명수준을 이룩해 왔습니다. 그러나 오늘날 우리는 기독교와 문명에 대한 가장 거대한 도전에 직면해 있습니다. 다행히 제가 이에 대응할 수 있는 적정한 나이가 되고 훈련받게 됨을 자랑스럽게 여깁니다. 아울러 이 점을 어머니께 감사드립니다.

어머니는 슬퍼하지 않으셔도 됩니다. 저는 죽음이 두렵지 않습니다. 우주는 매우 광활하고 그 나이를 따질 수 없습니다. 이런 광대한 우주 속에서 한 인간의 삶의 가치는 오직 희생이라는 척도에 의해서만 측정될 수 있을 것입니다. 아무런 희생 없이 단지 먹고 자는 사람들은 동물과 별반 차이가 없을 것입니다.

저는 악의 무리가 지상으로 내려와 우리를 시험에 빠지게 하고 있다고 믿습니다. 우리의 창조자는 그 악으로 하여금 우리의 믿음을 시험하게 하는 것입니다. 성경책에는 더 높은 도덕적 원칙을 위해 쉬운 길을 피한 사례들로 가득 차 있습니다.

전쟁의 마지막 시험에 임박하여 저는 저에게 맡겨진 지상에서의 소임을 완수하려 합니다. 저는 기꺼이 죽음을 맞이할 준비가 되어 있지만 한 가지 슬픈 것은 어머니와 함께 좀더 즐거운 삶을 보내지 못한다는 겁니다. 하지만 어머니는 평화와 자유로움 속에 사실 겁니다. 저의 삶은 결코 헛된 것이 되지는 않을 겁니다.

어머니의 사랑스러운 아들 올림

편집후기

「어머니에게 보낸 편지 *Letters to Mother*」는 찰스 반 도런 Charles Van Doren의 편저 「*Letters to Mother*」(Channel Press 간)를 원전으로 했다. 도런의 「*Letters to Mother*」는 50 여년 전에 출간되었다. 서문에서 그는 2년에 걸쳐 수많은 사람의 도움을 받아 여기 실린 편지글 원문을 찾아내 편집 작업을 했다고 밝히면서, 어떤 마음으로 이 책을 구상하게 되었는지를 이렇게 밝히고 있다.

"이 편지들이 어머니에게 보낸 편지라는 사실이 중요하다. 그 명쾌한 단순성과 직설성은 우리가 친구나 낯선 이들과 교유할 때 드러내는 특성은 아니지 않는가? 세상에 오직 한 사람, 그 사람을 우리는 속일 필요가 없다. 그 사람은 우리 모습 있는 그대로를 원하며 어떤 일이 있어도 우리를 사랑한다. 그 사람은 복잡한 사상보다는 단순하고 직접적인 감정을 좋아한다. 그 사람은 우리에게 깊은 관심과 애정을 갖고 있기 때문에 우리는 그 사람에게 쓰는 편지를 '재미있게' 꾸밀 필요가 없다. 그 사람은 누구인가. 말할 것도 없이 어머니다. 그래서 나는 문득 어머니에게 보낸 편지글을 모아 책을 만들 계획을 하게 되었다."

그는 100인의 인물을 과학자 · 성직자 · 문필가 · 역사가 · 시인·정치가·철학자·소설가 등 10개 분야로 구분해서 묶었지만, 한국 독자에게는 생소한 인물들이 많았다. 그런 이유도 있었지만 편지글 자체도 독자의 관심을 끌만한 내용이 아닌 경우가 많았기에 우리는 37인으로 선별했고, 그러다 보니 굳이 분야별로 구분할 필요가 없었기에 연대별로 싣게 되었다. 인물 소개 부분도 독자들이 인터넷 검색 등으로 금방 찾을 수 있는 일반적인 약력과 작품을 소개하는 내용은 지양했다.

여기 소개된 인물은 거의 전부 서구인들이다. 그래서 동양적인 정서로 아들딸들이 어머니에게 보내는 편지를 생각할 때 우리가 예측하는 그런 내용들과 사뭇 다르다. 우리는 그들이 어머니에게 대단히 살갑고 진솔하게, 자기를 의식하지 않고 표현한 사랑을 읽을 수 있다. 그 사랑은 고민과 자랑과 우쭐함, 투정, 애교, 부탁 등과 함께 세상의 다른 어느 누구에게도 드러낼 수 없는 그들 자신을 꾸밈없이 드러내 보여 주고 있다. 그러므로 편저자의 말대로 이 책은 역사 속 한 인물을 소개하는 것이 아니라 그 인물의 성격을 보여 주고 있다.

「녹서의 기술 *How to Read a Book*」이란 서서로 한국에 알려져 있는 도런은 서문 끝에 그의 희망을 이렇게 썼다.

"이 책에 싣고 싶었지만, 쓰이지 않은 편지들이 있다. 나는 아벨이 어머니에게 쓴 편지를 독자와 함께 읽을 수 있다면 좋겠다. 카인이 어머니에게 쓴 편지도 보고 싶다. 또한 존재하고 있다면 어떤 방법을 써서라도 찾아내서 싣고 싶은 편지가 있다. 아킬레스, 아우구스티누스, 야곱, 아에네아스, 큐피드, 아스마엘, 솔로몬, 돈 주안이 어머니에게 보낸 편지를 읽고 싶다. 존재하고 있다면 오히려 놀랄 일이겠지만 네로, 리처드 3세, 오레스테스가 어머니에게 쓴 편지도 보고 싶다. 왜 이것뿐이겠는가. 햄릿, 오이디푸스, 이삭, 세례자 요한…. 그러나 물론 가장 위대한 편지, − 내가 그 이름을 말하기 주저할 수밖에 없는 − 예수님이 어머니에게 보낸 편지를 이 책에 실을 수 있다면 얼마나 좋았을까."

1958년 12월 뉴욕에서
찰스 반 도런

원전과 많이 다른 모습으로 한국에 소개되는 이 책을 출간하면서, 우리는 찰스 반 도런의 노력과 열의에 깊이 감사하는 마음을 여기 전한다.